U. Pansy

Esther Ried

Verlag der
Francke-Buchhandlung GmbH
Marburg an der Lahn

CIP-Titelaufnahme der Deutschen Bibliothek

Pansy, U.:
Esther Ried / U. Pansy. – Marburg an d. Lahn : Francke, 1989
(Edition C / H, Heimatlicht; Nr. 49)
ISBN 3-88224-698-7
NE: Edition C / H

3550 Marburg an der Lahn
Umschlaggestaltung: Gudrun Dresbach
Texterfassung: Verlag der Francke-Buchhandlung GmbH/Heike Wege
Satz: Druckerei Schröder, 3552 Wetter/Hessen
Druck: St.-Johannis-Druckerei, 7630 Lahr
26831/1990

Edition C, Nr. H 49

Inhaltsverzeichnis

1. Esthers Umgebung

Woher kam es, daß Esther ihr Licht nicht leuchten ließ? Schlief sie? Wollte sie droben „die Krone des Lebens“ haben, ohne hienieden zu kämpfen und zu siegen?

Es war keine leichte Aufgabe, die Esther als älteste Tochter und Hauptstütze ihrer Mutter in dem großen Haushalt zufiel, und ihre stete Rührigkeit und Geschäftigkeit ließ darauf schließen, daß sie sich ihrer Verantwortlichkeit bewußt war. Sie ist jetzt eben in ihrer großen, geräumigen Küche beschäftigt; dabei wirft sie von Zeit zu Zeit einen Blick auf die Uhr, denn alles im Haus ist an äußerste Pünktlichkeit gewöhnt, und es ist Teezeit.

Die nächstälteste Schwester Helene besuchte noch die höhere Töchterschule mit der achtjährigen Julie, Alfred das Gymnasium; nur die kleine Minnie, der allgemeine Liebling des Hauses, war noch nicht schulpflichtig und genoß ihre Freiheit nach Herzenslust. Überall waren die Spuren der kleinen, nichtsnutzigen Finger zu sehen, und das blonde Lockenköpfchen erschien gerade da am häufigsten, wo es am wenigsten zu gebrauchen war. So reizbar und ungeduldig Esther aber auch sein mochte, die kleine Minnie bekam nie ein böses Wort; selbst inmitten der anstrengendsten Arbeit behielt Esthers Stimme dem Kind gegenüber stets den gleichen liebevollen Klang. Minnie, der Sonnenstrahl der ganzen Familie, war das Kind der ältesten Schwester, die schon lange in fremder Erde ruhte, nachdem sie die Kleine noch auf dem Sterbebett der Mutter und den Geschwistern ans Herz gelegt hatte.

Esther eilte mit rastlosem Eifer von einer Arbeit zur anderen und rief dabei mit gereizter Stimme der emsig bügelnden

Köchin zu: „Laß das Eisen stehen, Margret, und hilf mir; sonst werde ich unmöglich zur rechten Zeit fertig!" – Wie verschieden klang die Stimme, als sie gleich darauf der kleinen Minnie wehrte, die sich an einer Tüte Rosinen vergriff!

„Ich eile mich ja so sehr ich kann, Fräulein", antwortete Margarete verstimmt, „aber eine solche Menge Wäsche ist nicht im Handumdrehen gebügelt."

„Also gut; sei nur still und rege mich nicht auf!"

Die Tür des Eßzimmers ging auf, und ein brauner Mädchenkopf erschien in der Spalte. „Guten Abend, Esther!" sagte Helene mit fröhlicher Miene und schlüpfte in die Küche. Das junge Mädchen glich einer durstigen, frisch gepflückten Blume, die eher in den Garten als hierher gehörte, und Esther konnte beim Anblick des rosafarbenen Kattunkleides und der weißen, zerknitterten Schürze kaum einen Seufzer unterdrücken. „Du meine Güte, ist denn die Schule schon aus?" rief sie ungeduldig an Stelle jeglicher Begrüßung.

„Zeit dazu wäre es wenigstens; wir waren schon am Fluß", erwiderte Helene.

„Willst du nicht das Fleisch und den Kuchen schneiden, Helene? Ich hatte keine Ahnung, daß es schon so spät ist, und bin todmüde."

Helenes Stirn umwölkte sich, und sie sagte mit verlegener Miene: „Von Herzen gern würde ich dir helfen, Esther; aber leider habe ich Anna Bane mitgebracht und kann sie doch unmöglich so lange warten lassen. Auch hat Herr Hammond versprochen, mir meine Rechenaufgabe zu erklären, wenn ich gleich jetzt zu ihm gehe; später hat er keine Zeit dazu."

„So geht nur meinetwegen; Herr Hammond mag warten, bis der Tee fertig ist", antwortete Esther mürrisch. – „Willst du wohl die Hand von den Rosinen lassen, Julie!" rief sie dann dem eben eingetretenen Mägdlein zu. „Geh hinauf ins Kinderzimmer; hier bist du nur im Weg, und du auch, Alfred. Helene, nimm auch die kleine Minnie mit; ich kann sie hier nicht länger brauchen. So viel wirst du hoffentlich tun können, oder nicht?"

„O Esther, sei doch nicht so schlechter Laune!" sagte Helene in ihrer gewohnten gutmütigen Weise und suchte der kleinen Minnie habhaft zu werden. „Komm, Herzchen, Tante Essie ist böse mit uns. Geh lieber mit Tante Helene zu Herrn Hammond; der erzählt uns eine Geschichte."

Einer weiteren Überredung bedurfte es nicht. Minnie folgte bereitwillig der jüngeren Tante, während die müde Tante Esther traurig zurückblieb. Helenes Worte hatten ihr bitter weh getan.

Rastlos eilte sie von der Speisekammer ins Eßzimmer und vom Eßzimmer in die Speisekammer; endlich rief sie abermals: „Margret, jetzt hört die Bügelei auf; denn du mußt mir helfen, es ist höchste Zeit zum Abendessen!"

„Ich bin gerade an Herrn Hollands Hemd; kann ich es nicht rasch fertig bügeln?" wandte Margarete ein.

„Was liegt mir an Herrn Hollands Hemden, wenn es soviel Notwendigeres zu tun gibt! Vor allen Dingen mußt du Wasser holen und die Flaschen füllen."

Im Eßzimmer schlug es sieben Uhr, und gleich darauf ertönte die Tischglocke. Die Familie versammelte sich rasch und geräuschvoll, etwa ein halbes Dutzend Schülerinnen, Herr Hammond, der Vorsteher der Töchterschule, Fräulein Molton, die Hauptlehrerin, Fräulein Brookley, die Musiklehrerin, Doktor van Anden, der neue Arzt, Herr und Frau Holland und Herrn Hollands Schreiber, Herr Arnett. Es herrschte einen Augenblick Schweigen, während Herr Hammond das Tischgebet sprach; dann aber kam eine lebhafte Unterhaltung in Gang. Margarete goß den Tee ein, während Esther Butter, Brot, Fleisch und Käse herumreichte und Helene die Schwarzbeeren anbot, wobei sie wie gewöhnlich wie eine Elster schwatzte.

„Das war einer der heißesten Tage, die wir in diesem Jahr gehabt haben", bemerkte Herr Holland. „Kaum konnte ich es auf dem Büro aushalten, wo es sonst eigentlich kühl zu sein pflegt."

„Ich habe es auch aufgegeben, heute ein kühles Plätzchen zu finden", antwortete Frau Holland.

Ein spöttischer Zug spielte um Esthers Lippen, und sie fragte sich, was Frau Holland wohl zu der glühendheißen Küche gesagt haben würde, in der sie fast den ganzen Tag hatte zubringen müssen.

„Fräulein Esthers Wangen zeugen ebenfalls von ungewöhnlicher Hitze", sagte Fräulein Brookley lachend. „Was haben Sie nur angefangen, um so rot zu werden?"

„Jedenfalls hatte ich anderes zu tun, als kühle Plätzchen aufzusuchen", antwortete Esther trocken.

„Was heute allerdings Schwierigkeiten gemacht hätte", bemerkte Doktor van Anden ebenso trocken.

„Wenn sich Leute, die den ganzen Tag nichts zu tun haben, über die Hitze beklagen, was sollen dann die anderen tun?" meinte Esther.

„Mir ist es manchmal im Januar schwer geworden, die richtige Temperatur zu bewahren", sagte der Doktor.

Immer roter wurde Esthers Gesicht. Sie verstand wohl, was Doktor van Anden damit sagen wollte; hatte er doch gewiß bemerkt, daß ihr nicht nur die Hitze, sondern vor allem die Ungeduld das Blut in die Wangen getrieben hatte. Recht empfindlich war es ihr daher, als die kleine Minnie mit ihrem hellen Kinderstimmchen sagte, so daß es alle Tischgenossen hören konnten: „Tante Helene hat gesagt, Tante Essie ist schlechter Laune. Warst du wirklich böse, Tante Essie?“

Alle Anwesenden lachten; aber die gutmütige Helene kam der Schwester rasch zu Hilfe und sagte: „Ach, Minnie, du darfst nicht immer erzählen, was Tante Helene sagt; gewöhnlich ist es dummes Zeug, und du bist eine kleine Plaudertasche.“

Esther schien es, als ob heute die Mahlzeit gar kein Ende nehmen wollte; aber endlich entfernte sich der letzte Tischgenosse, und sie beeilte sich, um frischen Tee für ihre Mutter zu bereiten. – Helene bemühte sich liebevoll um die blasse Frau mit dem kummervollen Gesicht und fragte besorgt: „Geht es dir jetzt besser, Mütterchen? Ich habe mich heute halb zu Tode gesorgt um dich.“

„O ja, es geht mir schon etwas besser. Aber Esther, du siehst recht müde aus. Hast du noch viel zu tun?“

„Es sind noch die Lampen zu putzen und drei Betten zu machen, wozu ich heute früh nicht mehr Zeit fand; auch muß ich für morgen das Frühstück richten und Helenes Kleid flicken.“

„Kann Margarete dir nicht eine oder die andere Arbeit abnehmen?“

„Margarete bügelt.“

Frau Ried seufzte. „Es ist gut, daß ich nicht oft Migräne habe“, sagte sie traurig, „du würdest dich sonst bald aufreiben. Helene, gehst du heute abend noch in den Vortrag?“

„Ja, Mutter, deine würdige Tochter hat die Ehre, heute abend als Schreiberin aufzutreten. Esther, kannst du nicht mit mir gehen? Mein dummes Kleid hat noch lange Zeit.“

„Morgen abend würdest du ganz anders denken. Nein, ich kann nicht hingehen“, erwiderte Esther kurz.

Endlich war das schwere Tagewerk vollbracht, und Esther

zog sich in ihr Zimmer zurück. Sie war todmüde, und alle Glieder taten ihr von der übergroßen Anstrengung weh.

Die niedrigen Fenster des freundlichen, kleinen Zimmers, das sie mit Helene teilte, gewährte eine liebliche Aussicht auf den nahen Fluß. Esther setzte sich auf ihren Lieblingsplatz am Fenster und schaute auf die kleine Gruppe vor dem Haus hinab. Unwillkürlich bemächtigte sich ihrer ein Gefühl des Neides, und sie fragte sich, warum ihr Leben nicht ebenso leicht und sorgenfrei sein konnte wie das der anderen; warum immer noch so viel für Helenes Ausbildung geschah, während sie die Schule so früh hatte aufgeben müssen, um zu Hause zu helfen; weshalb sie nicht ebenso schöne Spitzen tragen konnte wie Frau Holland. Es war jetzt bedeutend kühler geworden, und die fröhlichen Stimmen der unten versammelten Hausbewohner klangen zu ihr herauf.

„Was wissen sie da unten von der Hitze, von den Sorgen und Mühen des Lebens?“ sagte Esther geringschätzig und erinnerte sich dabei der vielen Widerwärtigkeiten, mit denen sie, erst 18 Jahre alt, zu kämpfen hatte. Ja, es war ihr gründlich zuwider, dieses Kehren und Bürsten, Bettenmachen und Lampenputzen, dieses rastlose Arbeiten vom Morgen bis zum Abend, das ihr keine Zeit zum Lesen und Studieren oder zu irgendwelcher noch so harmlosen Abwechslung ließ. War es ein Wunder, wenn ihr unter solchen Umständen die Geduld ausging? Wer konnte auch unter solchen Verhältnissen noch fröhlichen Mutes bleiben?

„Wenn ich nur einmal eine Veränderung haben könnte“, sagte sie wieder und immer wieder, „wenn nur irgendeine Unterbrechung in das trostlose Einerlei meines Lebens käme!“

Und hatte Esther denn wirklich gar keinen Grund zur Dankbarkeit? Hatte sie gar nichts vor der fröhlichen

Gruppe, die sie beneidete, voraus? Hatte sie vergessen, daß sie ein Gotteskind war? Wußte sie nicht, daß der Heiland darauf wartete, ihre Nöte und Schwierigkeiten zu übernehmen? Warum hielt sie sie fest? Warum bedachte sie nicht, was ihrer einst droben wartete – ein weißes Kleid, eine Krone und eine Harfe, ja, ein seliges Plätzchen in den Wohnungen des Lichts? War das nicht dankenswert?

Aber daran dachte Esther in ihrer Verstimmung nicht. Wie fest mußte sie doch träumen, um nicht einmal zu bedenken, daß noch keines der fröhlichen Herzen da unten dem Heiland gehörte, nicht eines, denn die Lehrer und Lehrerinnen der Töchterschule waren nicht dabei! Ja, ja, Esther schlief, obwohl sie jeden Sonntag regelmäßig in die Kirche ging und auch den Wochengottesdienst nicht versäumte, trotz ihres Bibellesens und Betens.

Wie hätte sie sich sonst jeden Abend neben ihre jüngere Schwester zur Ruhe legen können, ohne ein einziges Mal mit ihr von Jesus zu sprechen! Wie ganz anders hätte sich sonst ihr Einfluß im Haus fühlbar machen müssen!

2. Was Helene dachte

Die sechzehnjährige Helene Ried war das fröhlichste, sorgloseste Geschöpfchen, das man sich denken kann, fröhlich vom frühen Morgen bis zum späten Abend und von einer Sorglosigkeit, die an Leichtsinn grenzte. Selten sah man sie mürrisch oder gar schlechter Laune; aber es hatte bisher niemand die geringsten Ansprüche an sie gestellt, noch waren je die verschiedenen Arbeiten und Pflichten des Hauses an sie herangetreten, so daß sie mit ihren hellen Augen verwundert dreinschaute, wenn ihre Hilfe doch einmal begehrt wurde, wie z. B. an einem geschäftigen Samstagmorgen, als ihre Mutter rief: „Helene, kannst du nicht die Teller spülen? Margret kommt heute nicht vom Fleck, und Esther macht soeben den Kuchenteig."

„Sogleich, Mutter!" sagte Helene und tänzelte, mit der kleinen Minnie auf der Schulter, in die Küche. „Hier bin ich; was steht zu Diensten? Wo sind die Teller?"

Esther sah von ihrer Arbeit auf und sagte in keineswegs freundlichem Ton: „Ich würde an deiner Stelle zuerst hinaufgehen und zum Spülen ein weißes Kleid anziehen!"

„Ach, ich tue meine Manschetten herunter und binde mir deine riesengroße Küchenschürze um, dann geht es ganz gut", erwiderte Helene gutmütig, nachdem sie einen Blick auf ihr rosafarbenes Kattunkleid, die zerknitterten Manschetten und das niedliche Schürzchen geworfen hatte.

„Das ist meine reine Schürze, mit der ich keine Teller wasche."

„Ach, sorge nicht, Mutter Weisheit; ich tue deiner reinen Schürze nichts zuleide." Mit diesen Worten hüllte Helene ihre kleine Person in die umfangreiche Schürze.

„Nicht diese Schüssel, Kind", ließ sich jetzt die Mutter hören; „die ist für die Milch bestimmt."

„Ach so", sagte Helene, „darum ist sie mir so blank vorgekommen. Du meine Güte, was für ein Ungeheuer! Komm mir ja nicht in die Nähe, Minnie; sonst fällst du hinein und ertrinkst, ehe ich dich mit dem Küchentuch wieder herausfischen kann. Apropos, wo ist denn das Tuch? Esther, es muß ein Stück eingesetzt werden; es hat ein großes Loch in der Mitte und noch viele dünne Stellen."

„So flick' es eben!" bemerkte Esther trocken.

„So, die Vorbereitungen wären gemacht; jetzt kann es losgehen. Soll ich die Dinger da waschen?" Mit diesen Worten griff Helene nach einem Stoß Formen, die neben Esther standen.

„Laß doch stehen", brummte Esther, „das sind ja meine Backformen, die ich sogleich brauche. Jetzt hast du sie naß gemacht, und ich muß sie alle noch einmal abwischen. Es wäre mir wirklich lieber, du gingest hinauf; in der Küche bist du doch nur im Wege."

„Minnie", sagte Helene ernst, „wir beide dürfen uns heute nicht in Tante Essies Nähe wagen. Sie ist ein ‚Wauwau' und könnte uns beißen. Ich fürchte mich vor ihr."

Frau Ried konnte sich des Lachens nicht erwehren. Sie ahnte nicht, wieviel Esther heute schon in die Quere gekommen war und wie wehe dem Mädchen Helenes Worte taten, und sagte nur, halb im Ernst, halb scherzend: „Was für ein Kindskopf du doch bist, Helene! Kannst du denn nicht fünf Minuten lang vernünftig sein?"

„Es wäre allerdings sehr zu wünschen bei einer so feierlichen, ernsten Beschäftigung wie das Waschen von Tellern und Schüsseln. Bedarf es eines sehr großen Ernstes dazu, Mutter? Du Rotkehlchen, steck' den Schnabel nicht in meine

Spülschüssel!“ Sie hatte Minnie nämlich auf den Tisch gesetzt, gerade vor die Spülschüssel.

Frau Ried blickte sich um und rief: „O Helene, was ist dir denn nun wieder eingefallen, sie auf den Tisch zu setzen!“

„Ich wollte sie nur in Sicherheit bringen, Mutter. Wenn ich sie frei herumlaufen ließe, hätte sie jetzt schon alle Rosinen genascht, die für den Kuchen bestimmt sind. – Paß auf, Minnie, wenn du deine Füße nicht ruhig hältst, binde ich sie mit dem langen Küchentuch an die Schüssel fest, und du mußt deine Lebtage die Spülschüssel hinter dir dreinschleppen.“

Aber die übermütige Minnie ließ sich nichts sagen; einmal zappelte sie zu arg mit den Füßen, so daß die Schüssel das Gleichgewicht verlor und zerbrach.

„Ach du meine Güte!“ rief Helene, als sich das Wasser über sie ergoß, ihr über die weißen Strümpfe und sogar in die zierlichen Schuhe floß.

Minnie erhob ihre Stimme und vermehrte damit die allgemeine Bestürzung. Esther ließ das Eiweiß stehen, das sie gerade zu Schnee schlagen wollte, und hob die zerbrochenen Scherben auf, während Frau Ried der bestürzten Helene zurief: „Trage Minie hinauf! Du bist viel zu kindisch, als daß man dich in der Küche brauchen könnte.“

„Es tut mir wirklich leid, daß das passieren mußte“, sagte Helene, indem sie sich aus der großen, weißen Schürze schälte, sich aber bei aller Reue des Lachens nicht erwehren konnte. „Weine nicht, Herzblättchen! Zum Glück sind wir nicht ertrunken.“

* * *

„Wenn es auf dieser Welt eine Klasse Menschen gibt, die unangenehmer sind als alle anderen, so sind es die Leute, die sich Christen nennen." Diese Bemerkung entschlüpfte Herrn Heinrich Arnett an demselben Samstag, an dem er abends auf der Veranda stand und auf Frau Hollands Briefe wartete.

„Warum denn, Heinrich?" fragte Helene mit einiger Entrüstung.

„Es ist Tatsache, Helene. Denken Sie nur ein wenig nach, dann werden Sie finden, daß ich recht habe. Sie sind weder selbstloser und freundlicher als andere Leute und halten sich doch für besser."

„Was hat Sie denn in diese Stimmung versetzt, Heinrich?"

„Gewisse Dinge, die heute im Büro vorgekommen sind, haben mich zu dieser Überzeugung gebracht. Aber abgesehen davon, müssen Sie mir nicht beistimmen?"

„Meine Mutter ist eine Christin", sagte Helene nachdenklich. „Sie ist doch gewiß gut?"

„Aber nicht, weil sie eine Christin, sondern weil sie Ihre Mutter ist. Sie könnten graue Haare bekommen, ehe Sie eine bessere Mutter fänden als die meinige ist, und doch ist diese keine Christin."

„Sie müssen doch zugeben, daß Herr Hammond ein guter Mann ist?"

„Soweit ich es beurteilen kann, um kein Haar besser oder freundlicher als Herr Holland. Ich habe letzteren viel lieber. Vor allen Dingen will er nichts Besseres vorstellen als wir."

„Ich muß gestehen", bemerkte Helene, „ich kenne nicht viele fromme Leute. Fräulein Molton zählt zu den Frommen; aber ich halte sie auch nicht für besser als Fräulein Brookley, die keine besonderen Ansprüche auf Frömmigkeit macht. Nehmen wir aber z. B. Esther; sie rechnet sich entschieden zu den Gläubigen."

„Und finden Sie, daß sie um ihres Glaubens willen etwas

vor Ihnen voraus hat? Ich habe die Erfahrung gemacht, daß mit Ihnen viel leichter zu verkehren ist als mit Ihrer Schwester."

„Ach", sagte Helene lachend, „uns kann man nicht vergleichen; wir sind so verschieden wie eine Biene und ein Schmetterling oder irgendwelches andere nutzlose Geschöpf. Sie sind aber gewaltig im Irrtum, wenn Sie mich für die Bessere von uns beiden halten. Ohne Esther würde meine Mutter ja vor Verzweiflung sterben, und der ganze Haushalt ginge aus den Fugen."

„Ich habe meine Lebtage die Schmetterlinge lieber gehabt als die Bienen", sagte Herr Arnett kopfschüttelnd; „die Bienen stechen."

„Heinrich", sagte Helene mit möglichst ernsthafter Miene, „Sie sprechen ja, als hätten Sie die Religion ganz über Bord geworfen."

„Wenigstens ist es nicht das Verdienst der sogenannten Gläubigen, wenn dies nicht der Fall ist. Dessen kann ich Sie versichern." In demselben Augenblick warf Frau Holland ihre Briefe von der Veranda herunter, und Herr Arnett eilte davon.

Aus dem gegenüberliegenden, weinumrankten Häuschen kam jetzt Anna Bane langsamen, müden Schrittes und setzte sich neben ihre Freundin auf die Türschwelle. Kaum hatten sie ein Weilchen geplaudert, als Esther Helene zurief: „Kannst du nicht für mich auf die Post gehen, Helene? Ich habe diese Briefe liegen lassen."

„Ja", sagte Helene bereitwilligst. „Glaubst du, daß du so weit gehen kannst, Anna?"

„Dagegen möchte ich wohl ein Veto einlegen", sagte Doktor van Anden, der gerade die Stiege herunterkam. „Sie sollten sich überhaupt nicht der Abendluft aussetzen, noch dazu ohne Kopfbedeckung. Für so unvernünftig hätte ich Sie nicht gehalten, Fräulein Anna."

„Ach, Herr Doktor, lassen Sie mich doch noch ein ganz klein wenig die milde Abendluft genießen!"

„Leider kann ich diese Verantwortung nicht auf mich nehmen. Sie müssen entweder ins Zimmer oder nach Hause gehen; denn die kleinste Unvorsichtigkeit würde sich streng rächen. Fräulein Esther, ich besorge Ihre Briefe."

„Was nur Doktor van Anden einfällt, daß er so viel Wesens mit Anna Bane macht? Er setzt noch dem Mädchen alles mögliche in den Kopf mit seinen albernen Reden", sagte Esther, als sie des Abends mit ihrer Schwester allein war.

„Wieso?" fragte Helene betroffen. „Meinst du, weil er sie heute abend so gebieterisch nach Hause schickte? Du weißt doch, daß sie sehr zart ist und daher alle Ursache hat, vorsichtig zu sein. Ich fürchte, sie ist es lange nicht genug und bedarf wohl ab und zu der Ermahnung. Noch heute früh hat der Doktor ihrem Vater gesagt, daß ihr die geringste Unvorsichtigkeit das Leben kosten könnte."

„Unsinn", erwiderte Esther, „Doktor van Anden tut wahrhaftig, als ob er das Gras wachsen hörte. Meiner Ansicht nach schildert er ihren Zustand nur deshalb so gefährlich, damit es später heiße, er habe sie gerettet. Ich kann durchaus nicht finden, daß das Mädchen schlechter aussieht als vor einem Jahr."

Erstaunt wandte sich Helene zu ihrer Schwester und sagte traurig: „Ich weiß wirklich nicht, was heute abend über dich gekommen ist. Du hast doch oft genug gehört, daß sich Anna Bane im letzten Stadium der Schwindsucht befindet, und du weißt auch, daß sie meine liebste Freundin ist."

Esther wußte selbst nicht, wie ihr zumute war; nur so viel stand fest: es war der schwerste Tag gewesen, den sie je erlebt hatte, und sie hatte ihrer üblen Laune nachgegeben, bis alle besseren Gefühle in ihr erstickt schienen. Die kleine Minnie hatte die Sache noch schlimmer gemacht, indem sie, als Tante Esther sie herzte und küßte, ausrief: „O, Tante Essie, du hast Tränen auf mein weißes Schürzchen geweint, so daß es gar nicht mehr so schön steif ist!"

Darauf hatte sie das Kind niedergesetzt und war davongeeilt. – Ja, niemand hätte leugnen können, daß Esther verdrießlich und unglücklich war. Doktor van Anden war ihr ein Dorn im Auge. Sie konnte seine anzüglichen Reden über christliche Geduld und Selbstbeherrschung nicht wieder loswerden; selbst sein ernstes Schweigen schien ihr ein stiller Vorwurf. Er war ihr in der Seele zuwider.

Kein Wunder, daß Helene an Herrn Arnetts Worte erinnert wurde, als sie sah, wie ihre Schwester vor dem Bett niederkniete und ein flüchtiges Gebet sprach; kein Wunder, daß sie sich fragte, ob Heinrich Arnett mit seiner heute aufgestellten Behauptung nicht doch recht habe, als sie ihrer letzten herzlosen Worte gedachte.

Und die arme Esther schlief so fest, daß sie gar nicht fühlte, wieviel Schande sie heute ihrem Herrn und Meister gemacht hatte.

3. Anna Bane

Esther hatte ihre Ansicht in bezug auf Anna Banes Zustand nicht geändert, als Doktor van Anden sie einige Wochen später im Vorübergehen anhielt und den Wunsch äußerte, sie einige Augenblicke zu sprechen.

In den letzten Wochen war Esther etwas aufgerüttelt worden. Helene war krank, zeitweise war ihr Zustand sogar sehr bedenklich gewesen – da erst hatte Esther gemerkt, wie öde das Haus wäre, wenn Helenes fröhliches Geplauder darin für immer verstummte; nie hatte sie gewußt, wie sehr ihr die muntere jüngere Schwester ans Herz gewachsen war. Sie hatte sie mit großer Liebe und Aufopferung gepflegt; aber seit Helene kein Fieber mehr hatte und wie früher im Haus herumhüpfte, meinte Esther, das Kranksein könne doch nicht so schwer sein, wenn man von zarter Rücksicht umgeben ist, wenn liebende Hände jedem noch so kleinen Bedürfnis zuvorkommen, wenn einem der geringste Wunsch an den Augen abgesehen und man vom Morgen bis zum Abend gepflegt wird. Die alte Ungeduld und Reizbarkeit machte sich wieder geltend, und sie vergaß die bang durchwachten Nächte, die ausgestandene Angst und Sorge um die geliebte Schwester. Der Gedanke an die eigene Müdigkeit, an die vielen Anforderungen, die rücksichtslos an sie gestellt wurden, gewann wieder die Oberhand. So kam es, daß sie Doktor van Anden mit keineswegs freundlichem Gesicht ins allgemeine Wohnzimmer folgte, als dieser sie um eine kurze Unterredung bat und mit ungewöhlichem Ernst sagte: „Anna Bane geht es recht schlecht heute abend. Es sollte außer der Haushälterin noch jemand bei ihr sein. Würden Sie vielleicht einen Teil der Wache übernehmen, Fräulein Esther?"

Gern hätte Esther „nein“ gesagt, so übertrieben schien ihr Doktor van Andens Sorge; hatte sie doch erst gestern Anna Bane sehr wohl aussehend am Fenster sitzen sehen. Am liebsten hätte sie Müdigkeit vorgeschützt; aber da Helene schon seit vierzehn Tagen keiner Nachtwache mehr bedurfte, ging dies nicht wohl an; überdies war Anna Helenes beste Freundin. Es blieb ihr also nichts übrig, als ihre Hilfe zuzusagen, worauf sich der Arzt verabschiedete. An der Tür kehrte er aber noch einmal um und sagte: „Lassen Sie Helene nichts davon merken; denn in ihrem jetzigen Zustand könnte ihr eine derartige Aufregung leicht schädlich sein!“

„Für alle anderen ist er immer voller Rücksicht“, brummte Esther, nachdem er sie verlassen hatte. „Was soll ich Helene denn eigentlich sagen? Daß er vielen Lärm um nichts macht, nur damit seine außerordentliche Umsicht so recht in die Augen falle?“

In dieser Gemütsstimmung trat sie einige Stunden später in das stille Zimmer, in dem Anna Bane lag und, soviel Esther sehen konnte, ruhig schlief wie jedes andere gesunde Mädchen.

„Wie finden Sie Anna?“ fragte die alte Dame, die bei der jungen Waise Mutterstelle vertrat und den Haushalt führte.

„Ich finde, sie hat lange nicht mehr so gut ausgesehen wie jetzt“, antwortete Esther kurz.

„Mir kommt sie auch nicht gerade schlimmer vor; aber Doktor van Anden ist sehr besorgt um sie, und er muß es doch verstehen.“

Um 11 Uhr kam der Arzt, blieb einen Augenblick vor dem Bett stehen und betrachtete dann die alte Frau, die in ihrem Schaukelstuhl eingeschlafen war. Hierauf trat er zu Esther und sagte leise: „Ich kann mich nicht auf die Haushälterin verlassen; ihre Nachtruhe ist in der letzten Zeit zu oft unterbrochen worden, und sie sieht ganz erschöpft aus. Ich rechne daher auf Ihre Wachsamkeit, Fräulein Esther. Wenn sich die Kranke bewegt, geben Sie ihr einen Löffel Arznei. Um 12 Uhr bin ich wieder hier; sollte sie unterdessen erwachen, so rufen Sie ihren Vater und lassen Sie mich durch Johann holen; er bleibt in der Küche für den Fall, daß Sie ihn brauchen." Danach entfernte sich Doktor van Anden leise, wie er gekommen war. Das Licht war heruntergebrannt, und der Schlaf der Haushälterin wurde immer fester, während Esther kein Auge von der Kranken wandte. Sie konnte sich immer noch nicht des Gedankens erwehren, daß der Doktor die Krankheit viel schlimmer darstellte, als sie in Wirklichkeit war, damit am nächsten Tag das Lob seiner Geschicklichkeit und Gewissenhaftigkeit gesungen werde; da sie nun aber einmal die Wache übernommen hatte, wollte sie nicht auf ihrem Posten einschlafen, obwohl ihr die ganze Geschichte wie eine Komödie vorkam.

Des Doktors sichtbare Sorge hatte jedoch dem alten Vater die Ruhe genommen; er fühlte, daß sein Liebstes in Gefahr schwebte. Kaum war der Arzt fort, so trieb ihn die Angst an das Lager seines einzigen Kindes. „Ich kann nicht schlafen", erklärte er Esther, „es ist mir so bange ums Herz. Kommt sie Ihnen auch kränker vor?"

„Durchaus nicht; ich finde sie sogar besser aussehend als gewöhnlich."

„So dachte ich auch", antwortete Herr Bane, neue Hoffnung schöpfend. „Sie war auch den Tag über recht munter; nur der Doktor scheint so besorgt zu sein. Er hat mir nicht ein hoffnungsvolles Wort gesagt."

Esther konnte ihre Entrüstung kaum verbergen. „Er hätte wenigstens dem alten Mann seine Ruhe gönnen können", dachte sie bei sich.

Pünktlich um Mitternacht kam der Doktor wieder und trat sofort ans Krankenbett. „Wie ist's gegangen?" fragte er Esther nach flüchtigem Gruß.

„Ich habe keine Veränderung bemerkt." Esthers Stimme klang beinahe etwas spöttisch.

Herr Bane sah den Doktor ängstlich forschend an, dessen Züge den Ernst der Lage verrieten. Tiefe Stille herrschte in dem Zimmer, während die beiden Männer schweigend am Lager der Kranken standen. Esther saß in einiger Entfernung; es wurde ihr immer klarer, daß sie recht hatte, und sie mußte sich innerlich bezwingen, um ruhig zu bleiben.

Endlich unterbrach der Doktor selbst das Schweigen; er beugte sich zu der Kranken nieder und rief sie leise beim Namen. Er mußte jedoch zum zweitenmal rufen, ehe sie langsam die müden, blauen Augen aufschlug. Schnell zog sich der Arzt zurück und winkte den Vater heran. „Sprechen Sie mit ihr, Herr Bane!" sagte er leise.

„Anna, mein Liebling!" sagte der Greis mit unsagbarer Liebe und Zärtlichkeit. Sein liebliches Töchterlein blickte zu ihm auf; aber man merkte ihren Worten an, daß sich dessen Gedanken weder mit ihm noch mit irgend etwas Irdischem beschäftigten. Die Stimme war so klar, daß Esther sie verstand, obwohl sie am anderen Ende des Zimmers saß.

„Ich habe meine Mutter und meinen Heiland gesehen", sagte Anna mit seligem Lächeln.

Dann senkten sich die müden Lider; Doktor van Anden fiel auf seine Knie nieder und betete mit leiser, zitternder Stimme: „Vater, wir befehlen ihren Geist in Deine Hände, Dein Wille geschehe!"

Im nächsten Augenblick herrschte die größte Verwirrung. Die Haushälterin war aus ihrem tiefen Schlaf erwacht, und der Arzt nahm sich mit rührender Teilnahme des armen, kinderlosen Vaters an; bald kam er jedoch zurück, um die nötigen Anordnungen zu treffen.

Esther saß wie versteinert da. Also war der Todesengel wirklich hier gewesen, und sie in ihrer Verblendung hatte nichts davon gemerkt, bis er mit dem erlösten Geist davongeeilt war? Also war Anna wirklich krank, gefährlich krank gewesen? Der Doktor hatte sich nicht getäuscht, hatte nichts übertrieben. Und Anna war wirklich heimgegangen? Hatte sie nicht vor wenigen Minuten noch so sanft geschlafen? Konnte das Herz wirklich aufgehört haben zu schlagen? Und die arme Helene, was würde sie dazu sagen? Wie sollte man ihr überhaupt das plötzliche Ende ihrer Herzensfreundin mitteilen? Während Esther so dasaß und über das Erlebte nachdachte, regte sich ihr Gewissen wie nie zuvor. Der Engel Gottes war ihr so nahe gewesen, und in welcher Verfassung hatte er sie gefunden?

Doktor van Anden ging leise von einem Zimmer ins andere, bis in dem so unerwartet heimgesuchten Haus alles in Ordnung war; dann trat er auf Esther zu und sagte in freundlichem Ton: „Ich will Sie jetzt nach Hause begleiten, Fräulein Esther." Er schien ihr nachzufühlen, wie erschüttert sie war.

Schweigend gingen sie hinüber. Erst als sich der Doktor anschickte, die Tür zu öffnen, sagte Esther mit leiser, gepreßter Stimme: „Herr Doktor, nie hätte ich das gedacht; es wäre mir nicht im Traum eingefallen" – dann brach sie ab.

„Das weiß ich", sagte er freundlich. „Es kam auch mir unerwartet. Ich hoffte, sie würde wenigstens den Morgen erleben. Ja, ich war so fest davon überzeugt, daß ich dem armen Herrn Bane gar nicht sagte, wie schlimm es um sein Kind stand. Jetzt tut es mir leid, daß ihn der Schlag so ganz unvorbereitet traf. Wahrlich: „Mitten im Leben sind wir von dem Tod umfangen"; wir wissen nicht, wann der Herr kommt. Gott sei Dank, daß Er Anna bereit fand!"

Die folgenden Tage hätten Segenstage für Esther werden können, wenn sie hierzu in der richtigen Herzensverfassung gewesen wäre. Wie leicht hätte sie Helenes nun empfänglich gewordene Seele für den Heiland gewinnen können! Wenige freundliche Worte hätten vielleicht genügt, um ihre Gedanken von Anna weg auf Annas besten Freund zu lenken. Esther versuchte es auch; sie war freundlicher und geduldiger mit ihrer jüngeren Schwester als gewöhnlich, und einmal, als Helene liebevoll beim Andenken der heimgegangenen Freundin verweilte, sagte sie ganz verlegen etwas davon, daß Anna für den Himmel reif war, und daß sie hoffe, Helene werde ihrem Beispiel folgen und sich auch zubereiten lassen für die ewige Heimat. Helene sah Esther erstaunt an, antwortete aber ernst: „Wie könnte ich je Anna ähnlich werden? Sie war in meinen Augen vollkommen. Du mußt doch auch zugeben, Esther, daß sie nie etwas Unrechtes getan hat."

Derartige Gespräche waren Esther ungewohnt; sie schwieg verwirrt und ließ Helene in dem Gedanken, als ob sich Anna durch ihr eigenes Verdienst den Himmel erworben habe. So verging die Zeit in raschem Lauf – das Gras wuchs über Annas Ruhestätte. Helene vermißte die Freundin schmerzlich; aber die ernsten Gedanken schwanden mit jedem Tag mehr, und Esther hatte die goldene Gelegenheit, die Schwester dem Heiland zuzuführen, verloren.

4. Die Sonntags-Lektion

Alfred und Julie Ried saßen im Wohnzimmer über ihrer Sonntagsschul-Lektion. Wie sie als Zwillinge das Leben miteinander begonnen hatten, so waren sie auch bisher die Unzertrennlichen geblieben, und sie waren nie vergnügter, als wenn sie beieinander waren. In der Woche hatten sie so viel mit ihren Schularbeiten zu tun, daß die Sonntagsschul-Lektion gewiß vernachlässigt worden wäre, wenn Frau Ried nicht die Anordnung getroffen hätte, daß die Kinder jeden Sonntagnachmittag eine halbe Stunde dem Studium derselben widmen sollten. Esther saß mit einem Buch in der Hand am Fenster; sie hatte gelesen, aber schon lange lag das Buch unbeachtet in ihrem Schoß, und sie blickte träumerisch in die Ferne. Helene sollte die kleine Minnie beaufsichtigen, trieb aber so viel Unsinn mit dem Kind, daß dessen silberhelles Lachen die Aufmerksamkeit der Zwillinge fortwährend vom Lernen abzog.

„Ich aber sage euch, widerstrebt nicht dem Übel – so euch jemand auf die rechte Wange schlägt, so reicht ihm die linke auch dar!" las Julie langsam und deutlich. „Was soll das wohl heißen, Alfred?" fragte sie nach einer kleinen Pause.

„Ach was, ich verstehe es auch nicht", antwortete Alfred rasch. „Der andere Vers ist gerade so sonderbar: ‚Und wenn jemand deinen Rock nehmen will, dem laß auch den Mantel.' Das sollte mir jemand zumuten! Ich ließe mir meinen Rock nicht so ohne weiteres nehmen, sondern würde mich tüchtig zur Wehr setzen."

„Das würdest du doch nicht tun, Alfred, wenn die Bibel das Gegenteil von uns verlangt. Ich glaube es wenigstens nicht von dir."

„Ich glaube, damit sind wir gar nicht gemeint", sagte Alfred, unbewußt die Ausrede aller derer vorbringend, die seit Adams Zeiten den Forderungen der Bibel aus dem Weg zu gehen suchen. „Wahrscheinlich galt es jenen alten Bösewichtern, die vor der Sündflut gelebt haben."

„Wenn auch", sagte Julie, „ich möchte doch wissen, was eigentlich damit gemeint ist. Ich wollte, die Mutter käme nach Hause. Wie es wohl Frau Bincent gehen mag? Glaubst du, daß sie sterben wird?"

„Wie soll ich das wissen? – Aber hör' nur einmal den dritten Spruch, Julie: ‚Ich aber sage euch: liebet eure Feinde; tut wohl denen, die euch hassen; bittet für die, so euch beleidigen und verfolgen!' Möchtest du nicht auch einmal jemand sehen, der dies alles befolgt?"

„Helene", sagte Julie, sich der Schwester nähernd, „kannst du uns nicht unsere Aufgabe erklären? Wir verstehen sie gar nicht, und ich kann nichts lernen, was ich nicht verstehe."

„Da wendest du dich an die Falsche, Kind! Ich bin überzeugt, du weißt viel mehr von der Bibel als ich, trotz meines ehrwürdigen Alters. Als ich so ein kleiner Gelbschnabel war, hatte die Mutter viel zu viel mit euch kleinen Würmchen zu tun, als daß sie Zeit gehabt hätte, sich so viel mit meiner Wenigkeit abzugeben, als sie es jetzt mit euch tut."

„Das mag ja sein; aber weißt du denn nicht, was der Spruch bedeutet: ‚So dich jemand auf die rechte Wange schlägt, so biete ihm die linke auch dar.'?"

„Ja, und der andere", fiel Alfred ein: „Wenn jemand deinen Rock nimmt, dem laß auch den Mantel?"

„Nun ja, so hört denn meine Erklärung!" sagte Helene. „Mir scheint, es bedeutet: Wenn jemand deine Pulswärmer stiehlt, wie jenes Zigeunerkind damals tat, sollst du schnell deine Kapuze ausziehen und sie ihm noch dazu geben!"

„Ach, Helene, das kann doch nicht dein Ernst sein?“

„Ferner“, fuhr Helene mit feierlicher Miene fort, „wenn er damit noch nicht zufrieden sein sollte, dann sollst du ihm auch noch deine Schuhe und Strümpfe anbieten!“

„Helene“, ließ sich nun Esthers tadelnde Stimme vernehmen, „wie kannst du nur den Kindern solchen Unsinn vorschwätzen?“

„Meinst du denn, wir sind so dumm, daß wir so etwas glauben?“ fiel ihr Alfred ins Wort.

„Ich bin eben immer die verkannte Unschuld“, sagte Helene demütig. „Gebe mir da alle erdenkliche Mühe, meinen Geschwistern die edelsten Lehren einzuprägen, und nun ist es doch nicht recht. Wirklich, Julie, besser kann ich dir den Spruch nicht erklären.“ Ihr fröhliches Gesicht wurde dann einen Augenblick ernst, und sie fuhr fort: „Ihr seht wohl, daß ich nicht mehr weiß als ihr. Warum fragt ihr eigentlich nicht Esther? Sie weiß besser Bescheid in der Bibel als ich.“

Esther legte ihr Buch beiseite und rief: „Julie, bring' mir die Bibel! Um was handelt es sich denn eigentlich? Ihr nehmt es doch sonst nicht so genau mit eurer Aufgabe.“

„Weil die Mutter sie uns gewöhnlich erklärt“, sagte Alfred. „Sie ist noch nicht von Frau Bincent zurückgekommen, und es scheint, daß außer ihr niemand etwas davon versteht!“

„Sei nicht so unartig!“ mahnte Esther. „Und du, Julie, sag jetzt, was du wissen willst!“

„Ich verstehe nicht, was es heißt, daß man seine linke Wange auch hinhalten soll, wenn einen jemand auf die rechte Wange geschlagen hat.“

„Das soll heißen, Böses mit Gutem zu vergelten. Wenn z. B. eine deiner Schulfreundinnen recht unfreundlich gegen dich ist, sollst du um so freundlicher und liebevoller gegen sie sein; oder wenn ein Knabe den anderen zu Boden wirft, soll jener ihm verzeihen, anstatt ihn auch hinzuwerfen und seinen Zorn an ihm auszulassen."

„Ich hab' noch keinen Jungen gesehen, der so etwas täte", sagte Alfred mit verächtlichem Achselzucken.

„Das beweist nur, daß die Knaben in der Regel ungezogen und streitsüchtig sind und nicht tun, was die Bibel lehrt!"

„Aber Esther", unterbrach Julie die ältere Schwester, „ist denn das wahr, was Helene gesagt hat? Muß ich Leuten, die mir etwas gestohlen haben, wirklich noch obendrein meine Schuhe und Strümpfe und meine Kapuze geben?"

„Wie kannst du nur so etwas glauben, Kind! Helene sollte sich schämen, daß sie euch solchen Unsinn vorschwätzt. Hier ist von Leuten die Rede, die zu Gericht gehen, sobald ihnen jemand das geringste antut. Mutter wird es euch schon erklären, wenn sie die Aufgabe mit euch durchnimmt."

Julie war nicht ganz befriedigt und fragte weiter: „Was bedeutet denn der zweite Spruch?"

„Ich will ihn noch einmal lesen", sagte Alfred: „Ich aber sage euch, tut wohl denen, die euch hassen, bittet für die, so euch beleidigen und verfolgen."

„Das ist doch leicht verständlich, sollte ich meinen. Wir sollen diejenigen liebhaben, die uns nicht leiden können, und für diejenigen beten, die uns Böses tun."

„Verlangt das Gott wirklich von uns, Esther?"

„Natürlich!"

„Warum tun wir es denn nicht, wenn Gott es haben will? Warum tust du es nicht, Esther?"

„Das ist eine kritische Frage, nicht wahr, Esther?" rief jetzt Helene in ihrer schelmischen Weise. „Ganz recht, Julie, daß du gleich die praktische Anwendung machst."

Unter dem Einfluß der angeführten Bibelworte war Esthers Herz weich geworden. Sie glaubte, was im Wort

Gottes stand, und hatte den lebhaften Wunsch, ihren kleinen Geschwistern die heiligen Lehren einzuprägen. Hätte sie sich unbeobachtet gewußt, so hätte sie den Kindern gewiß zu erklären gesucht, daß alle, die den Herrn Jesum liebhaben, in aller Schwachheit danach streben, Seine Gebote zu erfüllen, daß auch sie sich Mühe gäbe, dies zu tun, und daß die kleinsten Kinder dem guten Hirten folgen können. Nur schade, daß Esthers ganzes Leben diesen einfachen Lehren der Heiligen Schrift so wenig entsprach, daß auch das jüngste Kind dies bemerken mußte. Ihr eigenes Gewissen sagte ihr dies nur zu deutlich; aber Helenes augenscheinliche Freude über der Schwester Verlegenheit bei Julies natürlicher, aber ziemlich unbequemer Frage ließ ihre weichere Stimmung nicht aufkommen. Sie antwortete daher in strengem Ton: „An deiner Stelle, Helene, würde ich mich schämen, den Kindern ein solches Beispiel zu geben." Hierauf verließ sie das Zimmer.

An demselben Abend traf es sich, daß Doktor van Anden Helene allein im Wohnzimmer fand. „Helene", sagte er plötzlich, nachdem sein Blick einen Moment forschend auf ihr geruht hatte, „gibt es einen Vers in der Bibel, den Sie nie gelesen haben?"

„Mehr als einen, sollte ich meinen, Herr Doktor. Ich habe wohl einmal angefangen, die Bibel durchzulesen, blieb aber schon im dritten Buch Mose stecken, ich glaube im dreizehnten Kapitel, worin all die schweren Namen vorkommen. Aber warum fragen Sie mich danach?"

Der Doktor nahm die große Bibel von einem Seitentischchen und las: „Ihr habt das Wort des lebendigen Gottes verdreht."

Helene sah ihn erstaunt an und fragte: „Wie kommen Sie denn auf den Gedanken, daß ich gerade diesen Spruch nicht gelesen hätte?"

„Es ist ein ernstes Wort, Helene!“

„Ich sage ja nicht das Gegenteil – nur verstehe ich Ihre Frage nicht!“

„Ich hörte von der Veranda aus, wie Ihre kleine Schwester Sie um die Erklärung eines Bibelwortes bat.“

„Ach, dieses Gespräch haben Sie mit angehört“, antwortete Helene lachend. „Ich will nur wünschen, daß Sie davon profitiert haben.“ Das fröhliche Gesicht nahm jedoch plötzlich einen ernsten Ausdruck an, und das Mädchen fragte ängstlich: „Sie können doch nicht im Ernst glauben, daß ich das Wort Gottes verdrehen wollte, Herr Doktor?“

„Wie sollte ich das anders auffassen? Haben Sie etwa nicht Ihren kleinen Geschwistern die Lehren des Heilandes falsch ausgelegt?“

Helene stutzte, sagte aber nach kurzem Besinnen: „Später habe ich ihnen aber doch die Wahrheit gesagt. Warum müssen sie auch mit solchen Fragen zu mir kommen? Ich weiß nur soviel, daß die meisten Leute, die sich Christen nennen, durchaus nicht nach des Heilands Vorbild leben. Wenigstens kenne ich keine. Da muß man doch auf den Gedanken kommen, daß die Sprüche, die die Kinder heute zu lernen hatten, unmöglich so ernst gemeint sein können, sonst würden sich die sogenannten frommen Leute danach richten.“

Statt aller Antwort schlug Doktor van Anden abermals die Bibel auf und lenkte Helenes Aufmerksamkeit auf den Spruch: „Gleichwie der, der euch berufen hat, heilig ist, sollt auch ihr heilig sein in eurem Wandel.“

Hierauf verließ er das Zimmer. Helene aber las den Spruch noch einmal und mußte sich gestehen, daß es ihr nicht an einem vollkommenen Vorbild fehlte, wenn sie nur die Augen von den Schwächen und Fehlern der Menschen weg auf Jesum richten wollte.

5. Der verunglückte Brief

„Mutter“, sagte Helene eines Morgens, indem sie mit Julie an der Hand im Eßzimmer erschien, „hast du je von dem Fisch gehört, der aus der Bratpfanne ins Feuer fiel?“

„Was hast du denn jetzt wieder ausgeheckt, du Wildfang?“ fragte die Mutter, ohne von ihrer Arbeit aufzusehen.

„Gar nichts, Mutter; mir ist nur zufällig dieser in der Weltgeschichte so berühmte Fisch in die Hände gefallen, und da wollte ich doch die gute Gelegenheit nicht versäumen, ihn dem geneigten Zuschauer zu genauer Besichtigung vorzuführen.“

Neugierig sah Frau Ried von ihrer Arbeit auf. Als aber ihr Blick auf Julie fiel, rief sie entsetzt: „Ach du meine Güte, wie siehst denn du aus?“

Das kleine Mädchen war nämlich eine große Geduldsprobe für alle, die mit ihr in Berührung kamen. Das hübsche blaue Kleidchen und die weiße Schürze waren von oben bis unten voll Flecken, die niedlichen Stiefelchen sowie die Söckchen waren in demselben beklagenswerten Zustand; ja, sogar die Tränen ließen Schmutzspuren auf dem frischen Gesichtchen zurück, denn das Taschentuch sah nicht viel besser aus als die Kleidungsstücke.

„Soll ich dir die Geschichte des armen, kleinen Fischers erzählen, Mutter?“ fragte Helene lachend. „Tadellos, vom Kopf bis zu den Zehen frisch gekleidet, zog das Fischlein aus, um Esthers Brief zur Post zu tragen. Plötzlich nahte ihm die Versuchung in Gestalt eines kleinen Mädchens mit Papierpuppen, und während es letztere bewunderte, hatte der Brief die Kühnheit, ihm aus der Hand zu entschlüpfen – geradewegs in den Schmutz hinein. Weißt du, das war die Bratpfanne, Mutter. Entsetzt steckten dann die kleinen Pechvögel ihre weißen Köpfe zusammen und kamen auf den klugen Gedanken, den schmutzigen Brief im Bach zu waschen. Schleunigst ging's also zum Bach; während sie jedoch bis zum Knöchel im Wasser standen, um ihren Plan auszuführen, entglitt das ungezogene, kleine Ding Julies Händen und schwamm seelenvergnügt stromabwärts: Ist das nicht eine genaue Wiederholung von der Geschichte des Fischleins, das aus der Bratpfanne ins Feuer fiel? So wird diesmal der Brief wohl auf anderem Wege zu Onkel Ralph gelangen als gewöhnlich."

Hier unterbrach Esther Helenes Erzählung. Mit finsterem Gesicht hatte sie bisher zugehört; jetzt aber rief sie entrüstet: „Für diese Nachlässigkeit gehören Julie tüchtige Schläge. Wenn sie diesmal nicht exemplarisch gestraft wird, so ist es gar bald nicht mehr mit ihr auszuhalten."

Bei diesen Worten verwandelte sich Julies aufrichtiger Kummer in plötzlichen Zorn: „Nein, ich verdiene keine Schläge, du abscheuliche Schwester!" rief das Mädchen, mit dem Fuß stampfend. „Ich bin hingefallen und habe mir furchtbar weh getan, nur weil ich deinen dummen Brief retten wollte; aber ich weiß ja längst, wie garstig du bist."

Unter heißen Tränen hatte Julie diese Worte hervorgestoßen, und erst ihrer Mutter Stimme brachte sie zum Schweigen. „Julie", rief diese ernst, „was fällt dir denn ein? Darfst du so mit deiner älteren Schwester sprechen? Geh sogleich hinauf in mein Zimmer, ziehe trockene Kleider an und bleibe droben, bis du bereit bist, Esther um Verzeihung zu bitten!"

Das Kind lief zornig die Treppe hinauf, das Gesicht im schmutzigen Taschentuch bergend. Kaum hatte es das Zimmer verlassen, als Helene ihrer Entrüstung Luft machte und ausrief: „Mutter, diesmal hast du dich aber doch gewiß geirrt! Du hättest Esther hinaufschicken sollen; denn sie hat es weit mehr verdient als die arme, kleine Julie. Es war ja doch nur eine Ungeschicklichkeit, die dem Kind von Herzen leid war. Nie habe ich ein solches Jammerbild gesehen.“ Bei dieser Erinnerung lachte Helene aufs neue.

„Du bestärkst sie natürlich in jeglicher Unart; das ist mir gar nichts Neues, Helene. Kein Wunder, daß niemand mit dem Kind fertig wird“, sagte Esther gereizt.

„Bitte, Esther, sprich nicht in so gereiztem Ton!“ sagte Frau Ried mit kummervoller Miene. „Helene weiß wohl, daß es gar nicht nach meinem Sinn ist, wenn sie Julie darin bestärkt, dir unartige Antworten zu geben. Übrigens finde ich auch, daß du recht hart mit dem Kind warst. Du hast damit selbst nur die unartigen Reden hervorgerufen.“

„Nun ist die ganze Geschichte natürlich wieder meine Schuld“, erwiderte Esther bitter. „Daran bin ich längst gewöhnt, daß ich jederzeit unrecht haben soll, während alle anderen unfehlbar sind.“

Frau Ried seufzte, während Helene die Treppe hinauflief und vor sich hinsummte: „Wenn ich ein Vöglein wär – und auch zwei Flügel hätt’ – flög’ ich von hier.“

Mittlerweile hatte Julie in ihrer Mutter Zimmer ihre Kleider gewechselt und weinte bitterlich. Es war ihr recht schwer ums Herz, und sie konnte sich nicht trösten. So oft sie auch ihr Gesicht im frischen Wasser wusch, flossen doch die Tränen immer aufs neue. Sie hatte gewiß nicht unachtsam sein wollen, sagte sie sich immer wieder. Weil es ein schulfreier Tag war, hatte die Mutter sie gleich morgens besser angezogen und ihr erlaubt, den ganzen Tag bei ihrer Freundin zuzubringen. Schnell wollte sie noch den ihr anvertrauten Brief zur Post tragen, da begegnete ihr Röschen mit den Papierpuppen. Es war doch gewiß kein Unrecht, wenn sie neben

Röschen herging und die hübschen Püppchen ansah. Wie konnte sie auch denken, daß ihr der verhaßte Brief aus der Tasche fallen würde und noch dazu in die einzige Schmutzlache, die überhaupt auf dem Weg war? Ganz fest glaubte sie alsdann, wenn sie das Kuvert mit reinem Wasser waschen und mit dem reinen Taschentuch trockenreiben würde, müßten die Flecke herausgehen, und der Brief käme doch noch unversehrt in Onkel Ralphs Hände; statt dessen fiel ihr das beschmutzte Ding aus der Hand mitten ins Wasser hinein, wo sie es nicht mehr erreichen konnte – hier brachen Julies Tränen aufs neue los. Nach einer Weile nahm sie den unterbrochenen Gedankengang wieder auf und fuhr fort: Wie abscheulich sich Esther benommen hatte; wenn sie nicht gewesen wäre, hätte ihre Mutter sie gewiß freundlich angehört und hätte ihr geglaubt, daß sie es nicht absichtlich getan hatte und daß es ihr leid war, so ungeschickt gewesen zu sein, sie hätte ihr auch gewiß längst verziehen; dann hätte sie doch noch zu ihrer Freundin gehen dürfen, während sie nun den schönen, freien Tag, auf den sie sich schon lange gefreut hatte, allein zubringen mußte – bei dieser Erinnerung brach die Kleine in neues Schluchzen aus.

„Julie", rief jetzt eine bekannte Stimme im Garten, „wo bist du nur? Willst du mir nicht ein paar Stiche an meinem Segel machen?"

Eilend lief Julie ans Fenster und teilte dem mitfühlenden Bruder den erlebten Kummer mit.

„Das sieht ihr ganz ähnlich", lautete seine Beurteilung von Esthers Benehmen. „Sie wird mit jedem Tag brummiger, und wenn mir's passiert wäre, könnte sie lange warten, bis ich sie um Verzeihung bitten würde."

„Meinst du denn, ich möchte dem unfreundlichen Ding nachlaufen?" sagte Julie immer noch unter Tränen. „Wenn sie jetzt herauskäme, würde ich ihr schon sagen, was ich von ihr denke – so weit hat sie's gebracht."

Noch eine Weile dauerte die Unterhaltung in dieser Weise fort, und als Alfred schließlich abgerufen wurde, um Esther einen Eimer Wasser zu holen, war Julie fest entschlossen, nicht um Verzeihung zu bitten, trotz der liebevollen Vorstellungen ihrer Mutter, die es sich bei aller Müdigkeit nicht verdrießen ließ, in das zweite Stockwerk hinaufzusteigen, um sich nach der kleinen Rebellin umzusehen.

„Ich kann Esther gar nicht um Verzeihung bitten", sagte diese zu ihrem Bruder mit augenscheinlichem Selbstgefühl, „es wäre ja nicht wahr, denn es tut mir nicht im geringsten leid, Esther meine Meinung gesagt zu haben, und Mutter ermahnte uns immer, nur ja keine Lügen zu sagen."

In dieser Stimmung beharrte sie denn auch, bis Alfred sie kurz vor dem Abendessen abermals ans Fenster rief und mit verlegener Stimme sagte: „Du, Julie, ich wollte dir nur erzählen, daß Mutter schrecklich müde aussah, als sie eben von dir herunterkam, und daß sie geweint hat."

„Ist das wahr?" fragte das kleine Mädchen mit gepreßter Stimme.

„Ja, wirklich, ich sah sie weinen", antwortete Alfred ernst. „Es wäre doch vielleicht besser, wenn du um ihretwillen Esther um Verzeihung bitten würdest. Ich hörte, wie sie Helene sagte, es tue ihr schrecklich leid, dich strafen zu müssen."

„Du kannst recht haben, Alfred", sagte Julie nachdenklich. „Warte einen Augenblick, ich komme gleich hinunter."

So kam es, daß Julie wenige Minuten später die Mutter am Ärmel zupfte und demütig bat: „Verzeih', liebe Mutter, daß ich dir heute so viel Kummer gemacht habe."

„Von Herzen gern, mein liebes Kind", lautete die gütige

Antwort, während ein liebevoller Kuß auf den rosigen Mund gedrückt wurde.

Wie ganz anders klang Esthers kalte Rede: „Taten sprechen lauter als Worte. Erst will ich sehen, ob du in Zukunft weißt, wie du dich einer älteren Schwester gegenüber zu benehmen hast. Geh' mir jetzt aus dem Weg!"

„Ist alles in Ordnung?" fragte Alfred, als ihn Julie später im Garten traf und nachdenklich neben ihm stehen blieb.

„Ja", antwortete sie mit einem Seufzer der Erleichterung, „aber, Alfred, so wie Esther möchte ich nicht werden, wenn ich erwachsen bin; da gefällt mir Helene tausendmal besser."

6. Unverhofft kommt oft

Um nun auf den betreffenden Brief zurückzukommen, der eine so große Aufregung in der Riedschen Familie hervorgerufen hatte, müssen wir erwähnen, daß es eine besondere Bewandtnis mit demselben hatte. Er war für Esthers Cousine und Herzensfreundin, Onkel Ralphs einzige Tochter, bestimmt. Die beiden gleichaltrigen Mädchen hatten von Kind an miteinander Briefe gewechselt, ohne sich je gesehen zu haben.

Esther kannte keinen sehnlicheren Wunsch, als ihres Onkels häufig wiederholter Einladung nach New York Folge leisten zu dürfen, um ihre Cousine Agnes kennenzulernen, und doch sagte sie sich immer wieder, daß sich dieser Besuch ebensowenig verwirklichen werde wie eine Reise nach dem Mond. New York war mindestens 500 Meilen entfernt, und wie sollte Esther je die Reisekosten erschwingen, sowie die nötige Garderobe für einen solchen Aufenthalt? Statt sich nun diesen Besuch als unerreichbar aus dem Kopf zu schlagen, fand sie immer neuen Stoff zur Unzufriedenheit, indem sie beständig darüber nachgrübelte, wie es in New York und in ihres Onkels Familie so viel angenehmer zu leben sein müßte als zu Hause, und wie ganz anders ihre Cousine Agnes ihre Jugend genießen könnte als sie. Wie sehr solche Gedanken geeignet waren, ihre natürliche Reizbarkeit und Eifersucht zu nähren, ahnte Esther nicht.

Agnes war ein entschieden gläubiges Mädchen, und das sprach sie auch in ihren Briefen aus; Esther hatte aber nur wenig Segen von dieser Korrespondenz, weil sie sich einzureden suchte, wenn man von Luxus und Liebe umgeben sei wie ihre Cousine, so sei es nicht schwer, einen christlichen

Wandel zu führen. Damit trachtete sie ihr eigenes Gewissen zum Schweigen zu bringen, und ihre Antwort an Agnes war ein treues Bild ihrer Herzensverfassung.

Es war ihr bitterer Ernst mit der Klage, daß das Leben ihr unerträglich sei. Verzweiflungsvoll schritt sie im Zimmer auf und ab und sagte leise vor sich hin: „Wenn nur irgendeine Abwechslung käme!“ Dabei kam ihr gar nicht in den Sinn, daß eine Seele, welche weiß, daß Christus für sie gestorben und daß ihr Name im Himmel angeschrieben ist, kein Recht hat, solcher Unzufriedenheit Raum zu geben. Der Brief erreichte nie seinen Bestimmungsort; aber der erbarmende Heiland neigte sich voll zärtlicher Liebe zu seinem armen, törichten Kind und hatte schon die Antwort auf seinen trotzigen Hilferuf bereit, ehe sie auch nur einmal des Helfers gedachte, der allezeit ein offenes Ohr hat für seine armen Menschenkinder.

„Endlich der langersehnte Brief!“ klang Helenes klare Stimme im Eßzimmer, und im nächsten Augenblick war der kleine Wildfang in der Speisekammer angelangt und hielt Esther einen an sie gerichteten Brief hin. „Da ist endlich der kostbare Brief von Cousine Agnes, nach dem ich nun drei Wochen lang täglich dreimal auf der Post fragen mußte. Seinem Aussehen nach zu urteilen, hat er das Kap Horn umsegelt; er ist mindestens zweimal umadressiert worden.“

Esther ließ ihre Arbeit fallen, öffnete hastig den willkommenen Brief und vertiefte sich so darin, daß sie nicht einmal merkte, wie Helene den günstigen Augenblick benutzte und ein Stückchen Kuchen nach dem anderen abbrach.

„Steht etwas Besonderes darin?“ fragte Frau Ried, als sie Esthers hochgerötetes, erregtes Gesicht sah.

„Helene kann ihn vorlesen“, sagte letztere und reichte der Schwester den Brief.

Schweigend nahm ihn Helene, zu erstaunt über das unerwartete Vertrauen, als daß ihr eine passende Bemerkung eingefallen wäre. „Meine liebe Esther", las sie, „da ich in großer Eile bin, enthalte ich mich aller unnötigen Worte, um sogleich zum eigentlichen Zweck meines Briefes zu eilen. Du mußt zu uns kommen. Das haben wir zwar schon oft gesagt; aber diesmal ist es ein ganz besonderer Grund, der uns Deinen Besuch so dringend wünschen läßt. Es steht nämlich in unserem Haus eine Hochzeit bevor, und die Braut, die Dich lieb hat, ohne Dich zu kennen – wer ist sie wohl, Esther? –, möchte den Tag mir Dir verleben. Jedenfalls ist es eine, die Dein besonderes Interesse zu besitzen glaubt. Doch allen Ernstes, liebe Esther, komm, wenn es irgend möglich ist. Väterchen legt fünfzig Dollar als Geschenk für Dich ein, damit Du keine Ausrede hast bezüglich der Reisekosten nach New York. Du darfst aber nicht lange zögern; denn die Hochzeit ist auf den zweiundzwanzigsten August festgesetzt, und Du mußt doch wenigstens drei Wochen vorher bei uns sein. Mein Bruder soll Dein Brautführer werden. Wegen eines passenden Kleides für Dich brauchst Du Dir keine Sorgen zu machen; meine Mutter hat dasselbe schon für Dich ausgesucht, also hast Du gar keine Entschuldigung. Ich eile zum Schluß."

„Ich gratuliere, Esther", sagte Helene lachend, nachdem sie den Brief gelesen hatte. „Welches Glück! Esther, ich wollte, ich hätte auch mit Cousine Agnes in Briefwechsel gestanden. Ich sage ja immer, du bist viel, viel schlauer als ich. Eine Hochzeit ist immer etwas Herrliches, und dann erst eine New Yorker Hochzeit, und wenn man selbst Brautjungfer sein darf. Ich muß wirklich für dich in die Hände klatschen, da du zu würdevoll bist, um es selbst zu tun!"

„Hältst du mich für dumm genug, mir einzubilden, daß ich

hingehen dürfte?" erwiderte Esther, nun ganz bleich vor Aufregung.

„Natürlich gehst du, nachdem dir doch Onkel Ralph das Reisegeld geschickt hat. Übrigens kannst du mit fünfzig Dollar noch vieles andere kaufen außer dem Billett nach New York. Nicht wahr, Mutter, es steht Esthers Reise nichts im Weg? Sag ihr doch, daß sie gehen darf!"

„Natürlich gönne ich ihr gern die Abwechslung", sagte die vielgeprüfte Mutter. „Ich weiß nur nicht, wie wir ohne Esther fertig werden sollen. Auch müßte vielerlei angeschafft werden, und fünfzig Dollar reichen nicht so weit, wie du dir einbildest, Helene."

Esther wollte antworten – bittere Worte schwebten auf ihren Lippen –, sie wollte sagen, daß sie längst auf alle Vergnügen verzichtet und daß sie zum voraus gewußt habe, wie es gehen werde; aber Helene ließ sie nicht zu Wort kommen, sondern sagte in ihrer raschen Weise: „Wer wird denn immer gleich so schwarz sehen, Mütterchen? Ich wünsche so sehr, daß Esther nach New York geht. Nachdem ich nicht die Aussicht habe, je einmal selbst hinzukommen, muß ich wenigstens die Einladung für Esther annehmen. Überhaupt wäre es hohe Zeit, Mutter, daß du anfingest, dich auf mich zu verlassen. Ich bin volle zwei Zoll größer als Esther, und du wirst meinen Wert erkennen, wenn wir nicht mehr alle an Esthers Schürze hängen. Glücklicherweise gehen nächste Woche die Ferien an, und ich kann mich bis Oktober den Haushaltsgeschäften widmen. Agnes könnte keine bessere Zeit für ihre Hochzeit gewählt haben. Aber wie sonderbar, daß sie uns nicht einmal schreibt, wen sie heiratet. Nicht wahr, Mütterchen, Esther darf die Einladung annehmen? – Wie lange du doch brauchst, um zu einem Entschluß zu kommen!"

Helene hatte alle ihre Truppen ins Feld geführt, um ihre Mutter zur Einwilligung zu bestimmen; – ein Punkt schien der ängstlichen Frau besonders einzuleuchten. Wenn die mutwillige Helene, der Gegenstand ihres mütterlichen Stolzes, aber auch ihrer besonderen Sorge, eine Zeitlang Esthers Pflichten übernähme, würde sie vielleicht ein wenig mehr vom Ernst des Lebens kennenlernen. –

„Du bedürftest freilich einer Erholung", sagte sie mit einem warmen Blick auf das junge, vergrämte Gesicht ihrer ältesten Tochter. „Wenn ich nur wüßte, wie ich dir die nötige Aussteuer für die Reise schaffen könnte! Dein schwarzseidenes Kleid ist allerdings noch ganz hübsch; aber du müßtest unbedingt ein helles Gesellschaftskleid haben, und dazu fehlen uns die Mittel."

Diese aufsteigende Wolke wurde aber ebensoschnell verscheucht. Nach einem Augenblick stillen Nachdenkens rief Helene strahlend: „O Mutter, Mutter, ich weiß, wie wir es machen! Mich wundert nur, daß uns dieser Einfall nicht längst gekommen ist. Mein blaues Seidenkleid ist gerade, was wir brauchen. Da Esther kleiner ist als ich, könnte sie noch dazu eine Schleppe bekommen. Sage, Mutter, könnte man wohl etwas Besseres finden?"

Dieser großmütige Vorschlag machte sogar auf Esther Eindruck. Helene hatte nämlich noch nie ein seidenes Kleid besessen, und selbst der besprochene hellblaue Stoff war noch nicht genäht, obwohl sie ihn schon vor zwei Jahren von ihrer Patin bekommen hatte. Wie oft hatte sie ihre Augen an dem Anblick desselben geweidet und sich ausgemalt, wie das Kleid sie bei der Schlußfeier ihrer Schule schmücken würde! Es war ihr nämlich längst versprochen, daß sie es bei dieser Gelegenheit zum erstenmal anziehen dürfte.

Kein Wunder, daß Esther vor Erstaunen kein Wort hervorbrachte, während Frau Ried sagte: „Würdest du wirklich dein blauseidenes Kleid opfern, mein liebes Kind?“

„Das fällt mir gar nicht ein, Mutter. Ich will es durchaus nicht opfern, sondern nur leihen. Es ist ohnehin viel zu schön, um noch länger in die Schublade eingesperrt zu werden. In New York hat es Gelegenheit, zu sehen, wie in Seide gekleidete Leute sich benehmen, und kann es mir dann schonend beibringen. Aber wehe dir, Esther, wenn auch nur der kleinste Flecken hineinkommt! Das würde ich dir mein Leben lang nachtragen.“

Bei dieser Rede lachte Esther so herzlich, wie man sie selten lachen hörte. Es hatte ja wirklich den Anschein, als ob sich ihre Reisepläne diesmal verwirklichen sollten. Ach, wenn sie nur einmal etwas von der Welt sehen dürfte, wenn sie nur ein paar Wochen lang frei wäre von den langweiligen Pflichten ihres häuslichen Lebens, dann wollte sie gewiß nicht mehr murren und später die Sorgen und Widerwärtigkeiten mit neuem Mut tragen.

Frau Ried dachte auch, wenn Esther wirklich erfrischt und mit zufriedenerem Gemüt zurückkäme, wäre es wohl der Mühe wert, das Opfer zu bringen und sich eine Zeitlang ohne sie zu behelfen. Wenn es aber die entgegengesetzte Wirkung hätte und Esther sich dann gar nicht mehr in die alten Verhältnisse finden könnte, was wäre dann erreicht? Die arme Mutter überlegte hin und her und konnte zu keiner Entscheidung kommen, bis Helene endlich ihre Ungeduld nicht länger bemeistern konnte und ausrief: „O Mütterchen, Mütterchen, wie lange brauchst du doch, ehe du dein Jawort gibst! Ich könnte ja unterdessen eine Reise nach dem Nordpol machen und recht bequem zurückkommen. Ich kann es auch kaum erwarten, bis Esther fortgeht; denn ich brenne vor Begierde, zu hören, wie es in New York aussieht. Eine wirkliche, echte New Yorker Braut muß doch etwas ganz Außerordentliches sein. Überdies ist es Zeit, daß die Reihe, dir zu helfen, an mich kommt. Solange Esther alles tut, habe ich keine Gelegenheit, etwas zu lernen. Sage nur „ja", Herzensmütterchen, ich lasse dir doch keine Ruhe mehr, nachdem der Reiseplan soweit gediehen ist."

Frau Ried blickte sinnend in das fröhliche Gesicht ihrer Tochter und sagte endlich, wenn auch mit einem Seufzer: „In Gottes Namen wollen wir es versuchen, ohne dich fertigzuwerden, Esther, wenigstens für kurze Zeit!"

Der Entschluß war also gefaßt, und die drei Leutchen schienen sich einzubilden, daß sie das entscheidende Wort gesprochen hatten, und vergaßen dabei gänzlich, daß dieses kleine Ereignis mit all seinen Einzelheiten von Ewigkeit her beschlossen war.

7. Die Reise

„Zwanzig Minuten Aufenthalt!" – „Passagiere nach New York erstes Gleis, rechts!" – „New Yorker Neueste Nachrichten" usw. Unter diesen vielerlei Ausrufen in den verschiedensten Mundarten, dem Pusten der Lokomotive und dem Läuten der elektrischen Glocke suchte sich Esther einen Weg durch die Menge zu bahnen und mit ihrem Reisegefährten, einem ängstlichen Kaufmann vom Lande, der nach New York fuhr, um Waren einzukaufen, Schritt zu halten. Derselbe hatte sie durch den Lärm und das Gewirr hindurch ans Büfett begleitet und darauf bestanden, daß sie schnell eine Tasse heißen Kaffees hinunterstürzte, hatte sie dann in das Wartezimmer für Damen gebracht und ihr aufs strengste anbefohlen, ja nicht von der Stelle zu weichen, bis er zurückkäme, er habe gerade noch Zeit, einen Brief abzugeben; dann war er ihrem Gesichtskreis entschwunden; und sie war in dem furchtbaren Getümmel allein. Nicht als ob sie im geringsten ängstlich oder auch nur erregt gewesen wäre; sie fühlte sich im Gegenteil ganz behaglich und betrachtete das bunte Getriebe mit gespannter Aufmerksamkeit. Sah sie doch zum erstenmal in ihrem Leben, wie es auf einem großen Bahnhof zuging, wenn sie auch um keinen Preis einem der mit vollkommenster Sicherheit sich bewegenden Reisenden hätte eingestehen mögen, daß sie tatsächlich zum erstenmal mit der Eisenbahn fuhr. Ob man ihr das wohl ansah? In dem großen Spiegel, der in der Wand eingelassen war, konnte Esther ihr eigenes Bild in Lebensgröße sehen, und beim Anblick desselben glitt ein selbstzufriedenes Lächeln über ihre Züge. Ihr Reiseanzug gefiel ihr von dem duftigen Schleier, der so anmutig den Hut umflatterte, bis zur glänzenden Spitze der feinen Stiefelchen, und leise sagte sie vor sich hin: „Ich sehe wirklich keinen Unterschied zwischen mir und den vornehmen Damen, die so selbstbewußt einhergehen. Hätte gar nicht gedacht, daß ich mich so schnell zurechtfinden könnte! Ich bin nur froh, daß ich nicht so lächerlich aufgeputzt bin wie das Mädchen dort in dem braunen Kleid. Mir kommt es durchaus nicht fein vor, auf der Reise ein schwerseidenes Kleid zu tragen. Sie sieht auch aus, als ob sie an nichts als an ihren Staat dächte." Mit geringschätziger, selbstbewußter Miene beobachtete Esther das Rauschen des Seidengewandes ihr gegenüber. Wie erstaunt und entrüstet wäre sie gewesen, wenn ihr jemand gesagt hätte, ihre vermeintliche Geringschätzung des Putzes, der hier zur Schau getragen wurde, sei eigentlich nichts anderes als Neid; es fehle ihr nur an den nötigen Mitteln, an Zeit und Geld, um ebenso aufzutreten wie die, auf die sie so geringschätzig herabsah und die sie so streng tadelte. Es fehlte Esther eben an der richtigen Selbsterkenntnis. Und doch war sie vor kaum acht Tagen wie eine Furie in ihrem sonst so lieblichen Heim herumgefegt und hatte die Geduld ihrer armen Mutter auf eine harte Probe gestellt, Helene das Haus unerträglich gemacht und der kleinen Julie sogar eine Ohrfeige gegeben, nur weil ihr neues Kleid nicht so gemacht werden konnte, wie sie es sich in den Kopf gesetzt hatte.

Was hat die Riedsche Familie in den letzten vierzehn Tagen erlebt! Esthers Reiseplan brachte den ganzen Haushalt in Bewegung. Wer hätte gedacht, daß es vorher noch so viel zu tun gäbe? Frau Ried arbeitete bis spät in die Nacht und brachte im stillen manches kleine Opfer, nur damit ihre Tochter nicht gar zu sehr hinter der reichen Cousine zurückstehen müsse. Helene leerte ihr „geheimes" Fach, wie sie es nannte, und schenkte Esther ihre schönsten Spitzen und

Bänder, wobei sie jedem einzelnen Gegenstand kleine Abschiedsreden hielt und ihm erzählte, er habe die Ehre, nach New York zu fahren. Julie säumte die Taschentücher und stach sich dabei unbarmherzig in die ungeübten Fingerchen, ohne ein Wort der Klage hören zu lassen. Alfred war gern zu jedem Gang bereit; sagte aber insgeheim zu Julie, er tue es nur, damit Esther um so schneller fortkäme. Die kleine Minnie war jedermann im Weg und lief geschäftig hin und her, bis sie schließlich Esther zu Tränen rührte und alle anderen zum Lachen reizte, indem sie mit komischem Ernst ihr winziges Taschentüchlein der Reisenden als Beitrag zu ihrer Ausstattung brachte. Was Esther betraf, so war sie im höchsten Grade erregt und furchtbar schlechter Laune, wünschte hunderterlei Dinge, die sie unmöglich haben konnte, und verschmähte manche kleine Gabe, die ihr mit Liebe geboten wurde.

„Ich hoffe von ganzem Herzen, daß New York einen beruhigenden, veredelnden Einfluß auf dich ausüben möge", hatte Helene noch am Abend vor ihrer Abreise mit einer gewissen gutmütigen Ungeduld zu ihr gesagt. „Nachdem du nun den Gipfelpunkt aller deiner Wünsche erreicht hast, bist du unzufriedener, als da du glaubtest, zu Hause bleiben zu müssen. Mache nur fünf Minuten lang ein freundliches Gesicht, damit wir dich in guter Erinnerung behalten."

„Esther ist müde und abgespannt, Helene", sagte die nachsichtige Mutter, „es ist ihr auch wirklich recht viel in die Quere gekommen, und ich finde es gar nicht richtig, wenn man vor einer Abreise noch alle möglichen unangenehmen oder unüberlegten Dinge sagt, die meistens gar nicht so böse gemeint sind, wie sie lauten. Ich habe die freundliche Erinnerung an manche harte Arbeit, die mir Esther abgenommen hat, an manche schwere Sorge, die sie mir hat tragen helfen."

Ach, was ist es doch um eine geduldige, liebevolle, allezeit zum Vergeben bereite Mutter! In ihrer Selbstverblendung gedachte Esther nicht der unlustigen, oft recht häßlichen Art und Weise, wie sie ihre Arbeit getan hatte, sie gedachte nur mit einem Seufzer der Befriedigung an die vielen Kuchen und an die lange Reihe von Pasteten, die sie noch an diesem Morgen gebacken hatte, um ihrer Mutter Arbeit zu ersparen. Die arme Esther war eben immer noch nicht aufgewacht und konnte darum nicht sehen, was anderen Leuten sofort ins Auge fiel.

Mittlerweile waren die zwanzig Minuten beinahe vorüber, und die Lokomotive pustete und dampfte mit aller Macht; aber Esther saß noch immer, der empfangenen Weisung gemäß, an dem Platz, den ihr Herr Newton ausgesucht hatte, und verriet mit keiner Miene ihre innere Aufregung. „Das habe ich nun von Mutters übertriebener Ängstlichkeit! Hätte sie mich doch lieber allein fahren lassen, anstatt mich Herrn Newtons Obhut zu übergeben!“ sagte sie ungeduldig vor sich hin. „Jetzt kommen wir gewiß nicht vor sechs Uhr nach New York. Es ist zu unangenehm.“

Endlich erschien Herr Newton, dunkelrot und furchtbar erhitzt. „Wie leid tut es mir, daß ich Sie so lange warten lassen mußte!“ sagte er reuig. „Ich hatte keine Ahnung, daß die Post so weit entfernt ist, und muß sehr um Entschuldigung bitten. Nun“, fuhr er dann in seiner gewöhnlichen, gutmütigen Weise fort, ohne Esthers Schweigen zu beachten, „es könnte noch viel schlimmer sein. In einer Stunde geht schon der nächste Zug. Ich kann die Zeit benutzen, um einige Gänge zu machen, und zeige Ihnen dabei mit Vergnügen die Stadt, wenn Sie nicht lieber hier sitzen bleiben und sich das Getriebe in einem so großen Bahnhof gemütlich ansehen.“

„Gewiß bleibe ich lieber hier, als mich der Gefahr auszusetzen, noch einen Zug zu versäumen", antwortete Esther kurz. Es ärgerte sie, daß Herr Newton die Sache gar so gemütlich auffaßte, und er sollte wenigstens merken, daß sie nicht Lust hatte, ein zweites Mal sitzenzubleiben.

Der Kaufmann nahm jedoch keine weitere Notiz von dem sehr deutlichen Wink, den ihm Esther gegeben hatte, als daß er ihr versicherte, sie brauche sich keine Sorgen zu machen, er werde schon rechtzeitig kommen. Hierauf empfahl er sich mit sehr erleichtertem Herzen, indem er sich selbst gestand, er wisse wirklich nicht recht, wie man mit Damen umgehen müsse. „Wie leicht hätte ich den Zug noch erreichen können, wenn ich nicht hätte zurücklaufen müssen!" dachte er auf dem Weg in die Stadt. „Ein Paket oder eine Schachtel wäre viel bequemer; die könnte man wenigstens aufgeben. Aber um die Welt möchte ich nicht, daß das Fräulein dies wüßte!"

Auf dem Bahnhof war es verhältnismäßig still geworden, denn die meisten Passagiere waren mit dem letzten Zug gefahren. Nur etliche zwanzig Personen waren noch da und unter ihnen die Trägerin des braunen Seidenkleides, welche bei Esther höchste Ungeduld erregte, da sie keinen Augenblick stillsitzen zu können schien, sondern von einem Fenster zum anderen eilte, wie ein ruheloser Vogel, der noch nicht an den Käfig gewöhnt ist. Endlich fragte sie Esther mit einer auffallend klaren Stimme: „Ist es Ihnen auch so schrecklich langweilig, auf einem Bahnhof warten zu müssen?"

„Ja", sagte Esther kurz.

„Gehen Sie auch nach New York?"

„Ich hoffe es wenigstens", antwortete sie mit großem Nachdruck. „Eigentlich sollte ich schon dort sein; aber der Herr, dessen Obhut ich übergeben war, hatte noch etwas zu besorgen und verfehlte dabei den Zug."

„Das ist freilich unangenehm", antwortete das Mädchen.

„Auch ich habe den Zug verfehlt, noch dazu in recht dummer Weise. Ich lief nur rasch um die Ecke, um mir ein paar Schokoladentäfelchen zu kaufen und hielt mich dabei ein wenig zu lange auf; als ich zurückkam, fuhr der Zug gerade ab. Ich war außer mir darüber; denn ich wäre so gern rechtzeitig nach Hause gekommen. Leben Sie in New York?" – Esther schüttelte den Kopf und dachte bei sich: „So eine Dummheit hätte ich dir schon zugetraut, daß du um einer Zuckertüte willen den Zug versäumen könntest; . . . na, das muß ich sagen."

Wie konnte Esther auch ahnen, daß die Schokoladentäfelchen für das kleine Schwesterchen daheim bestimmt waren, das sich nicht leicht beruhigen würde, wenn Fanny nach vierunddreißigstündiger Abwesenheit nach Hause käme, ohne etwas mitzubringen! Vielleicht hätte es übrigens gar keinen Unterschied in Esthers Meinung gemacht, wenn sie dies auch gewußt hätte.

In diesem Augenblick öffnete sich leise die Nebentüre, und ein Mann in mittleren Jahren trat ein. In einer Hand trug er einen Handwerkskasten und einen kleinen, zinnernen Eimer. Neugierig sahen ihm die beiden Mädchen zu, wie er beides auf den Boden stellte, Hammer und Nägel aus dem Kasten nahm und sich daranmachte, einen Streifen Papier an die Wand zu nageln. Esther konnte von ihrem Platz aus sehen, daß es ein kleiner Streifen mit enggedruckter Schrift war, der aber durchaus nicht wie eine Bekanntmachung oder Warnung oder dergleichen aussah. Was konnte es nur sein? Nachdem der Mann den Streifen angenagelt hatte, wandte er sich an die im Wartezimmer anwesenden Fahrgäste, die ihm jetzt ungeteilte Aufmerksamkeit schenkten, und sagte in ehrerbietigem Ton: „Ich habe mir erlaubt, da ein hübsches kleines Traktat anzuheften, weil ich dachte, das Warten ist so langweilig – vielleicht würden die Herrschaften gern etwas Schönes lesen. Wenn es jemand vorlesen wollte, hätten alle etwas davon." Bei diesen Worten bückte sich der Mann, hob seine Gerätschaften wieder auf und ging hinaus.

Der Eindruck, den seine Worte hervorgebracht hatten, blieb und wirkte weiter, ein verborgener Same, dessen Frucht vielleicht erst am Tag des Gerichts offenbar werden wird. Aber wenn eine Bombe plötzlich hereingefallen wäre und alles zertrümmert hätte, wäre das Erstaunen der Umstehenden gewiß nicht größer gewesen. Ein Traktat! Wie war nur der Mann auf den absonderlichen Einfall gekommen, ein Traktat an die Wand zu nageln! Und noch dazu in einem Wartesaal! Es war geradezu unschicklich! Ein öffentlicher Wartesaal war doch wirklich kein Ort für Traktate! Ja, warum eigentlich nicht? Esther hätte selbst nicht sagen können, warum; es war eben so ungewöhnlich! Jawohl, ungewöhnlich, aber inwiefern unschicklich? Es war jedenfalls recht fanatisch, das mußte man doch zugeben! Ja, das war es! Das rechte Wort war ihr nur nicht eingefallen. Dieses Zwiegespräch hielt Esther mit ihrem Gewissen. Wir wissen ja, daß dasselbe schlief; es hatte ihr nur gerade einen kleinen Stich gegeben, wie im Traum – das Wort „fanatisch" aber wiegte es bald wieder in Schlaf. Mittlerweile hing dort das Traktat und flatterte ein wenig hin und her, so oft die Tür auf- und zugemacht wurde. War denn niemand da, der die wenigen Worte vorlesen konnte? –

„Ich möchte zu gern wissen, was auf dem Papier steht", sagte eine alte Frau, indem sie nach der Wand deutete, „aber ich habe leider meine Augengläser eingepackt, und mit dem Lesen will es gar nicht mehr recht gehen, wenn ich keine Brille habe. – Es sind doch gewiß ein paar junge Augen hier, sollte man denken", fügte sie dann hinzu und blickte fragend um sich. „Sie brauchen doch voraussichtlich noch lange keine Brille?"

Diese letzte Bemerkung richtete sie direkt an Esther, die sie aber keiner Antwort würdigte und nur wie mitleidig mit den Achseln zuckte und ungeduldig mit dem Fuß stampfte. Dabei brummte sie ganz leise: „Die unangenehme, alte Frau!"

Einen Augenblick rauschte das braune Seidenkleid, und die blauen Bänder flatterten unruhig hin und her; dann unterbrach eine klare Stimme das allgemeine Schweigen und sagte freundlich: „Wenn Sie es wirklich so gern hören möchten, gute Frau, so will ich es Ihnen mit Freuden vorlesen."

Das gefurchte, freundliche alte Gesicht überzog ein sonniges Lächeln, als es sich dem rotwangigen, blauäugigen Mädchen zuwandte, und die Angeredete antwortete herzlich: „Jawohl möchte ich das – und wie gern! Habe ohnehin nichts Derartiges gehört, seit ich von daheim fort bin, und ich bin doch schon hundert Meilen weit gefahren. Es ist mir, als müßte es mich erfrischen und wieder aufrichten, wenn ich einmal wieder etwas Gutes höre."

Die Wangen des jungen Mädchens wurden noch etwas röter als gewöhnlich, als dasselbe auf die Stelle zuschritt, wo das Traktat angenagelt war, und die Anwesenden lauschten aufmerksam, während die klare Stimme durch den Saal klang, so daß sie alle verstehen konnten. Sie las folgendes:

„Ernste Fragen.
Lieber Leser! Bist du ein Christ? Was hast du heute für deinen Heiland getan? Sind deine Bekannten und Angehörigen, mit denen du heute verkehrt hast, wie du auf dem Weg nach dem neuen Jerusalem? Ist jener Unbekannte neben dir ein Mitpilger

nach der ewigen Heimat? Hast du ihn gefragt, ob er sich nicht auch auf den Weg machen will? Hast du heute mit Worten und Werken anderen die Religion liebgemacht? Hast du den Heiland gebeten, dich heute auf allen deinen Wegen zu behüten und dich aus etwaiger Gefahr zu retten? Wenn dich heute der Tod ereilte, wärest du bereit, vor den Richterstuhl Gottes zu treten? Hast du heute nichts für deinen Herrn und Meister getan? Kennst du nicht das Bibelwort: Wer nicht für mich ist, der ist wider mich?

Bedenke, daß jede vernachlässigte Gelegenheit, jedes unnütze Wort, jeder unrechte Gedanke einst gegen dich zeugen wird! Du kannst kein Wort zurücknehmen; die verlorene Gelegenheit kommt nie wieder! Du kannst den heutigen Tag mit all seinen Fehlern und Flecken und Runzeln nicht zurückrufen! Hast du den Heiland gebeten, alles mit Seinem Blut reinzuwaschen? Hast du den heiligen Entschluß gefaßt, daß kein anderer Tag Zeuge derselben Fehler sein soll, die du heute begangen hast, und hast du diesen Entschluß in Seiner oder in deiner eigenen Kraft gefaßt?"

Während des Lesens war ein junger Mann hereingekommen, war bei dem ungewöhnlichen Anblick einen Augenblick stehen geblieben und dann leise durch den Saal geschritten, um sich auf den leeren Platz neben Esther zu setzen. Als die Leserin geendet hatte, begrüßte er sie mit einem freundlichen: „Guten Abend, Fräulein Fanny, haben Sie Arbeit für Ihren Meister gefunden?"

„Nur etwas ganz Geringes", antwortete die Angeredete mit leiser, zitternder Stimme.

„Das müssen Sie nicht sagen, mein liebes Fräulein", bemerkte die alte Frau. „Ich meinerseits bin Ihnen von Herzen dankbar. Es sind ernste Fragen, die Sie da gelesen haben, und ich sollte meinen, manchem müßte ganz bange dabei geworden sein; glauben Sie das nicht auch?"

„Ja, ja, ernste, tiefgehende Fragen sind es", antwortete der Herr, an den die Frage besonders gerichtet schien. „Ich möchte wissen, wie viele unter uns sich schämen müßten, ihre Antworten der Wahrheit gemäß niederzuschreiben, so daß sie jedermann lesen könnte?"

„Wie viele müßten sich schämen, wenn das Auge des Allwissenden ihre Antworten liest!" sagte die alte Frau mit kräftigem Kopfschütteln.

„Ja, das ist die Hauptfrage", erwiderte der andere. „Und doch, wie oft schämen wir uns viel mehr vor den Menschen als vor dem heiligen Gott!"

Hierauf wandte sich der junge Mann plötzlich an Esther und fragte in leisem, ehrerbietigem Ton: „Sind Sie auch auf dem Weg zur ewigen Heimat?"

Esther war verlegen, beinahe verwirrt. So etwas war ihr noch nie vorgekommen, und sie versuchte sich einzureden, daß sich das junge Mädchen in dem braunen Seidenkleid recht unpassend benommen habe. Dennoch konnte sie die ernsten Fragen nicht so ohne weiteres abschütteln – besonders nicht die so direkt an sie gerichtete. Sie schwieg einen Augenblick und stammelte dann, indem sie wie ein Schulkind errötete. „Ich – ich – ich glaube, ja."

„Jedenfalls sind Sie dann auch eine treue Mitarbeiterin im Weinberg des Herrn", sagte der Frager hierauf ernst; „in der jetzigen Zeit braucht der Herr treue Arbeiter."

„Das ist ein Pfarrer", sagte sich Esther, nachdem sie sich hinreichend von ihrer Verwirrung erholt hatte, um den Mann genau zu beobachten, wie er sorgfältig den Schal der alten Frau zusammenlegte, sich ihres Gepäcks annahm und ihr höflich die Hand zum Einsteigen bot; denn endlich fuhr der New Yorker Zug mit großem Lärm in den Bahnhof ein, und Herr Newton kam, um seine Reisegefährtin an ihr Coup zu führen. Das kleine Traktat aber blieb ruhig an der Wand hängen, während der Schreiner, der es dahin genagelt hatte, hämmerte und sägte und hobelte – dabei aber nicht vergaß, Gott zu bitten, Er möge die wenigen Worte an vielen Herzen segnen. Er ahnte nicht, daß dieselben schon jetzt Ewigkeitsgedanken wachgerufen hatten.

8. Das Ende der Reise

„Freilich ist es ein Pfarrer", sagte sich Esther noch viel bestimmter, als sie in dem dahinfliegenden Zug der alten Frau und dem jungen Herrn gegenübersaß und daher Gelegenheit hatte, den letzteren genau zu beobachten und zu sehen, wie aufmerksam er für die kleinsten Bedürfnisse seiner Reisegefährtin sorgte. Wenn der Zug einige Augenblicke stillstand, hörte sie auch Bruchstücke ihrer Unterhaltung.

„Denken Sie nur, zehn Jahre sind es schon her, seit ich meinen Jungen nicht gesehen habe", sagte die Alte. „Wie er sich freuen wird, seine Mutter wiederzusehen! Mittlerweile hat ihm der liebe Gott zwei Kinder beschert, eins hat er nach mir Sabina genannt. Freilich ist es kein schöner Name; aber was schadet das, wenn die Großmutter so heißt?"

„Das macht auch den häßlichsten Namen schön", antwortete der freundliche Reisegefährte. „Also haben Sie die alte Heimat aufgegeben, um eine neue zu suchen?"

„Ja, sehen Sie nur, was ich zur Erinnerung an meinen alten Garten mitgeschleppt habe!"

Mit hastigen, zitternden Händen schlug die Alte den Dekkel ihres Korbes zurück und brachte nach einigem Suchen einen verwelkten Strauß von den allergewöhnlichsten Blumen an das Tageslicht. „Die armen, lieben Blumen", sagte sie zärtlich mit bebenden Lippen und zitternder Stimme, „wie schnell sie welk geworden sind! Und doch bin ich erst im allerletzten Augenblick noch in mein Gärtchen gehuscht, um sie zu pflücken. Für mein Gärtchen war mir keine Mühe zu groß. Wie sorgfältig habe ich das Unkraut ausgejätet und den Boden um die zarten Pflänzchen gelockert, bis mir der Rükken ganz steif geworden ist, während mein Junge bei mir saß und mir vorlas! Das fiel mir alles ein, als ich diese Blumen pflückte, und dabei ist mir das Herz so schwer geworden, daß ich meinem lieben, alten Häuschen schnell den Rücken kehrte, ohne mich ein einziges Mal umzusehen."

Die arme alte Frau tat Esther von Herzen leid, und sie hätte ihr gern etwas zuliebe getan; aber der plumpe Strauß mit den verwelkten Blumen, die so geschmacklos ohne den geringsten Farbensinn geordnet waren, sah gar zu absonderlich aus, und sie konnte die Rührung nicht verstehen, mit welcher ihr Reisegefährte sorgfältig den Strauß in die Hand nahm und nach einer Pause sagte: „Ihren besten Freund haben Sie doch nicht zurückgelassen, Mütterchen, und beim Scheiden aus der alten Heimat mit den lieben Erinnerungen eines ganzen langen Lebens ist es doch ein herrlicher Trost, zu wissen, daß wir uns nie von unserem Heiland trennen müssen."

„Wie er doch dieses Thema in jegliche Unterhaltung zu bringen weiß!" dachte Esther.

„Das ist aber auch mein einziger Trost!" Unaufhaltsam flossen der Alten bei diesen Worten die Tränen über die gefurchten Wangen. „Und was brauche ich im Grunde mehr, wenn ich Jesum habe? Das weiß ich ganz gut, aber manchmal regt sich die Ungeduld, und ich meine, ich sei lange genug auf dieser Welt gewesen."

„Und wie steht es mit Ihrem Jungen? Ist Ihr Freund auch der seine?"

Langsam und traurig schüttelte sie das greise Haupt und sagte: „Ach, ich fürchte, er weiß noch nichts von ihm."

„Dann wundert es mich nicht, daß Sie noch nicht zur Ruhe eingehen dürfen, Mütterchen. Wahrscheinlich wartet der Meister noch, bis Sie ihm auch den Sohn zugeführt haben."

„So denke ich auch; wer könnte dem Kind auch besser sagen, wie gut man es beim Heiland hat, als die alte Mutter, die ihr Leben lang nur Gutes von ihm empfangen hat", sagte sie ernst; „manchmal aber kommt mir doch der Gedanke, ob mein Sarg ihm nicht vielleicht besser predigen würde als ich. Aber freilich, Gott weiß das am besten, und ich suche meine Seele in Geduld zu fassen." Hierauf setzte sich der Zug wieder in Bewegung, und Esther hörte nichts mehr; immer wieder aber klangen die Worte in ihrer Seele: „Mein Sarg könnte ihm vielleicht besser predigen als ich!" Wie ernst die Frau das sagte! Man fühlte, daß sie gern heute noch stürbe, wenn ihr Sohn dadurch zum Heiland geführt würde.

Derselbe Ernst, der auf dem gefurchten Gesicht der einfachen alten Frau lag, prägte sich in den Zügen des jungen Mannes aus. Es wurde Esther eigentümlich zumute; das Gewissen regte sich und weckte allerlei seltsame Gedanken in ihr. Woher kam es nur, daß sie so ganz anders war als diese beiden? Sie gehörte doch gewiß zu den Gläubigen; wenigstens hatte sie sich bisher für eine Christin gehalten; woher diese Verschiedenheit? Wer von ihnen hatte recht? Oder hatte sie sich getäuscht? War sie am Ende gar keine Christin? Bei diesem Gedanken schrak sie förmlich zusammen. Nein, die Gewißheit ihrer Kindschaft wollte sie sich nicht rauben lassen, so schwach sie auch sein möchte! „Natürlich kann man da keinen Vergleich ziehen", sagte sie sich endlich; „eine alte Frau, die beinahe mit dem Leben abgeschlossen hat, hat natürlich andere Ansichten als ein junges Mädchen, das noch gar nichts von der Welt weiß; ein Pfarrer hat von vornherein andere Lebensanschauungen als die übrigen Menschen. Das bringt schon sein Stand mit sich."

Wie sich die Leute doch mit ihrem Gewissen abzufinden suchen! So kindisch war Esther nicht mehr, daß sie denken konnte, die Pfarrer hätten eine besondere Bibel, in der ganz andere Lehren und Lebensregeln ständen als in der ihrigen. Und was die alte Frau betraf, die beinahe mit dem Leben abgeschlossen hatte – ja, wußte denn Esther, ob sie nicht vielleicht selbst schon am Rand des Grabes stand? Als der Zug wieder hielt, wurde das Gespräch der beiden Reisegefährten aufs neue vernehmbar.

„Wenn nur mein Junge Ihnen gliche!" sagte plötzlich die alte Frau und ließ ihre Augen bewundernd auf dem jungen Mann ruhen, der neben ihr stand und geduldig wartete, bis sie den Tee getrunken hatte, den er ihr besorgt hatte.

Esther folgte der Richtung ihres Blickes und konnte sich des Lächelns nicht erwehren, als sie dachte, wie unwahrscheinlich es sei, daß dieser Wunsch in Erfüllung ging.

Der Angeredete aber antwortete ernst: „Wenn er nur gut ist und seine Mutter so lieb hat, wie sie es verdient, dann ist es einerlei, wem er ähnlich sieht."

Während er hierauf die Tasse zurücktrug, machte die alte Frau ein wenig Toilette, glättete ihr weißes Haar und strich es unter die einfache Haube zurück; auch der alte Schal wurde zurechtgezogen und festgesteckt. Dabei schien ihr ein beunruhigender Gedanke zu kommen, und sie schaute ihrem Gefährten ängstlich ins Gesicht, als derselbe wieder Platz neben ihr genommen hatte. „Wenn er sich nur nicht seiner Mutter schämt!" sagte sie endlich mit gepreßter Stimme. „Ich bin eben doch eine recht einfache, alte Person und passe wenig in eine große, vornehme Stadt. Da könnte es ja wohl sein, daß er manches an mir auszusetzen fände."

„Wie können Sie so etwas glauben, Mütterchen", lautete die ermutigende Antwort; „in seinen Augen sind Sie gewiß die schönste Frau, die er je gesehen hat!"

Ein unsagbar glücklicher Blick dankte dem Reisegefährten

für diese Worte, und die alte Frau sagte mit seligem Lächeln: „Vielleicht geht es ihm wie dem Mann, von dem ich neulich gelesen habe. Jemand machte ihm gegenüber die Bemerkung, daß seine Mutter doch gar zu einfach sei; ob es ihn denn nicht geniere, sich mit ihr sehen zu lassen. „Freilich ist sie eine einfache Frau", antwortete der Sohn, „aber was liegt daran, nachdem sie eine so prächtige, gute Mutter ist!" – „Doch, was soll ich nur tun, wenn wir in New-York ankommen?" fügte sie dann, von plötzlicher Angst ergriffen, hinzu. „Wie leicht könnte es sein, daß mein Junge meinen Brief nicht bekommen hätte und also nicht an der Bahn wäre, um mich abzuholen!"

„Wissen Sie, wo Ihr Sohn wohnt?"

„Ja freilich, das hat er mir haarklein aufgeschrieben; aber in der großen Stadt wüßte ich doch nicht, wohin ich mich wenden müßte – ob es die Straße hinauf- oder hinuntergeht."

Ein flüchtiges Lächeln flog über ihres Freundes Züge, als er sich vorstellte, wie sich das alte Mütterchen in der großen Stadt zurechtzufinden suchte; aber er sagte schnell: „Ach, wenn Sie den Namen der Straße und die Hausnummer wissen, dann hat es keine Not, ob Ihr Sohn an der Bahn ist oder nicht. Wir nehmen dann einfach einen Wagen und fahren an seine Wohnung; natürlich begleite ich Sie und verlasse Sie nicht, bis Sie sicher an Ort und Stelle sind."

Der alten Frau kamen die Tränen. Nach einer kleinen Weile sagte sie einfach: „Ich kann gar nicht begreifen, warum Sie so gut mit mir sind. Freilich hatte ich Gott gebeten, er möge mir doch einen Freund schicken, der mir unterwegs ein wenig behilflich sein könnte, weil ich mich gar zu sehr vor der Reise fürchtete. Am Ende sind Sie dieser Freund, ach, und dann ist alles recht. Dann wird es mein Gott auch an der rechten Belohnung nicht fehlen lassen."

In demselben Augenblick ertönte ein lautes Pfeifen und ein furchtbares Getöse; ringsum herrschte die größte Verwirrung, und Esther merkte, daß der Zug in den New Yorker Bahnhof eingelaufen und sie also am Ziel ihrer Reise angelangt war. Rasch warf sie noch einen Blick auf das seltsame Paar, das sich sorgfältig einen Weg durch die Menge bahnte, und unwillkürlich kam ihr der Gedanke, ob sie die beiden wohl jemals wiedersehen werde.

Esthers Begleiter brachte sie sicher zu ihres Onkels Wohnung; so war es ausgemacht worden, weil sie nicht genau die Zeit ihrer Ankunft bestimmen konnte, und weil sie der Familie ihres Onkels auch ganz fremd war. Wie leicht hätte man sich unter diesen Umständen auf dem Bahnhof verfehlen können! Mit Windeseile flog sie durch die Straßen, ganz verwirrt von allem, was sie sah und hörte, bis endlich der Wagen vor einem großen, steinernen Gebäude hielt. Herr Newton zog die Glocke, und während Esther noch ganz verwirrt Abschied nahm und ihm für seine Begleitung dankte, wurde sie in eine große, prachtvoll ausgestattete Halle gewiesen. Ein Gefühl der Einsamkeit und nie gekannter Schüchternheit kam über sie, als der Diener, der die Türe aufgemacht hatte, sie höflich anredete: „Darf ich fragen, wen Sie zu sehen wünschen und wen ich melden darf?" – Konnte das ihres Onkels Haus sein? Und wen wollte sie eigentlich sehen? Am liebsten wäre sie an der Schwelle umgekehrt, so eigentümlich war ihr inmitten des unerwarteten Glanzes, der sie umgab, zumute.

Da erschien plötzlich ein überaus liebliches Mädchen am Fuß der Treppe, und eine helle Stimme fragte: „Ist das meine Cousine Esther? So bist du denn endlich hier! Wie mich das freut! Wo ist aber Herr Newton geblieben? Schon wieder fort! Johann, du hättest ihn überreden sollen, zum Mittagessen zu bleiben! Wir wollten ihm doch danken, daß er auf der

Reise so gut für mein Cousinchen gesorgt hat. Johann, laß die Koffer in mein Zimmer hinaufschaffen! Es ist dir doch recht, daß wir zusammen schlafen, Esther? Meine Mutter dachte zwar, das ginge nicht; ich müßte dir eins der Fremdenzimmer zur Verfügung stellen; aber mir wollte das gar nicht gefallen. Ich mußte lange genug auf dich warten; darum müssen wir jetzt auch die kostbare Zeit unseres Zusammenseins auskosten, wachend und schlafend. Bist du nicht auch dieser Ansicht, liebe Esther?"

Unter fröhlichem Geplauder hatte sie die Reisende die Treppe hinaufgeführt. Und nun betraten die beiden Mädchen das Zimmer, von dem Agnes gesprochen hatte, ein wahres Schmuckkästchen, wie Esther es sich nicht schöner hätte träumen können. Ihr Schönheitssinn schien vollkommen befriedigt; aber nach einem flüchtigen Blick auf die vielen herrlichen Dinge schenkte sie ihre ungeteilte Aufmerksamkeit dem reizenden Wesen vor ihr, der langersehnten Cousine Agnes. Wohl hundertmal hatte sich Esther ihr Bild ausgemalt – eine vornehme, königliche Gestalt mit langen schwarzen Flechten, die den Kopf wie ein Diadem umgaben, und mit großen, dunklen Augen, die träumerisch in die Welt blickten. Was die Kleidung betraf, so hatte sie sich diesselbe über alle Maßen prächtig gedacht, aus den kostbarsten Stoffen gefertigt und mit Edelsteinen geschmückt. Gewiß trüge die wunderbare Cousine nie einen geringeren Stoff als Samt und Seide. So hatte sie es sich vorgestellt. Und nun konnte sie kaum das Lachen unterdrücken, als sie sah, wie verschieden das Original von dem Bild war. Agnes war sogar mehrere Zoll kleiner als Esther und glich mehr einer lieblichen Fee als einer Königin; statt der schweren schwarzen Flechten kräuselten sich kleine lichtbraune Locken um die weiße Kinderstirn, und schöne, dunkelblaue Augen blickten fröhlich in die

Welt; ein duftiges weißes Musselinkleid umhüllte die zarte Gestalt. Beim Klang von Esthers Simme wandte sich Agnes rasch um.

„Hast du auch schon etwas an mir zu lachen gefunden?" fragte sie heiter.

„Es kommt mir nur komisch vor, zu sehen, wie ganz anders du bist, als ich dich mir nach deinem Bild vorgestellt hatte", erwiderte Esther in dem gleichen Ton.

„Nach meinem Bild?"

„Ja, wie ich es mir in Gedanken ausgemalt hatte."

Agnes lachte aufs neue und sagte fröhlich: „Nicht wahr, ich bin lustig angezogen? Ziehe du nur auch dein kühlstes Kleid an, damit du dich behaglich bei uns fühlst!"

Esther hatte sich hin und her besonnen, was sie wohl an diesem ersten Abend anziehen sollte, und stand unentschlossen vor ihrem offenen Koffer, bis Agnes endlich fragte: „Soll ich dir helfen? Ich will heute abend deine Jungfer sein, willst du? Wie wäre es, wenn ich zunächst die Kleider aufhinge? Welches soll ich draußen lassen? Dies scheint mir das kühlste." Hiermit hielt sie Esther ein weiß und rosa Musselinkleid hin, das letztere zu Hause des Nachmittags zu tragen pflegte.

„Wenn du meinst, es sei gut genug, so ziehe ich dieses an", sagte Esther, sichtlich erleichtert, daß die Toilettenfrage so schnell gelöst war. Dabei dachte sie in ihrem Herzen: „Demnach sind sie doch viel einfacher als ich glaubte."

Bald darauf gingen die Cousinen hinunter ins Eßzimmer, und beim Anblick des reichen Silbergeschirrs, das beim Schein der Gasflammen blitzte und funkelte, sowie der übrigen Pracht, die ihr allenthalben entgegentrat, war sie schnell wieder anderer Ansicht.

Onkel und Tante begrüßten sie mit großer Herzlichkeit,

und sie war erstaunt, wie schnell sie sich heimisch fühlte in dem ungewohnten Kreis. Nur einmal kam sie in große Verlegenheit. Zu ihrem Erstaunen wurde ihr nämlich ein Glas Wein eingeschenkt. Ihre bisherigen Bekannten gehörten alle dem Mäßigkeitsverein an; dadurch waren ihre eigenen Grundsätze nie auf die Probe gestellt worden; nun aber saß sie am Tisch ihres Onkels neben der Tante, die sie soeben erst kennengelernt hatte und die mit größter Seelenruhe ihr Gläschen Wein trank. Konnte sie sich unter diesen Umständen weigern, zu trinken, was ihr angeboten wurde? Und wenn sie davon trank, handelte sie dann nicht gegen ihre Grundsätze? Esther hatte kein eigentliches Gelübde gemacht, niemals Wein zu trinken, und es ist ja leider erwiesen, daß sich die meisten Leute gar schnell mit ihrem eigenen Gewissen abzufinden vermögen. Auch Esther beruhigte das ihre bald, indem sie sich einredete, an ihres Onkels Tisch müsse sie einfach annehmen, was ihr geboten werde. Und doch wußte sie ganz genau, daß es ihr eigentlich nur an dem moralischen Mut fehlte, ihren Grundsätzen treu zu bleiben. Nach kurzem Kampf führte sie also das Weinglas an ihre Lippen, ohne zu bemerken, daß ihre Cousine Agnes das ihrige unberührt stehen ließ. Wie froh war sie, als die Mahlzeit endlich vorüber war und sie sich unter dem Vorwand der Müdigkeit mit Agnes zurückziehen durfte!

9. Cousine Agnes

„So, jetzt habe ich dich endlich für mich allein", sagte das junge Mädchen mit glückseligem Lächeln, nachdem sie den Schlüssel umgedreht und neben Esther Platz genommen hatte. „Womit sollen wir nun anfangen? Ich habe dir so viel zu sagen; aber zuerst mußt du mir von Tante Laura, Helene und den Zwillingen erzählen. O Esther, bist du nicht sehr froh, daß du noch einen kleinen Bruder hast? Ich denke mir das zu schön."

„Es hat eben alles seine zwei Seiten", meinte Esther nachdenklich. „Ich wünschte mir oft, Alfred wäre erwachsen, dann könnte er mich begleiten, wenn ich ausgehe, und wir hätten diesselben Interessen, so daß unser Verhältnis zugleich ein freundschaftliches wäre."

„Ja, das ist freilich sehr angenehm, aber es hat auch seine großen Schattenseiten. Ralph ist zum Beispiel ein ausgezeichneter Gesellschafter, und doch, weißt du, Esther, er kennt eben den Heiland noch nicht, darum ist es mir immer, als stehe er an einem Abgrund. Ich bin deshalb in beständiger Sorge um ihn und wünsche mir oft, er wäre noch ein kleiner Junge wie dein Bruder Alfred; dann würde ich mich in seine Liebhabereien zu versetzen suchen und ihn so viel als möglich um mich haben. Vielleicht gelänge es mir auf diese Weise, Einfluß auf ihn zu gewinnen und ihm die Religion so lieb und anziehend zu machen, daß er nicht anders könnte, als selbst den Herrn Jesus zu suchen. Macht es dir nicht auch Freude, deinen Bruder Alfred alles mögliche zu lehren?"

„Dazu habe ich keine Zeit", sagte Esther nach einer kurzen Pause. „Er geht ja in die Schule, und wenn er der Nachhilfe bedarf, so wendet er sich an die Mutter." Die arme Esther war über ihrer Cousine Fragen ganz verlegen geworden. Wie konnte sie Agnes eingestehen, daß sie sich manchmal wochenlang nicht um Alfred kümmerte und es ihr noch nie eingefallen war, ihm etwas beibringen zu wollen?

„An die Schulaufgaben habe ich eigentlich auch nicht gedacht", sagte Agnes zögernd, „obwohl ich mir einbilde, es wäre mir eine Freude, wenn er sich mit allen seinen Anliegen und kleinen Bedürfnissen an mich wendete. Zunächst aber dachte ich daran, wieviel leichter es sein müßte, ein solches Kind für den Heiland zu gewinnen. Später macht sich dann die Welt geltend mit ihren Anforderungen und Versuchungen, und das Herz wird immer weniger empfänglich für das Göttliche. Aber dein Brüderchen ist vielleicht schon ein kleiner Streiter Christi?"

Statt aller Antwort schüttelte Esther den Kopf. Wie hätte sie dem ernsten Blick dieser blauen Augen begegnen und eingestehen können, daß sie Alfred noch mit keinem einzigen Wort aufgefordert hatte, zum Heiland zu kommen?

„Bei Alfreds Jugend hast du wenigstens viel mehr Gelegenheit, auf ihn einzuwirken, sollte ich meinen", erwiderte Agnes ernst. „Mit Ralph hingegen kann ich nur selten ein ernstes Wort reden. Und doch ist es mir so schwer ums Herz, wenn ich an das Seelenheil meines geliebten Bruders denke. Ich fühle mich so schwach und hilflos und bin doch die einzige hier im Hause, die von Jesu zeugen kann. Meine Eltern sind nämlich keine Christen, Esther, und darum ist auch der Einfluß des Elternhauses nicht so, wie es Ralph förderlich wäre. Mein Bruder ist sehr lustig und hat viele Freunde; aber leider nur solche, die ihn immer mehr in den Strudel weltlicher Vergnügungen hineinziehen. Eins bekümmert mich am meisten, er ist –" hier unterbrach sich Agnes, und es folgte eine kurze Pause. Dann fuhr sie fort: „Ach,

Esther, du wirst wohl selbst herausfinden, was ich meine, wobei ich deiner besonderen Hilfe bedarf. Ich habe schon lange dabei auf dich gerechnet und wünschte dein Kommen ebensosehr um deinet- als um meinetwillen. Du könntest viel Gutes ausrichten."

Gern hätte Esther gefragt, was Agnes eigentlich von ihr erwartete, und sie besann sich, was dieses gewisse Etwas wohl sein könnte. Agnes sah aber so traurig aus, daß sie in diesem Augenblick nicht näher darauf eingehen wollte und sich mit der Frage begnügte: „Wo ist Ralph augenblicklich?"

„Auf der Universität. Er kommt aber nächste Woche zu den Ferien. Schon um meinetwillen freue ich mich, wenn ich nun bald mein eigenes Heim habe. Mit Gottes Hilfe gelingt es mir vielleicht, ihm zu beweisen, daß ein christlicher Hausstand edlere Freuden bietet als er bisher gekannt hat."

Dies führte zu einem langen Gespräch über die bevorstehende Hochzeit.

„Meine Mutter ist gar nicht damit einverstanden, daß meine Hochzeit in den Monat August fällt", sagte Agnes. „Etwas später im Jahr wäre es vielleicht angenehmer; aber Forster muß im September nach Europa."

„Wer ist denn dieser Herr Forster? Muß er unbedingt dabei sein?"

„Allerdings", sagte Agnes mit schelmischem Ausdruck. „Da er mein Bräutigam ist, könnte ich ihn nicht gut an meinem Hochzeitstag entbehren."

„Das ist freilich eine andere Sache", erwiderte Esther. Beim Gedanken an ihre vorhergehende Frage konnte sie sich des Lachens nicht erwehren; aber plötzlich fuhr sie fort: „Ist Herr Forster etwa ein Pfarrer?"

„Was bringt dich auf diesen Gedanken? Er ist Kaufmann wie mein Vater."

„Ist er – ein Christ?“ lautete die nächste Frage. Esther war so wenig an eine derartige Unterhaltung gewöhnt, daß sie den einfachen Satz kaum herausbrachte.

Über das liebliche Gesichtchen der jungen Braut flog ein seliges Lächeln, und sie antwortete schnell: „Natürlich, Esther! Glaubst du, ich könnte einen Mann heiraten, der den Herrn Jesus nicht lieb hätte?“

„Hieltest du das denn für ein Unrecht?“ lautete Esthers erstaunte Gegenfrage.

„Vielleicht nicht für jedermann“, antwortete Agnes ernst. „Mir scheint, diese Frage muß jeder im Gebet mit seinem Gott ausmachen. Für mich wäre es jedenfalls Sünde. Ich bin zu schwach und würde an meiner Seele Schaden leiden, wenn ich einen Ungläubigen heiratete. Ja, Esther, Forster ist ein entschiedener Christ.“

„Also, wenn er dies nicht wäre, würdest du ihn nicht heiraten?“ forschte Esther weiter.

„Ich hoffe, in des Herrn Kraft würde ich tun, was ich für recht hielte.“

„Das kannst du leicht sagen, nachdem du weißt, daß du nicht auf die Probe gestellt wirst“, fuhr Esther fort. „Ich bin überzeugt, wenn die Frage wirklich an dich heranträte, würdest du es machen wie die meisten anderen jungen Mädchen.“

„Das ist wohl möglich, Esther“, erwiderte Agnes demütig. „Vielleicht würde ich der Versuchung unterliegen, ja, ganz gewiß, wenn ich mir selbst überlassen wäre. Aber der Heiland sagt: Laß dir an Meiner Gnade genügen.“

Nach einer Weile nahm ihr Gesicht den gewohnten glücklichen Ausdruck an, und sie fuhr fort: „Ich bin herzlich froh, daß mir der Herr diese Prüfung erspart hat, und daß ich auch nicht für die Zukunft zu sorgen brauche. Mein Wahlspruch ist: ‚Es ist genug, daß ein jeglicher Tag seine eigene Plage habe'."

Allmählich kam das Gespräch auf die Einzelheiten der Hochzeit, bis Agnes endlich ausrief: „Wie gedankenlos ich doch bin! Du bist gewiß todmüde, und ich habe dir vorgeschwätzt, bis es beinahe Mitternacht geworden ist! Jetzt müssen wir aber die Sitzung sogleich aufheben. Sollen wir noch miteinander beten? Kannst du dir einen Augenblick vorstellen, ich wäre Helene?"

„Gern", sagte Esther kleinlaut.

„Soll ich lesen, weil du so müde bist?" Ohne eine Antwort abzuwarten, schlug Agnes ihre kleine Bibel auf. „Liest du der Reihenfolge nach? Welche Bücher liesest du überhaupt am liebsten?"

„Darüber habe ich eigentlich noch gar nicht nachgedacht", sagte Esther verlegen.

„Ach, ist das möglich? Ich habe meine besonderen Kapitel und Verse, auf die ich immer wieder zurückkomme, je nach Bedürfnis. Wo seid ihr stehen geblieben, du und Helene?"

„Nirgends", sagte Esther geradezu in Verzweiflung.

Das Gesicht ihrer Freundin drückte nur Verwunderung aus.

„Ach, laset ihr etwa nicht miteinander? Ihr seid doch Schlafgenossen."

„Helene hat noch kein Interesse für derlei Dinge", sagte Esther endlich.

„Ach, weiß sie noch nicht, was wir an unserem Heiland haben?" fragte Agnes traurig; „dann kannst du ja meine Sorge verstehen. Und doch ist es wieder etwas anderes. Sie ist jünger, und du hast so viel Gelegenheit, auf sie einzuwirken."

Esther konnte sich nicht erinnern, daß sie auch nur eine

halbe Stunde über Helenes Seelenheil nachgedacht hätte; sie sagte aber nichts, und Agnes fuhr fort: „Wer steht dir besonders nahe, ich meine, unter den gläubigen Mädchen? Mit wem kannst du Gebetsgemeinschaft haben?"

Das für Esther so unerquickliche Thema wollte gar kein Ende nehmen. Was sollte sie nur sagen? Sie konnte doch nicht lügen. Zögernd gestand sie daher, daß sie überhaupt mit niemand betete.

„Du armes Kind! – So stehst du ganz allein! Übrigens geht es mir nicht viel besser, und ich bin mir gar wohl der schweren Verantwortung bewußt, die auf mir liegt, da ich die einzige bin, die in unserer Familie den Heiland kennt. Schreckst du auch vor solcher Verantwortung zurück, Esther, und kommt es dir auch zuweilen vor, als müsse sie dich erdrükken?"

„Ich kann ja nicht sagen, daß ich die einzige Gläubige im Haus bin", erwiderte Esther, ohne die weitere Frage zu beachten; „aber –"

„Vielleicht sind es sehr laue Christen! Das scheint mir eigentlich noch trauriger."

Der armen Esther schlug das Gewissen; denn sie fühlte wohl, daß die Vermutung ihrer Cousine nicht zutraf. Doktor van Anden nahm es z.B. sehr ernst mit seinem Christentum; wie oft hatte sie ihn sogar einen Schwärmer genannt! Aber dieses schöne, junge Mädchen konnte sie doch nicht mit ihm vergleichen. Sie war ganz verwirrt.

„Jetzt wäre es aber doch Zeit, daß wir aufhörten zu sprechen", sagte endlich Agnes. „Wie wäre es, wenn ich dir meine Lieblingsverse vorläse?"

„Ich, ich tilge deine Missetat wie eine Wolke und deine Sünde wie den Nebel. Kehre dich zu Mir; denn Ich erlöse dich. Jauchzet, ihr Himmel; denn der Herr hat es getan; rufe, du Erde, herunter; ihr Berge, frohlocket mit Jauchzen, der Wald und alle Bäume darinnen; denn der Herr hat Jakob erlöset und ist in Israel herrlich!" Und weiter aus dem herrlichen Buch des Propheten Jesajas ist mein Lieblingsvers: „Die Erlösten des Herrn werden wiederkommen und gen Zion kommen mit Jauchzen; ewige Freude wird über ihrem Haupt sein; Freude und Wonne werden sie ergreifen, und Schmerz und Seufzen werden weg müssen ..."

„Aber jetzt ist es genug; denn du kannst kaum mehr die Augen offen halten, Esther. Wenn ich über meinen Schatz gerate, so ist es mir, als könne ich nicht aufhören, darin zu graben. Wie werden wir uns zusammen an diesem Buch weiden, nicht wahr, Cousinchen? Heute aber will ich dir nur noch meinen „Gute-Nacht-Psalm" vorlesen. Findest du die Psalmen nicht einzig schön?"

Ohne die Antwort abzuwarten, las Agnes mit leiser, melodischer Stimme jenes Meisterwerk von Einfachheit und Hoheit, den 121. Psalm: „Ich hebe meine Augen auf zu den Bergen, von denen mir Hilfe kommt. Meine Hilfe kommt von dem Herrn, der Himmel und Erde gemacht hat. Er wird deinen Fuß nicht gleiten lassen, und der dich behütet, schläft nicht. Der Herr ist dein Hüter; der Herr ist dein Schatten über deiner rechten Hand, daß dich des Tages die Sonne nicht steche, noch der Mond des Nachts. Der Herr behüte dich vor allem Übel; Er behüte deine Seele! Der Herr behüte deinen Ausgang und Eingang von nun an bis in Ewigkeit!"

„Esther, willst du beten?" fragte schließlich ihre Cousine, als sie den Psalm zu Ende gelesen hatte.

Esther schüttelte energisch den Kopf.

„Soll ich beten oder möchtest du jetzt lieber allein sein, liebe Esther?"

„Nein", sagte Esther, „ich möchte dich gern beten hören."

Die beiden Mädchen knieten nieder, und Esther konnte lange nicht das einfache, ernste und doch so kindliche Gebet vergessen, das Agnes gen Himmel sandte.

So müde sie war, dauerte es lange, bis sie endlich schlief. Wie hatte sie sich ihre Cousine doch so ganz anders vorgestellt! Am meisten wunderte sie sich, wie dieselbe über religiöse Gegenstände sprach. So hatte sie nie jemand reden hören, ausgenommen den Pfarrer auf dem Bahnhof. In bezug auf Religion schienen sich die beiden überhaupt recht ähnlich zu sein. Beim Gedanken an ihren Reisegefährten wandte sich Esther noch einmal an Agnes und erzählte ihr alles, was sie im Wartesaal und im Zug mit angehört und miterlebt hatte. Agnes lauschte jedem Worte mit gespanntester Aufmerksamkeit, bis endlich die Uhr auf dem Kaminsims zwei schlug und sie reumütig sagte: „Jetzt spreche ich aber ganz gewiß nicht mehr, Esther, sonst bist du morgen den ganzen Tag schläfrig. Bilde dir nur ja nicht ein, ich ließe dir dann etwa Zeit zum Schlafen! Nicht eine Minute – das darfst du mir glauben. Also nochmal gute Nacht."

„Gute Nacht!" wiederholte Esther, aber ihre Augen blieben weit offen. Sie war viel zu aufgeregt, um schlafen zu können. So ging sie im Geist noch einmal alles durch, was sie erlebt hatte; aber am häufigsten kehrten ihre Gedanken zu der Frage zurück, die sie von den Lippen eines Fremden so sonderbar berührt hatte. Bin ich eine Pilgerin nach dem neuen Jerusalem? mußte sie sich immer wieder fragen. Woher kam es nur, daß sie so ganz anders war als ihre Cousine Agnes? So wenig sie von ihrer Cousine gesehen hatte, fühlte sie doch diesen Unterschied deutlich. Was würde Agnes sagen, wenn sie wüßte, daß Esther in Monaten nicht so viel in der Bibel gelesen hatte wie an diesem einzigen Abend? Ja, Esther war entschieden zurückgegangen. Wie viele Tage vergingen, ohne daß sie sich Zeit zum Beten nahm! Und selbst wenn sie gebetet, wie oft war sie unerhört von den Knien aufgestanden! Inmitten dieser Betrachtungen kam ihr plötzlich der Gedanke, wie schrecklich es ihr wäre, wenn Agnes wüßte, wie es in diesem Punkt um sie stand, und doch – und doch wußte ihr Heiland dies ganz genau, ohne daß sie sich dessen sonderlich geschämt hätte. War ihr dies vorher nie zum Bewußtsein gekommen? Wie immer in solchen Augenblicken der Selbstprüfung, flüsterte ihr Satan ins Ohr: „Es ist kein Wunder, wenn dir deine Cousine Agnes in diesem Punkt voraus ist. Sie lebt ja in ganz anderen Verhältnissen. Wenn du so viel Zeit zu deiner Verfügung hättest wie sie, würdest du dich auch besser in deiner Bibel zurechtfinden. Was weiß sie von den vielen Sorgen, Versuchungen und Widerwärtigkeiten deines Lebens! Ihr Leben fließt im Sonnenschein des Glückes dahin, das deinige hingegen im Schatten. Übrigens kennst du sie noch gar nicht. Ein Kapitel in der Bibel zu lesen, ist nicht schwer; es gibt noch viel wichtigere Dinge. Wer weiß, ob sie so vollkommen ist, wenn es sich um pünktliche Pflichterfüllung handelt?" Esther erkannte nicht, daß die alte Schlange sie mit solchen Reden wieder in den Schlaf wiegen wollte! Wie gut wäre es gewesen, wenn sie sich darüber Rechenschaft gegeben und den Feind entschieden abgewiesen hätte. Das fiel ihr aber gar nicht ein; sie war froh, so viele Entschuldigungsgründe zu haben, und schlief endlich mit völlig beruhigtem Gewissen ein.

10. Esthers vermeintlicher Pfarrer

Als Esther am nächsten Morgen die Augen aufschlug, fiel ihr erster Blick auf ihre Cousine Agnes, die liebevoll über sie gebeugt vor ihrem Bett stand und sie mit ihrer glockenhellen Stimme fragte: „Fühlst du dich wohl genug, um aufzustehen, oder soll ich dir lieber dein Frühstück ans Bett bringen?"

„Frühstück!" wiederholte Esther erstaunt und sah ihre Cousine noch ganz verschlafen an.

„Ja freilich, Frühstück", sagte diese mit munterem Lachen. „Hast du gedacht, in New York gäbe es keine derartige gastronomische Einrichtung?"

Ach natürlich, sie war ja in New York! Esther sagte sich dies mit unbeschreiblichem Behagen und stimmte in ihrer Cousine fröhliches Lachen ein – es kam ihr geradezu unglaublich vor, daß jemand sie ermahnte, zum Frühstück aufzustehen, und daß dieses Mahl ohne ihre Beihilfe zubereitet worden war; doch sagte sie schnell: „Gewiß stehe ich auf, Agnes; ich bin sofort fertig. Hast du auf mich gewartet?"

„Nicht einen Augenblick, beruhige dich nur! Gewöhnlich frühstücken wir um 8 Uhr; heute aber hat Mutter eine halbe Stunde zugegeben."

Esther blickte auf die Uhr; zu ihrem größten Erstaunen fehlten nur noch 10 Minuten bis 9 Uhr. So lange hatte sie doch in ihrem ganzen Leben noch nicht geschlafen. Zu Hause mußte um diese Zeit alles schon beinahe in Ordnung sein; wahrscheinlich wäre sie jetzt über dem Bettenmachen. „Wie mag es der armen Helene gehen? Aber es ist ihr ganz gesund, daß sie einmal sieht, wieviel auf mir lastet", dachte Esther mit einem gewissen Selbstbewußtsein, während sie vor dem Spiegel stand und ein Kräuschen in ihr neues Morgenkleid heftete, das ihr Helenes geschickte Hände genäht hatten.

„Jetzt will ich dich ein Weilchen allein lassen", sagte Agnes und nahm ihre kleine Bibel vom Tisch. „Wo ist nur deine Bibel, Esther? Du hast sie doch gewiß mitgebracht?"

„Ach, ich fürchte, die ist in der Eile liegen geblieben", erwiderte Esther verlegen. „Es mußte so furchtbar rasch mit dem Packen gehen, und ich kann mich nicht erinnern, sie in den Koffer gelegt zu haben."

„Das tut mir leid. Ich kann mir denken, wie sehr man seine eigene Bibel vermissen muß. Du hast gewiß auch eine Menge kleiner Zeichen, die außer dir niemand versteht. Ich habe wenigstens die Gewohnheit, mir alles mögliche zu unterstreichen, wenn ich in meiner Bibel lese. Jedenfalls bringe ich dir eine Bibel herüber; darin kannst du unterstreichen soviel du willst."

Einige Minuten später saß Esther fertig angekleidet am Fenster, die aufgeschlagene Bibel im Schoß. Agnes hatte sie augenscheinlich allein gelassen, damit sie Zeit und Gelegenheit habe, ihre Morgenandacht zu halten. Der Gedanke gefiel ihr recht gut. Freilich hatte sie nicht die Gewohnheit, jeden Morgen privat in der Bibel zu lesen; aber das hatte seinen bestimmten Grund. Wer sollte mittlerweile die Arbeit tun und das Frühstück richten, wenn sie in ihrem Zimmer blieb und so lange Zeit auf ihre Privatandacht verwendete? Jetzt befand sie sich in einer ganz anderen Atmosphäre und konnte die junge Dame spielen, während sie wartete, bis die Tischglocke zum allgemeinen Frühstück rief. Natürlich las sie nun auch ihr Kapitel in der Bibel ebenso gern wie Agnes. Die selige Gewohnheit, sich eine eigene, vielbenützte, vielgeliebte Bibel zu ihrem alleinigen Gebrauch vorzubehalten, kannte sie nicht; wenn sie je einmal Zeit und Lust zum Lesen hatte, nahm sie eben Helenes oder Julies Neues Testament zur Hand oder die alte Familienbibel, von der der Einband und ein Teil der Offenbarung abgerissen war. Der Gedanke, gewisse Verse zu unterstreichen, leuchtete ihr wohl ein, und sie beschloß, es in Zukunft zu tun. Ja, sie wollte sogleich damit anfangen. Begierig suchte sie nach einem Bleistift. Dort auf dem runden Tisch am Fenster lag einer; aber mitten unter vielen anderen, weit interessanteren Dingen. Ihrer Cousine reizende kleine Uhr tickte leise in dem zierlichen Gehäuse von Elfenbein und blauem Samt; die mußte Esther näher betrachten, ja, sie einen Augenblick umhängen, um zu sehen, wie sie sich ausnähme; auch die prachtvolle Diamantnadel verlangte ihre Aufmerksamkeit, und vor allem eine schön gebundene Ausgabe von Longfellows Gedichten sowie ein hübscher, sogenannter christlicher Roman in zwei Bänden, den Tante Helene kürzlich geliehen hatte und zurückgeben mußte, ehe Esther Zeit gefunden, ihn zu lesen. Longfellow und die Bibel entfielen ihren Händen, während letztere begierig nach dem Roman griffen. Sie wollte nur einen Augenblick in dem Buch blättern; zufällig war aber ihr Auge gerade auf einen so spannenden Abschnitt gefallen, daß sie sich nicht von der interessanten Lektüre trennen konnte, bis die Frühstücksglocke dieselbe plötzlich unterbrach. Erschreckt fuhr sie zusammen und folgte dann ihrer Cousine mit dem drückenden Bewußtsein, daß sie wiederum eine ihr von Gott gebotene Gelegenheit, sich durch Gebet und Gemeinschaft mit ihrem Heiland für die Versuchungen und Vorkommnisse eines neuen Tages zu wappnen, versäumt hatte.

Dieses erste Frühstück in New York machte einen tiefen Eindruck auf Esther. Wieviel besser schmeckte das Mahl an dem gedeckten Tisch mit dem feinen Porzellanservice, der blendend weißen Damastdecke und der silbernen Kaffeemaschine! Ein tiefer Seufzer entschlüpfte ihr, als sie an ihren einfachen Tisch zu Hause dachte. Aber auf Tante Helenes Gesellschaft hätte sie gern verzichtet, und der Vergleich, den sie zwischen ihr und ihrer geduldigen, sanften Mutter zog, fiel sehr zu ungunsten von ersterer aus. „Wo ist Onkel Ralph?“ fragte sie.

„Ach, der ist schon vor mehreren Stunden in die Stadt gefahren“, antwortete Agnes. „Glaubst du vielleicht, ein Geschäftsmann könne so viele köstliche Morgenstunden versäumen?“

„Geht er ohne Frühstück fort?“

„Das nicht – aber er frühstückt um 7 Uhr, anstatt um 8 Uhr wie wir.“

„Früher hat er wie andere Geschäftsleute in der Stadt gefrühstückt“, erklärte Tante Helene weiter. „Neuerdings hat sich Agnes in den Kopf gesetzt, sie könne es ihrem Vater zu Hause behaglicher machen, und seitdem besteht sie eigensinnig darauf, ihm beim Schein der Gasflammen selbst das Frühstück zu bereiten.“

„Liebste Mutter, verleumde doch die Sonne nicht so schmählich!“ rief Agnes mit komischer Entrüstung. „Hast du je um 7 Uhr morgens im Monat August noch Licht brennen sehen, Esther?“

„Also kommst du um 7 Uhr herunter?“ fragte Esther, statt zu antworten.

„Das wäre zu spät. Wenn ich will, daß mein Vater sein Frühstücksstündchen gemütlich findet, muß ich schon um 6 Uhr, spätestens halb sieben auf dem Platz sein und mich selbst um alles kümmern“, erklärte Agnes.

„Ja, und verbrennt sich dabei Gesicht und Hände über dem Kohlenfeuer, nur damit ihr Vater das Vergnügen habe, verbranntes Brot zu essen. Sie meint, wenn sie es zubereitet hat, muß es ihm schmecken, sei es auch noch so schwarz."

„Da bist du aber doch im Irrtum, Mütterchen", antwortete Agnes mit der besten Laune von der Welt. „Ich habe noch nie das Brot verbrannt, und der Vater hat erst heute früh gesagt, es habe ihm nie so gut geschmeckt."

„Es scheint, du vervollkommnest dich", erwiderte Frau Ried, nicht ohne leisen Anflug von übler Laune. „Wenn Herr Forster bankrott gemacht hat, erleben wir es noch, daß du dich als Köchin verdingst."

„Das kann ich dir versprechen, Mutter, wenn es je soweit kommen sollte, und du mietest mich als Köchin, so werde ich mir ein warnendes Beispiel an diesen Eiern nehmen und die meinigen nicht so hart sieden", sagte Agnes, ohne jede Spur von Empfindlichkeit.

Esther fand die Art und Weise, wie ihre Tante mit der Tochter sprach, höchst unangenehm und dachte, so etwas ließe sie sich gewiß nicht gefallen. Wie Agnes nur alles so freundlich aufnehmen konnte! Dieser Gedanke beschäftigte sie so sehr, daß sie darauf zurückkam, sobald sie mit Agnes allein war, und diese fragte: „Warum bereitest du eigentlich deines Vaters Frühstück, Agnes? Hältst du es wirklich für notwendig?"

„Notwendig ist es nicht; aber ich tue es gern, und Väterchen hat sich ganz daran gewöhnt. Er ist sehr selten zu Hause, deshalb suche ich ihm die wenigen Stunden, die er hier verbringt, so angenehm wie möglich zu machen. Und dann, Esther, ist es die einzige Gelegenheit, die ich habe, um meinem Vater hier und da ein Wörtchen vom Heiland zu sagen. Du kannst dir denken, wie inbrünstig ich den Herrn bitte, irgendwelches noch so geringe Wort zu benutzen, um ihn zum Kreuze zu führen."

„Und was wollte deine Mutter mit ihrer Anspielung auf Herrn Forster sagen?“ forschte Esther weiter.

„Sie ist nicht mit seinen Wohltätigkeitsplänen einverstanden und findet, er setze damit seine eigene Zukunft aufs Spiel. Er ist aber so vorsichtig in allem, was er unternimmt, daß ich mir keine Sorgen machen kann.“

„Ärgert es dich nicht, wenn deine Mutter auf solche Weise von ihm spricht?“

Agnes errötete, sagte aber nach kurzem Zögern mit sanfter Stimme: „Wenn jemand anders so spräche, ließe ich es mir schwerlich gefallen; aber ich darf doch nie vergessen, daß ich meine Mutter vor mir habe.“

Diese Worte klangen wie ein Vorwurf für Esther, und sie ließ das Gespräch fallen. Es war ihr peinlich, daß Agnes so ohne Fehl war und sie in jeder Weise beschämte. Dennoch war dieser erste Tag in New York so schön, wie sie nur wünschen konnte. Sie schwelgte in einem Gefühl nie gekannter Freiheit, und es kam ihr höchst sonderbar vor, vom Morgen bis zum Abend tun zu können, was sie wollte, ja sogar die Hände müßig in den Schoß legen zu können. Wenn sie jetzt zu Hause wäre, müßte sie bügeln, während Margarete die gröberen Arbeiten verrichtete. Esther lehnte sich bei diesem Gedanken wie erschöpft in den Armstuhl zurück. War es ein Wunder, wenn ihr bisheriges Leben ihr immer mehr zum Ekel wurde, und wenn sie Agnes beneidete, daß sie es so viel besser hatte und sich niemals plagen mußte? Daß ihre Mutter und Helene um so härter arbeiten mußten, nur damit sie ihre Freiheit genießen könne, daran dachte sie nicht einen Augenblick. Sie beschloß im Gegenteil, alle unangenehmen Gedanken zu bannen und sich ganz dem Genuß dieses wunderschönen Aufenthalts hinzugeben. „Drei Wochen sind doch im ganzen genommen eine lange Zeit“, sagte sie sich immer wieder. „Vor drei Wochen hatte ich noch keine Ahnung, daß ich heute hier sein dürfte; wer weiß, was in den nächsten drei Wochen passiert?“ Ja, allerdings, Esther, wer weiß?

„Wann werde ich endlich deinen berühmten Herrn Forster sehen?“ fragte Esther, als sie nach dem Essen mit Agnes ins Wohnzimmer zurückging.

„Wahrscheinlich heute abend, wenn du nicht zu müde bist, um mit mir auszugehen. Gerade wollte ich mit dir darüber reden.“

„O, ich bin zu allem bereit, fühle keine Spur von Müdigkeit. Es ist mir, als sei mir dies überhaupt ein ganz unbekanntes Wort“, sagte Esther munter und hocherfreut über die Aussicht, mit Agnes auszugehen.

„Gut, dann schleppe ich dich in unsere Betstunde. Wir Sonntagsschullehrer und -lehrerinnen haben nämlich jeden Dienstag eine besondere kleine Gebetsversammlung. Du kannst dir nicht denken, was wir da schon für herrliche Stunden verlebt haben, ganz unter uns. Wir sind wie eine kleine Familie, wie Brüder und Schwestern, die sich ein Weilchen von der Außenwelt abschließen und miteinander beten, um Kräfte zu sammeln zum Kampf des Lebens. Fällt eure Betstunde auch auf den Dienstagabend, Esther?“

Esther hatte in der letzten Zeit so selten die Versammlungen besucht, daß es ihr schwer gewesen wäre, zu sagen, wann ihre Betstunde war; sie hatte es wirklich ganz vergessen und sagte daher verlegen: „Ich habe so viel im Haus zu tun, daß ich selten in die Betstunde gehen kann, wenigstens nicht in der Woche.“

„Ach, wie schade, Esther! Da habe ich es doch viel besser als du. Ich weiß aber auch meine Vorzüge zu schätzen. Die wenigsten Leute können so oft den Versammlungen beiwohnen wie ich.“

„Und wie wenigen wäre es eine solche Freude, selbst wenn sie könnten“, dachte Esther bei sich.

Die beiden Mädchen aßen eine Stunde früher als die anderen und machten sich dann auf den Weg in die hübsch ausgestattete kleine Kapelle, die Agnes so liebhatte.

Dort angekommen, hatte Esther eine Überraschung nach der anderen. Kaum hatte die Betstunde begonnen, so flüsterte sie Agnes zu: „Euer Pfarrer ist der Herr, der auf dem Bahnhof mit mir gesprochen hat.“

Agnes schien sehr erstaunt, nickte aber nur lächelnd ihrer Cousine zu.

Nach einer kleinen Weile sagte diese wieder leise: „Sieh nur, Agnes, dort in der dritten Reihe sitzt das junge Mädchen mit dem seidenen Kleid, das neulich mit mir gefahren ist. Weißt du noch?“

„Das ist Fanny Harms, eine der Sonntagsschullehrerinnen“, sagte Agnes ebenso leise.

Esther gab sich nun alle erdenkliche Mühe, unter den jungen Leuten, die nach und nach hereinkamen und auf den verschiedenen Bänken Platz nahmen, Herrn Forster herauszufinden.

„Ich bin überzeugt, es ist der Herr mit der Brille und den braunen Glacéhandschuhen“, sagte sie zu sich und beobachtete ihn aufmerksam. Er stand gleich darauf von seinem Platz auf und setzte sich auf eine der vordersten Bänke, gerade ihr gegenüber, wie wenn er ihr Gelegenheit zu näherer Inspektion geben wollte.

„Guten Abend, Agnes“, begrüßte er diese. „Wir möchten gern dieses Lied hier singen; aber niemand erinnert sich der Melodie. Könntest du ohne Noten anstimmen?“

„Ich glaube wohl“, sagte Agnes mit einigem Zögern; „Sie müssen mir aber helfen.“

„Wir helfen alle mit", sagte er lächelnd und kehrte an seinen Platz zurück.

„Ja, er muß es sein", dachte Esther abermals. Hierauf begann die Betstunde. Esther mußte gestehen, daß sie einer solchen noch nie beigewohnt hatte. Der Vorsitzende nahm seine kleine Taschenbibel zur Hand und las nicht etwa ein ganzes Kapitel, wie es sonst bei diesen Gelegenheiten üblich war, sondern nur drei Verse: Dann stand der Herr mit der Brille auf und gab an, welches Lied gesungen werden sollte; Agnes stimmte ihrem Versprechen gemäß die Melodie an.

„Nun wollen wir aber die verschiedenen Gebetsanliegen vorbringen", sagte darauf der Vorsitzende mit merkwürdig frischer Stimme. Kaum hatte er den Satz vollendet, so erhob sich ein junger Mann und brachte sein Anliegen vor: „Betet für einen meiner Schüler, der die Gewohnheit hat, jedes ernste Wort ins Lächerliche zu ziehen!" sagte er.

„Wie sonderbar!" dachte Esther.

„Mein kleiner Bruder fängt an, den Heiland zu suchen. Möchten die Brüder und Schwestern seiner wohl in der Fürbitte gedenken?" bat ein anderer. Die Anwesenden mußten fühlen, wie sehr ihm der Kleine am Herzen lag.

„Betet für alle Kinder, die in meiner Klasse sind! Ich möchte so gern alle gerettet wissen", lautete eine dritte Bitte. Esther sah erstaunt auf; die Sprecherin war ihre Bekannte mit dem Seidenkleid und den blauen Bändern: Fanny Harms. Eine Dame, die tätigen Anteil an einer Sprechstunde nahm, wenn Herren zugegen waren! Das hatte Esther noch nie erlebt. Wie unpassend! Beinahe verlegen blickte sie um sich; aber niemand schien sich im geringsten darüber aufzuhalten – im Gegenteil, gleich darauf brachte ein anderes junges Mädchen eine ähnliche Bitte vor. „Nun wollen wir beten", sagte der Vorsitzende endlich. Nie hatte Esther ein derartiges

Gebet gehört. Der Betreffende fing nicht etwa damit an, Gott zu erinnern, daß Er die Welt erschaffen und alle Gewalt im Himmel und auf Erden habe, oder daß Er allgegenwärtig und allwissend sei und dergleichen, sondern sagte einfach: „Lieber Heiland, höre in Gnaden diese Bitten, welche wir vor Dich bringen! Zieh den Knaben, der noch über die ernsten Worte seines Lehrers lacht, recht bald zu Dir; mache den kleinen Bruder zu einem Schäflein Deiner Weide und erbarme Dich jener ganzen Klasse; wir übergeben alle unsere Kinder Deinen Liebesarmen – nimm jedes einzelne derselben an Dein großes Heilandsherz!" So gedachte er jedes einzelnen Anliegens in besonderer Weise. Je länger die Versammlung dauerte, desto seltsamer wurde es Esther zumute. Jeder hatte etwas Besonderes auf dem Herzen und konnte kaum erwarten, bis er es anbringen durfte; die Gebete waren kurz, aber den Verhältnissen angemessen. Dazwischen wurde immer wieder gesungen, nur ein Vers, aber mit großer Andacht und Frische. Esthers Erstaunen erreichte seinen Höhepunkt, als sie plötzlich ein leises Geräusch neben sich vernahm und hörte, wie Agnes glückselig strahlend sagte: „Eins meiner Kinder hat sich dem Heiland übergeben!"

„Das ist eine frohe Botschaft!" rief freudig der Vorsitzende. „Wir dürfen nicht vergessen, dem Herrn dafür zu danken."

Esther traute kaum ihren Ohren. War es möglich, daß ihre Cousine Agnes wirklich in einer Versammlung mitgesprochen hatte? Noch dachte sie über die außerordentliche Begebenheit nach, als sich der Vorsitzende abermals erhob. „Es tut mir herzlich leid, hier unterbrechen zu müssen, aber unsere Zeit ist vorüber", sagte er. „So Gott will, sehen wir uns nächste Woche wieder." Nach einem letzten herrlichen Lied verließ die kleine Gemeinde schweigend die Kapelle.

„War es nicht ein schöner Abend?" fragte Agnes vor der Tür.

„Ich weiß nicht recht, was ich sagen soll; das Ganze ist mir wohl ein wenig sonderbar vorgekommen", konnte sich Esther nicht enthalten zu sagen.

„Was war daran Sonderbares?"

„Zu Hause will ich es dir gern erklären. Gerade hinter uns geht nämlich dein Pfarrer; mir scheint, er möchte mit dir sprechen, Agnes."

Eine sanfte Röte stieg in die Wangen des jungen Mädchens, und die Augen glänzten, als sie sich umwandte, dem Geistlichen die Hand reichte und in feierlichem Ton sagte: „Cousine Esther, erlaube, daß ich dir meinen Bräutigam, Herrn Forster, vorstelle."

11. Der neue Kostgänger

„Ich weiß wirklich nicht, was ich sagen soll", klagte Frau Ried mit unschlüssiger Miene. „Helene, soll ich nicht lieber die Pastetchen machen?"

„Ist das die wichtige Frage, die dir so viel Kopfzerbrechen macht, Mutter?"

Frau Ried lachte; der sorgenvolle Ausdruck schwand aus ihrem Gesicht, und sie erwiderte: „Das nicht gerade; es handelt sich um den neuen Kostgänger. Platz hätten wir ja genug, und der Verdienst ist auch nicht zu verschmähen. Wäre Esther zu Hause, so würde ich mich auch keinen Augenblick besinnen."

„Mutter, wenn ich nicht das bescheidenste, demütigste und geduldigste Wesen wäre, das auf zwei Beinen geht, so wäre ich längst über alle Maßen gekränkt, weil du deine Gedanken immer wieder zu Esther wandern läßt. Es ist geradezu beleidigend, als ob hier nicht alles am Schnürchen ginge! Tust du noch etwas in den Apfelpudding? Nebenbei bemerkt: in meinem Haus kommt dieses Gericht nie auf den Tisch; – es ist zu greulich: Mehl – Äpfel – Muskatnuß oder wie das Ding heißt, und zum Schluß lauter kleine Klümpchen Butter. Oder kommt noch etwas hinein, Mutter? Dann sag es schnell, ehe die Form in den Ofen kommt."

„Hast du auch den Zucker nicht vergessen?" fragte Frau Ried.

„Natürlich, ich wußte doch, daß mir noch etwas fehlen muß – daran ist der neue Kostgänger schuld; sonst wäre es gewiß nicht vorgekommen. Wieviel Zucker? – Nimm den Mann nur an, Mutter! Es wäre ohnehin Zeit, daß ein neues Element in unsere Mitte käme; wir werden furchtbar einseitig, das mußt du doch zugeben. Überdies habe ich gestern die größte und schönste Fleischschüssel zerbrochen; da brauchen wir Geld, um eine neue anzuschaffen. Wenn er nur irgend etwas anderes wäre als ein Doktor – mit einem sind wir hinreichend versehen. Er wird doch nicht unserem anderen Äskulap gleichen?"

„Helene", sagte Frau Ried in verweisendem Ton, „ich kenne wenige junge Männer, die so hoch in meiner Achtung stehen wie Doktor van Anden."

„Auch ich ersterbe in Ehrfurcht, wenn ich ihn nur von weitem sehe", erklärte die unverbesserliche Helene mit gleichem Ernst. „Nur hoffe ich um des Gegensatzes willen, daß Doktor Douglaß recht ausgelassen und übermütig ist. Was wohl Doktor van Anden für ein Gesicht machen wird, wenn er hört, daß er einen Rivalen bekommt?"

„Ich habe gestern mit ihm darüber gesprochen und ihm angedeutet, daß wir natürlich weiter keine Notiz von der Sache nehmen werden, wenn der Gedanke ihm irgendwie unangenehm sein sollte. Ich finde, diese Rücksicht sind wir ihm schuldig, nachdem er uns so viele Freundlichkeit erwiesen hat; er versicherte mir aber, daß er durchaus nichts dagegen einzuwenden habe."

„Nun, dann laß ihn kommen, Mutter! Ich werde ohnehin ganz dick, weil ich nicht genug Bewegung habe; infolgedessen wird es mir sehr zuträglich sein, wenn ich noch ein Bett zu machen habe. Apropos, das wäre ein Umstand, der auch zu seinen Gunsten spräche: als Doktor muß er oft die ganze Nacht bei seinen Patienten bleiben; demnach braucht sein Bett nicht alle Tage gemacht zu werden. Aber, soeben fällt mir etwas Dummes ein. Ich glaube, Mutter, ich habe gar kein Backpulver an den Kuchen getan! Um übrigens auf Esther zurückzukommen, erkläre ich dir bei dieser Gelegenheit allen Ernstes, daß ich es hinfort als persönliche Beleidigung aufnehmen werde, wenn du auch nur ganz insgeheim ihre Hilfe herbeisehnst, nachdem ich ihren Platz so vortrefflich ausfülle."

Die geduldige Mutter hätte lachen und weinen können. Esther hatte noch nie das Backpulver vergessen – so etwas konnte bei ihr nicht vorkommen –; aber wer hätte Helene zürnen können?

Schließlich wurde die Frage erledigt. Der neue Kostgänger wurde angenommen und als ein neues Mitglied in die Familie eingereiht; damit begann eine neue Ära in Helenes Leben. – Sie hatte viele Bekannte und manchen guten Freund; aber dem Doktor Douglaß glich keiner. Immer war er höflich und guter Laune und fand stets das rechte Wort im rechten Augenblick. Niemand konnte ihm das Geringste nachsagen, und doch war er nicht besser als andere Sterbliche. Helene stand bald auf sehr freundschaftlichem Fuße mit ihm. Eine treue, gläubige Schwester hätte vielen guten Samen in Helenes Herz legen können; aber Esther hatte die Gelegenheit, für ihren Heiland zu zeugen, versäumt. Wer weiß, ob sie nicht aus ihrem Schlaf erwacht wäre, wenn sie geahnt hätte, daß ein neuer Arbeiter daranginge, ganz anderen Samen auszustreuen, und daß Helenes Seele nie wieder so offen und empfänglich für das Wort Gottes sein werde wie früher, als die Schwestern so viel beisammen waren und es nur geringer Mühe bedurft hätte, um das junge Herz für den Heiland zu gewinnen.

Helene hatte an Esther geschrieben und kam jetzt mit dem Brief in der Hand die Treppe herunter. An der Treppe stand Doktor Douglaß und rief entgegen: „Erlauben Sie mir wohl, Ihren Brief mit auf die Post zu nehmen?"

„Meinen Sie, ich könnte Ihnen denselben anvertrauen?"

fragte Helene, legte jedoch den Brief in seine Hand, ohne die Antwort abzuwarten.

„Stellen Sie mich auf die Probe, Fräulein Helene! – Können Sie mir vielleicht sagen, wer in dem kleinen Häuschen da drüben wohnt? Es ist ja kaum größer als ein Vogelnest."

„Ein sehr guter Freund von uns, ein gewisser Herr Bane", antwortete Helene. Ihre Stimme klang weich wie immer, wenn sie an Anna Bane erinnert wurde. „Dort steht er am Tor. Sieht er nicht aus wie ein ehrwürdiger, alter Patriarch?"

In demselben Augenblick fuhr Doktor van Anden um die Ecke und hielt vor dem Tor. Doktor Douglaß und Helene konnten deutlich verstehen, wie er sagte: „Herr Bane, ich möchte Ihnen entschieden raten, die kühle Abendluft zu meiden. Vom Fluß herüber weht ein unangenehmer Wind."

„In welcher Stellung steht Doktor van Anden zu Herrn Bane? Ist er sein Wärter oder sein Vormund oder was sonst?" fragte Helenes Gefährte.

„Sein Arzt", lautete die kurze Antwort. Nach einer kleinen Weile sagte Helene jedoch lachend: „Mir scheint, Doktor van Anden steht nicht sonderlich in Ihrer Gunst, Herr Doktor, nicht wahr?"

„O doch! Ich habe ihn sehr gern; nur schade, daß er meine Gefühle nicht erwidert, was ich ihm übrigens nicht übelnehme. Über den Geschmack läßt sich nicht streiten. Sie kennen doch dieses alte Sprichwort. Ich muß irgendwie sein Mißfallen hervorgerufen haben. Wie kamen Sie nur auf den Gedanken, daß ich nicht zu seinen Bewunderern gehöre?"

„Ach", antwortete das junge Mädchen, ohne sich zu besinnen, „ich hielt es für natürlich, daß Sie ein wenig eifersüchtig auf ihn sind wegen des Berufs, wissen Sie."

Wenn Helene Herrn Douglaß mit dieser Bemerkung ärgern oder in Verlegenheit setzen wollte, hatte sie allem

Anschein nach ihren Zweck nicht erreicht. Er lachte gutmütig und sagte: „In professioneller Beziehung könnte man wohl eifersüchtig auf ihn werden; denn er ist ein äußerst geschickter Arzt, Fräulein Ried."

Ehe Helene antworten konnte, hielt der Wagen vor der Tür, und Doktor van Anden sagte freundlich: „Helene, hätten Sie Lust zu einer kleinen Spazierfahrt?"

Helene empfand keine besondere Freundschaft für Doktor van Anden; aber das Anerbieten klang zu verführerisch. Sie sprang rasch die Treppe hinauf und war im Umsehen zur Fahrt gerüstet. In wenigen Minuten flog sie seelenvergnügt durch die Straßen. Doktor van Anden schien weniger als sonst in Gedanken vertieft und war so gesprächig, daß Helene große Freude an ihrer Spazierfahrt fand, bis ihr Begleiter plötzlich fragte: „Haben Sie und Ihre Mutter mich nicht immer für einen aufrichtigen Freund Ihrer Familie gehalten?"

„Gewiß, Herr Doktor", erwiderte Helene rasch und bestimmt. „Wenn ich meinen Großvater gekannt hätte, hätte ich nicht mehr Respekt vor ihm haben können als ich Ihnen gegenüber fühle."

„Dann werden Sie mich auch gewiß nicht mißverstehen, wenn ich Sie vor Doktor Douglaß warne. Er ist kein Mann, den ich achten kann, und ich würde es nie dulden, daß meine Schwestern freundschaftlich mit ihm verkehrten. Ich kenne ihn schon lange und sehr genau, Helene, sonst würde ich mir eine derartige Äußerung gewiß nicht erlauben."

Helene Ried war nie verdrießlich oder übler Laune und sehr selten zornig; wenn sie aber einmal böse war, so kannte ihr Zorn keine Grenzen, und wehe dem, der dann ihrer sarkastischen Zunge zum Opfer fiel! Dieses Los traf heute Doktor van Anden. Wer gab ihm das Recht, ihr zu sagen, mit wem sie umgehen dürfe und mit wem nicht? – als ob er wirklich ihr Großvater wäre! Was fiel ihm ein, sich eine solche Anspielung zu erlauben? – als ob sie zu freundschaftlich mit Doktor Douglaß verkehre!

In ihrer Leidenschaftlichkeit legte sie Doktor van Andens Worte viel schlimmer aus, als dieselben gemeint waren, wartete aber einen Augenblick, bis sich der Sturm in ihrem Inneren einigermaßen gelegt hatte; dann sagte sie: „Machen Sie sich keine Sorge, Herr Doktor; ich bin Ihnen zwar sehr dankbar für den guten Rat, den Sie mir gegeben haben, aber bis jetzt bin ich durchaus nicht in der Gefahr, mich durch des Doktors Reize bestricken zu lassen, so groß dieselben sein mögen. Auch erfreuen wir uns gegenwärtig samt und sonders der besten Gesundheit, so daß Sie auch in professioneller Beziehung vollkommen ruhig sein können, obwohl ich gern zugebe, daß ein Rivale im gleichen Haus zu allerlei Bedenken Anlaß gibt – trotzdem erlauben Sie mir gütigst zu bemerken, daß ich Ihre Einmischung in meine Angelegenheiten höchst unschicklich finde und mir dieselbe in Zukunft verbitte."

Doktor van Anden hatte keine Zeit zu antworten, selbst wenn er gewollt hätte; denn in demselben Augenblick bog der Wagen um die Ecke und hielt vor Frau Rieds Türe.

Helene warf ihren Hut in eine Ecke des Zimmers, setzte sich ans Klavier und schlug mit furchtbarem Ungestüm auf die Tasten, während der Doktor wieder in seinen Wagen stieg und zu seinen Patienten fuhr.

Wie stürmte es in Helenes Seele! Was hatte dieser Mensch, den sie ohnehin nicht leiden mochte, für ein Recht, ihr seinen Rat aufzudrängen? Sie war doch kein Kind mehr, dem jedermann befehlen konnte. Wie kam es, daß sich überhaupt jemand unterstehen durfte, auf diese Weise von Doktor

Douglaß zu sprechen? Er war doch gewiß ein feiner Mann, jedenfalls feiner als Doktor van Anden, der sich heute abend so taktlos benommen hatte – und ihr gefiel er jetzt erst recht, einer ganzen Legion Ärzte zum Trotz.

In dem Vorsaal ließ sich ein leiser Schritt vernehmen. Gleich darauf kam Doktor Douglaß ins Zimmer und stellte sich ans Klavier. „Haben Sie eine schöne Spazierfahrt gemacht?" fragte er, als die letzten Töne verhallt waren.

„Hätte nicht schöner sein können", erwiderte Helene in spöttischem Ton.

„Nach Ihrem Spiel zu urteilen, dachte ich, es müsse ein furchtbarer Sturm gewütet haben."

„Das nicht. Doktor van Anden hat mir nur einen kleinen väterlichen Rat gegeben."

„Ach so! Hat er Sie in Behandlung genommen? Da gratuliere ich."

Helene war noch im höchsten Grad aufgebracht, sonst hätte sie wohl kaum die nächste taktlose Bemerkung gemacht. Wenn Leute böse sind, sagen sie eben manches, was sie später bereuen. Sie richtete ihre klaren Augen forschend auf Doktor Douglaß und sagte ohne weitere Umschweife: „Er hat mich vor dem Verkehr mit Ihnen gewarnt. Sie müssen eine sehr gefährliche Person sein."

Ein tieftrauriger, beinahe schmerzlicher Zug flog über das anziehende Gesicht des jungen Arztes, und er sagte mit kaum hörbarer Stimme: „Will mir der Mann denn alle Freunde nehmen?"

Helene war gerührt. Sie reichte ihm freundlich die Hand und fragte: „Was haben Sie eigentlich getan, Herr Doktor?"

Der junge Mann schien verlegen, antwortete aber mit einer gewissen Würde: „Ich möchte es lieber nicht sagen, Fräulein Ried; es klänge sonderbar, wenigstens aus meinem Mund."

Dann fügte er mit einem leisen Seufzer hinzu: „Und dieses halbe Geständnis klingt auch sonderbar, schlimmer als die Wahrheit vielleicht. So hören Sie denn, was es war, und urteilen Sie selbst. Ich habe einmal das Unglück gehabt, Doktor van Andens Weg zu kreuzen – als Arzt nämlich. Es war eine Kleinigkeit, ein ganz kleines Versehen, gar nicht der Rede wert. Er ist ein sehr geschickter Arzt und hat sich seitdem einen Namen gemacht; man sollte also denken, daß er den kleinen Vorfall längst vergessen hätte. Aber es scheint nach seiner heutigen Äußerung, als könne er mir meinen Anteil an der Sache noch immer nicht vergeben."

Tiefe Entrüstung malte sich in Helenes Zügen; sie war so erstaunt, daß sie lange keines Wortes fähig war. Endlich sagte sie: „Ist es möglich, daß er Ihnen eine Kleinigkeit so lange nachträgt? Und diesen Mann nennen die Leute einen entschiedenen Christen?"

Herr Douglaß lachte bei dieser Bemerkung hell auf, faßte sich aber schnell und sagte demütig: „Verzeihen Sie mir, Fräulein Helene!"

„Was soll ich verzeihen? Und weshalb lachten Sie soeben?"

„Es war sehr unartig von mir, daß ich mich nicht beherrschte; aber es kam mir zu komisch vor, daß Sie seine Unliebenswürdigkeit mir gegenüber mit seinem Christenstand in Zusammenhang brachten."

„Ist das nicht ganz richtig?"

„Das hängt davon ab, welche Wichtigkeit Sie des Doktors besonderen Ansichten beilegen."

„Was wollen Sie damit sagen, Herr Doktor?"

„Es ist etwas sehr Anstößiges – wenigstens von Ihrem Standpunkt aus beurteilt. Darum ist es besser, wir sprechen nicht mehr darüber."

„Aber ich will Ihre Ansicht hören. Wollen Sie sagen, daß Sie überhaupt nichts von der Religion halten?"

„Erlauben Sie mir, statt der Antwort eine Frage an Sie zu richten. Wie viele Christen kennen Sie, die nach ihren Grundsätzen handeln, deren Leben mit ihrem sogenannten Glauben übereinstimmt?"

Wie oft hatte sich Helene diese Frage zu beantworten gesucht! Und wie ganz anders wäre die Antwort ausgefallen, wenn sie auf ein ernstes Leben bei ihrer Schwester hätte blikken können, auf ein aufrichtiges Streben nach dem Guten, auf ernste Kämpfe gegen die Sünde und gegen das eigene Ich! Dann hätte sie den Versucher mit den Worten zurückweisen können: „Ja, ich kenne eine solche Christin!" Und wer weiß, ob dadurch nicht noch eine Seele für den Herrn gewonnen worden wäre!

12. Drei verschiedene Charaktere

Helene zögerte – sie dachte nicht an Esther – ihr Leben fiel bei dieser Frage nicht in die Waagschale – aber ihre Mutter? Wie stand es mit ihr? Frau Rieds Religion war mehr negativer Art, wenigstens nach außen hin. Sie sprach selten über Religion, und Helene wußte nicht einmal, ob sie betete oder nicht. Woher sollte sie wissen, ob das sanfte, geduldige Wesen ihrer Mutter eine bloß natürliche Anlage oder eine Frucht des Glaubens war? Vor einer Stunde hätte sie dem Doktor van Anden das Zeugnis gegeben, daß er ein entschiedener Christ sei, der sein Leben mit den Lehren und Geboten der Heiligen Schrift in Einklang zu bringen suche; aber nach dem, was sie heute gehört hatte, konnte sie das nicht mehr. Das Gesicht des jungen Skeptikers wurde ihr jedoch unerträglich, und sie sagte schnell: „Eigentlich kenne ich zu wenige entschiedene Christen, Herr Doktor, – diejenigen, die ich kenne, machen mir nicht den Eindruck, als ob sie mit ihrem Wandel dem Christentum besondere Ehre machten; dennoch halte ich mich durchaus nicht für berechtigt, um ihrer Mängel willen die Gesamtheit der Christen für Heuchler zu erklären."

„Ich auch nicht", antwortete der Doktor gelassen. „Viele meiner Freunde, die ich schätze, gehören zu dieser Klasse Menschen; da Sie mich aber gezwungen haben, diesen Gegenstand weiter zu verfolgen, gestehe ich Ihnen freimütig, daß sich meine Hochachtung nicht auf die Tatsache gründet, daß die Betreffenden Christen sind. Ich möchte um keinen Preis Ihren kindlichen Glauben erschüttern, Fräulein Ried; das wäre ganz gegen meine Grundsätze."

Helene unterbrach den jungen Mann mit einem ungeduldigen Kopfschütteln: „Ach was, reden Sie keinen Unsinn, Herr Doktor!“ sagte sie beinahe heftig. „Einen kindlichen Glauben habe ich nicht; folglich können Sie ihn nicht erschüttern, und wenn ich einen solchen hätte, hoffe ich, er wäre nicht von so erbärmlichem Stoff, daß Ihre Worte mir schaden könnten. Gelegentlich habe ich wohl über diese Dinge nachgedacht und habe mich darüber gewundert, daß die meisten Christen ganz anders leben, als die Bibel lehrt. Wenn Sie mir erklären können, woher dies kommt, werde ich Ihnen sehr dankbar sein.“

Wenn Doktor Douglaß die Unterhaltung fortsetzen wollte, mußte er sich den Anschein geben, als sei er derselben gewachsen. Er antwortete daher ernst und gemessen: „Es war durchaus nicht meine Absicht, mit Ihnen über ein solches Thema zu streiten; im Gegenteil wollte ich um Entschuldigung bitten, daß ich dasselbe überhaupt berührt habe. Ich kann unmöglich alles glauben, was geschrieben steht, bin aber ferne davon, meine Ansichten irgend jemand aufdrängen zu wollen. Ich glaube, es gibt liebe, gute Menschen, die durch ihre Geburt und Erziehung zu der Einbildung gekommen sind, eine übernatürliche Macht habe besondere Tugenden in ihnen gewirkt. Diese Einbildung hilft ihnen dann zur Vervollkommnung und Ausreifung ihrer guten Anlagen. Ihre scheinbare Untreue erkläre ich damit, daß sie sich nie der ganzen moralischen Kraft, welche die Lehren, denen sie zu folgen gelobt haben, in sich bergen, bewußt geworden sind. Ich teile die Welt – die sogenannte christliche Welt – in zwei Klassen. Die eine Klasse besteht aus den soeben geschilderten Christen und die andere aus entschiedenen Heuchlern. Und nun möchte ich bitten, daß Sie das soeben Gehörte möglichst schnell wieder vergessen, liebes Fräulein, und daß Sie mir zum Schluß noch etwas recht Schönes vorspielen.“

Helene lachte und ließ ihre Finger leise über die Tasten gleiten; plötzlich fragte sie jedoch: „Zu welcher Klasse rechnen Sie Ihren Kollegen, Herr Doktor?"

Doktor Douglaß zuckte mit den Achseln und sagte: „Es steht einem Arzt sehr wohl an, kommt aber selten vor, daß er sich nicht nur durch Geschicklichkeit, sondern auch durch Frömmigkeit auszeichnet, und mein Herr Kollege ist ein äußerst kluger Mann, der –" hier hielt er plötzlich inne und fuhr nach einem Weilchen fort: „Fräulein Ried, wer von uns beiden ist wohl daran schuld, daß wir heute abend so viele unfreundliche und lieblose Bemerkungen machen? Für so schlecht hatte ich mich wirklich nicht gehalten. Doch Scherz beiseite; es tut mir leid, daß dieses Thema berührt worden ist. Es war durchaus nicht meine Absicht. Meiner Ansicht nach muß jeder nach seiner Manier selig werden, ohne irgendwelche fremde Einmischung." – Helene hatte, allem Anschein nach, ihre gute Laune wiedererlangt; denn ihre Stimme klang heiter und sorglos, als sie sagte: „Machen Sie sich keine unnötigen Gewissensbisse, Herr Doktor, Sie haben mir nicht im geringsten geschadet. Ich kann Ihnen versichern, daß ich kein Wort von dem glaube, was Sie mir vorgepredigt haben, und ich bin überzeugt, Sie selbst glauben nicht die Hälfte davon. Jetzt spiele ich Ihnen das stürmischste Stück vor, das Sie je gehört haben." Alsbald hallte das Eßzimmer von den Klängen der wilden Melodie wider, die sie mit immer wachsendem Pathos spielte, bis die übrigen Hausbewohner herzukamen und hiermit der Unterhaltung ein Ende machten.

Wie verschieden waren die Gedanken der einzelnen Hausbewohner an jenem Abend! Helene hatte sich beruhigt und schämte sich natürlich des taktlosen Benehmens, zu dem sie sich hatte hinreißen lassen; beim Auskleiden hielt sie sich deshalb folgende Strafpredigt: „Helene Ried, diesmal hast du dich dem Doktor van Anden gegenüber gründlich blamiert. Daß er sich in etwas mischte, was ihn nichts anging, ist doch kein Grund, so böse zu werden und zu vergessen, daß du ein gebildetes junges Mädchen bist. Du bist recht grob und ungezogen gewesen; das würde auch dein gutes Mütterchen sagen, wenn sie es wüßte – ein wahrer Trost ist es nur, daß sie es nie erfährt. Auch die herzigen schwarzen Ponies sind wahrscheinlich gründlich beleidigt und werden sich in Zukunft besinnen, ehe sie dich wieder spazieren fahren – das ist das Schlimmste von der ganzen Geschichte. Aber wer hätte gedacht, daß Doktor van Anden so abscheulich sein könnte! Ich wollte, Doktor Douglaß wäre hingegangen, wo der Pfeffer wächst, ehe er mir das dumme Zeug erzählt hätte. – Es hat einem ganz wohlgetan, jemand für wirklich gut halten zu können. Es wäre mir übrigens interessant, zu wissen, wieviel Doktor Douglaß von dem Unsinn, den er mir vorgeschwätzt hat, selber glaubt. Möglicherweise kann er ja recht haben; aber ich will es nicht glauben – das wäre ja gottlos, und ich bin nach meiner Art ein vorzügliches Wesen. Ich will lieber glauben, was in diesem Buch steht", – dabei berührte sie ehrfurchtsvoll die abgenutzte Bibel ihres Vaters und fuhr in ernstem Ton fort – „weil es meines Vaters liebstes Buch war, nach dem er sich im Leben und im Tode richtete."

Eine Treppe höher saß Doktor Douglaß in seinem Zimmer und zündete sich seine Zigarre an. Nachdem er eine Weile nachdenklich in die Luft geschaut hatte, führte er folgendes Selbstgespräch: „Wenn ich mich nur nicht in das alberne Gespräch eingelassen hätte! Aber die kleine Hexe ließ mir ja keine Ruhe. Ich bin übrigens froh, daß sie ihre eigenen festen Ansichten hat; da brauche ich mir kein Gewissen darüber zu machen, daß ich die meinigen zum besten gab. Mich mögen die Leute mit Recht einen Skeptiker nennen – habe gar nichts dagegen einzuwenden, denn im Grunde bin ich es – aber eine Frau darf nicht alle Religion über Bord werfen. Um keinen Preis möchte ich daher Helene Ried irreführen. Wäre mir auch gar nicht eingefallen, ihr all das ungereimte Zeug einzureden, wenn mich der elende Heuchler van Anden in Ruhe gelassen hätte. Ich bezweifle übrigens, daß er etwas ausgerichtet hat bei der kleinen Hexe. Aber in acht nehmen muß man sich vor ihr – das habe ich längst gemerkt." Doktor Douglaß nahm seine Zigarre aus dem Mund und lachte bei der Erinnerung an Helenes Bemerkungen hell auf.

Im gegenüberliegenden Zimmer saß Doktor van Anden an seinem Tisch und bedeckte sich die Augen mit der Hand, um sie vor dem Gaslicht zu schützen, während er folgende Worte las: „Laß den Geringen nicht mit Schanden davongehen; denn die Armen und Elenden rühmen Deinen Namen. Mache Dich auf, Gott, und führe Deine Sache; gedenke an die Schmach, die Dir täglich von den Toren widerfährt. Höre das Geschrei Deiner Feinde; das Toben Deiner Widerwärtigen wird je länger, je mehr."

Offenbar fühlte sich der Doktor bedrückt. Sein allezeit ernstes Gesicht war traurig; plötzlich stand er auf und durchmaß langsamen Schrittes das Zimmer. „Ich hätte es tun sollen", sagte er endlich. „Ich hätte Frau Ried sagen sollen, daß er kein geeigneter Umgang für Helene ist; denn er ist ein gefährlicher Zweifler – und desto anziehender, als er jedenfalls vermeiden wird, des Mädchens Gefühle zu verletzen. Ich hätte sie warnen sollen – warum bin ich nur so feige zurückgeschreckt, als es galt, einfach meine Pflicht zu tun? Was hätte daran gelegen, wenn sie mir andere Beweggründe untergeschoben hätten? Meiner Pflicht hätte mich das keinesfalls enthoben." Die edlen Züge des frommen Mannes wurden immer trauriger, während er langsam auf und ab schritt. Er war jedoch viel näher daran, einen Ausweg aus seinen Schwierigkeiten zu finden, als die beiden anderen; denn er wußte aus langjähriger Erfahrung, wo er allezeit Rat finden konnte. Kindlichen, gläubigen Herzens sank er vor seinem Gott auf die Knie und klagte ihm seine Not. – Betrachten wir nun die drei Leutchen, von denen soeben die Rede war, etwas näher, so müssen wir sagen, daß sie alle drei gefehlt hatten, jeder in verschiedener Weise. Helene hatte gesagt, sie glaube nichts von dem Unsinn, den ihr Doktor Douglaß vorgeschwätzt hatte, und sie bildete sich wirklich ein, daß sie letzterer in keiner Weise beeinflussen könne. Wie sehr irrte sie sich bei aller Aufrichtigkeit! Das Gift war längst in ihre Seele gedrungen. Mit der Zeit merkte sie selbst, daß sie immer häufiger über die Fehler und Mängel der Christen sprach, immer schneller sah, wenn letztere etwas Verkehrtes machten, und immer bereitwilliger zugab, es sei am Ende doch nichts an der ganzen Religion; dieselbe sei nur ein klug ausgedachtes Märchen. Und doch war Helene ein Kind vieler Gebete; ihres Vaters vielgebrauchte Bibel lag auf ihrem Nachttisch und sprach statt seiner zu ihrem Herzen, nachdem seine Zunge im Grabe verstummt war; infolgedessen gelang es dem Feind nicht ganz, sie zu betören – aber sie schwebte in großer Gefahr –, während die Christen in ihrer Umgebung stillschweigend daneben standen, als ob ihre Lippen versiegelt wären. Kein Wunder, wenn Helene der Versuchung immer zugänglicher wurde.

Und wie stand es eigentlich um Doktor Douglaß? Wir dürfen keineswegs annehmen, daß er ein schlechter Mensch war – er war einfach ein Skeptiker, wie es deren so viele gibt.

Wie viele andere junge Leute, die sich selbst weise dünken, wußte er kaum, inwiefern er eigentlich Skeptiker war, noch zu welchem Unsinn ihn seine vermeintlichen Ansichten führen würden, wenn dieselben wirklich ausgeführt werden könnten. Wie mancher andere hatte er Rhetorik und Logik, Mathematik und Medizin studiert und hätte sich trotzdem gewiß lange besonnen, ehe er es gewagt hätte, irgendeinen längst angenommenen und als gültig erklärten Lehrsatz anzugreifen. Und doch behauptete er mit der ganzen Inkonsequenz des gegenwärtigen Zeitalters, die Bibel sei nicht glaubwürdig, obwohl er ihren Inhalt niemals ernstlich geprüft, sondern nur hin und wieder einen kleinen Abschnitt flüchtig durchgelesen hatte, ohne der Verheißungen zu achten, die Gott dem aufrichtigen Forscher nach Wahrheit gegeben hat. Und doch war er so blind, daß es ihm nicht einmal zum Bewußtsein kam, wie töricht und unvernünftig er sich benahm. Dabei hielt er sich für außerordentlich aufrichtig und wollte Helene durchaus nicht von ihrem Glauben abwendig machen. Wie die meisten ungläubigen Leute war er sogar stolz darauf, daß er seine Ansichten so vorsichtig für sich behielt, obwohl mir dies immer furchtbar selbstsüchtig oder inkonsequent scheint; denn in Wirklichkeit heißt es entweder: „Ich will meinen Glauben für mich behalten: wenn es auf mich ankommt, soll sonst niemand desselben Segens teilhaftig werden“, oder: „Ich schäme mich, daß ich ein solcher Zweifler bin, und bin froh, wenn es niemand weiß.“ Wie dem auch sein mag, Doktor Douglaß wollte Helene keinen Schaden tun, und doch war sein Umgang ihrem Seelenheil sehr gefährlich. Die beiden verkehrten viel miteinander, und das Thema, das er vermeiden wollte, kam immer wieder zur Sprache. Beide hielten beständig ihre Augen offen, damit ihnen ja kein unkluges, inkonsequentes, liebloses Wort, keine unchristliche Handlung der sogenannten frommen Leute entging – ach, und leider gab es deren so viele zu sehen und zu hören, daß sie immer schneller vorwärts kamen auf dem Weg des Verderbens.

Wir haben schließlich gesehen, welch schweres Herz der arme Doktor van Anden mit sich herumtrug. Zu seinem großen Kummer hatte er seine Pflicht vernachlässigt, hatte der elenden Frage Beachtung geschenkt: „Was werden die Leute denken?“ Wenn Herr Douglaß kein Arzt gewesen wäre, hätte er Frau Ried gewiß vor dem Mann gewarnt; wie hätte er aber den Verdacht ertragen können, als ob er eifersüchtig auf Doktor Douglaß wäre! Als er dann sein Unrecht wieder gutmachen wollte und Helene nachträglich warnte, mußte er die traurige Wahrnehmung machen, daß sein Rat zu spät kam und daher nutzlos war. Und noch eins – was Doktor Douglaß Helene erzählt hatte, war nicht ganz aus der Luft gegriffen. Er hielt Doktor van Anden wirklich für einen Heuchler. Sie waren in früheren Jahren aneinandergeraten. Das Unrecht war hauptsächlich auf seiten des jüngeren Arztes: aber welcher Mensch will dies jemals zugeben, wenn ihm Gottes Gnade nicht die Augen öffnet? Leider war aber auch Doktor van Anden nicht frei von Unrecht; es war ihm manches böse, lieblose Wort entfallen, was Doktor Douglaß heute noch, nach so vielen Jahren, nicht vergessen konnte. Doktor van Anden hatte dieselben nie zurückgenommen, hatte nie gesagt, daß ihm die Worte leid waren. Er hatte sich eingeredet, es wäre eine unnötige Demütigung, einem Mann, der ihn so schwer verletzt hatte, einzugestehen, daß auch er gefehlt hatte.

Wir müssen jedoch zu seiner Entschuldigung sagen, daß die ihm geschlagene Wunde längst geheilt war – also war es keineswegs persönliche Feindschaft, welche ihn zu jener

Warnung veranlaßte, noch hatte er eine Ahnung, daß seine lieblosen, harten Worte von damals in dem ungeheilten Herzen seines Kollegen so großen Schaden angerichtet hatten. Als er an jenem Abend auf den Knien lag, bat er Gott ernstlich um die Bekehrung seiner beiden jungen Hausgenossen. So lebten diese Leute unter einem Dach und ahnten doch nicht, welchen Einfluß einer auf den anderen ausübte.

13. Die sonderbare Christin

„Agnes", sagte Esther eines Tages, während ihre Cousine vor einem offenen Koffer saß und eine Unmasse von Kragen und Manschetten auf den Boden fallen ließ, „weißt du auch, daß du das seltsamste Mädchen bist, das mir je vorgekommen ist?"

„Bis jetzt habe ich es nicht gewußt", erwiderte Agnes fröhlich; „hoffentlich meinst du etwas recht Nettes damit; denn ich wäre gern recht nett."

„Scherz beiseite, Agnes, du bist wirklich nicht wie andere Menschen. Das ist mir beim Anblick deiner Kragen und Manschetten klargeworden. Ach, liebe Zeit, da liegen sie ja alle auf dem Boden!" Schnell griff Esther nach den blendend weißen, glatten Kragen, und Agnes setzte sich mit ihrer Arbeit, einigen Metern Spitze, neben sie.

„Wie wäre es, wenn wir mich einmal zum Gegenstand des Gespräches nähmen?" sagte sie sanft, aber ziemlich ernst. „Liebste Esther, sage mir doch bitte mit einfachen, klaren Worten, was du unter der Bezeichnung „seltsam" verstehst! Weißt du, es ist mir schon so oft gesagt worden, daß ich zuweilen fürchte, ich bin wirklich verschieden von anderen Leuten. Du bist gerade die richtige Person, die mich aufklären könnte."

Esther antwortete lachend: „Du nimmst die Sache sehr ernst. Ich habe durchaus nichts Schreckliches gemeint."

„So leichten Kaufs kommst du nicht davon, liebe Esther. Du mußt mich darüber belehren. Meine Mutter hat diese Bemerkung schon oft gemacht, gewöhnlich in irgendwelchem Zusammenhang mit religiösen Fragen; aber da meine Mutter keine wirkliche Christin ist, habe ich gedacht, es komme ihr vielleicht manches sonderbar vor, was dir z. B. gar nicht diesen Eindruck macht. Seit du aber hier bist, hast du so oft verwundert ausgesehen und hast auch dein Erstaunen offen ausgesprochen, so daß sich mir die Frage aufdrängt: Gehöre ich etwa eher in eine Erziehungsanstalt als auf die Hochzeitsreise nach Europa?"

Esther mußte über den halb komischen, halb rührenden Ton, in dem diese Frage gestellt wurde, lachen, obwohl sie die Worte augenscheinlich in Verlegenheit brachten. Eine Weile kämpfte sie mit sich; dann aber kam sie mit ihren Gedanken ehrlich heraus.

„Ich muß gestehen, auch in finde viel an deinem Christentum sonderbar und seltsam; obwohl ich mich auch zu den Gläubigen rechne, verstehe ich dich in mancher Beziehung nicht. Zum Beispiel bin ich doch gewiß sparsam in bezug auf meine Kleidung – das mußt du zugeben, Agnes. Mein Herz hängt durchaus nicht an derlei Dingen; wenn ich aber dein Geld hätte, würde ich mir manches anschaffen, was ich jetzt ungern misse. Mir scheint, deine Sparsamkeit hat gar keinen Sinn, und doch überlegst du ebensosehr wie ich, ehe du dir eine Ausgabe erlaubst."

Ein schelmischer Blick aus den schönen blauen Augen traf Esther bei dieser Frage, und Agnes antwortete nach kurzem Zögern: „Willst du mir sagen, Esther, warum du dir diese Dinge anschaffen würdest, wenn dir so gar nichts daran liegt?"

„Warum? – Nun, weil – weil sie zu einem guten Anzug gehören und weil ein solcher meiner Stellung angemessen wäre."

„Kleide ich mich etwa nicht, wie es meine Lebensstellung erfordert?"

„Das habe ich nicht gemeint", sagte Esther schnell und ließ

ihren Blick bewundernd auf dem geschmackvollen Ausputz an dem Morgenkleid ihrer Cousine ruhen. „Aber – mit einem Wort, Agnes, hältst du es für eine Sünde, wenn man gern hübsche Sachen trägt?"

„Nein", antwortete Agnes sanft; „aber das halte ich für Unrecht, wenn wir uns einreden wollen, daß uns nichts an derlei Dingen liegt, während uns in Wirklichkeit ein besserer, höherer Beweggrund davon abhält, dieses und jenes anzuschaffen. Verzeih, Esther, aber ich finde, du bist manchmal ungerecht gegen dich selbst."

Esther stutzte. Sie hatte sich bisher immer für aufrichtig gehalten und hatte gar nicht bemerkt, wie sie sich selbst zu täuschen suchte. Im nächsten Augenblick machte sie jedoch einen neuen Angriff auf ihre Cousine und fragte dieselbe: „Agnes, wollte deine Mutter dir wirklich das schöne Samtkleid kaufen, das wir bei Stuart sahen?"

„Ja, gewiß!"

„Und du hast es nicht gewollt?"

„Ich habe allen Ernstes dafür gedankt."

„War das auch infolge irgendeines religiösen Bedenkens?" Esther fragte dies in der scharfen Weise, in der sie zu Hause zu sprechen pflegte.

Agnes antwortete mit einem Blick äußerster Verwunderung. „Ich glaube, wir verstehen uns nicht", sagte sie hierauf noch sanfter als gewöhnlich. „Bedenke, Esther, jenes Kleid hätte mit allem Zubehör nicht weniger als siebenhundert Mark gekostet. Könnte ich als eine Jüngerin des demütigen Heilandes ein solches Kleid tragen, während so viele meiner armen Brüder und Schwestern bittere Not leiden? Wenn du daran denkst, glaube ich nicht, daß du mich wirklich tadeln kannst. Jetzt sehe ich erst, wie du durch meine hübschen Kragen und Manschetten auf diesen Gedanken gekommen bist; du kannst es doch nicht sonderbar finden, wenn ich angesichts dieser Menge Kragen nicht noch dreißig Mark für das Stück superfeinen Gewebes, das wir gestern sahen, ausgeben will?"

„Tante Helene wünschte es aber."

Ein trauriger Zug flog über das liebliche Gesicht des jungen Mädchens, und es antwortete: „Liebe Esther, meine Mutter denkt eben nicht daran, daß sie nicht sich selbst angehört, sondern mit einem kostbaren Preis erkauft ist, während wir beide wissen und fühlen, daß wir Rechenschaft vor unserer Verwaltung ablegen müssen. Kannst du dir vorstellen, Esther, daß Leute, die Gott bitten, ihnen bei allen ihren Entschlüssen, bei jeder noch so kleinen Ausgabe zu raten und zu helfen, damit sie das Rechte treffen, wissentlich und willentlich ihr Geld auf so törichte Weise verschwenden könnten?"

„Bittest du in solchen Dingen um Gottes Hilfe?"

„Ja, natürlich", sagte Agnes und blickte verwundert zu Esther auf. „Heißt es doch ganz bestimmt: ‚Was ihr tut in Worten und Werken, das tut alles in Jesu Namen'."

„Du kannst doch nicht beten, wenn du z. B. Taschentücher kaufen willst; das scheint mir gar zu geringfügig."

„Sogar der Einkauf von Taschentüchern kann zur Gewissensfrage werden, liebste Esther; du würdest das erst recht verstehen, wenn du die wahrhaft sündlichen Einkäufe gesehen hättest, die ich gerade in dieser Beziehung erleben mußte; überdies kann ich mir nicht denken, daß irgend etwas, das mich angeht, in Gottes Augen weniger Wichtigkeit hätte als ein kleiner Sperling, und du weißt wohl, was über letzteren geschrieben steht."

„Agnes, willst du wirklich sagen, daß du bei dem geringsten Einkauf die Frage erwägst, ob derselbe recht oder unrecht wäre?"

„Jedenfalls versuche ich herauszufinden, was recht ist in Gottes Augen, und danach handle ich dann; mir scheint, es gibt überhaupt keine Handlung, die nicht entweder recht oder unrecht wäre."

„Dann sehe ich nicht ein, was es nützt, reich zu sein", erwiderte Esther mit einer ungeduldigen Handbewegung.

„Gott allein ist reich, Esther; aber ich bin Ihm von Herzen dankbar dafür, daß Er uns so viele irdische Güter anvertraut hat. Was ist aber sonst noch Sonderbares an mir, Esther?"

„Das läßt sich nicht so schnell sagen", erwiderte Esther mit immer wachsender Ungeduld. „Meiner Ansicht nach war es höchst sonderbar, daß du gestern abend nicht mit Onkel Ralph ins Konzert gegangen bist."

„Wie hätte ich gehen können, Esther? Es war ja der Abend, an dem wir unsere Gebetsstunde halten."

„Ach was! Der Gebetsstunden habt ihr so viele, während sich die berühmte Sängerin nur selten hören läßt, und man merkte deutlich, daß Onkel Ralph sehr enttäuscht war, daß du nicht mitgingst. Ich hätte gedacht, eins der ersten Gebote wäre die Ehrerbietung den Eltern gegenüber."

„Hast du nicht gehört, daß Papa ausdrücklich betont hat, ich solle tun, was ich für das Rechte halte? Auch hat er hinzugefügt, er hätte die Billetts nicht gekauft, wenn er an die Gebetsstunde gedacht hätte. Mein Vater kann es durchaus nicht leiden, wenn man sich eine Inkonsequenz zuschulden kommen läßt."

„Das ist es ja gerade, was ich wissen wollte. Hältst du es für inkonsequent, auch nur ein einziges Mal die Gebetsstunde zu versäumen, einerlei, aus welchem Grund?"

Agnes lachte und erwiderte dann gutmütig: „Es ist ein Glück, daß du kein Advokat geworden bist, Esther! Du bleibst nicht bei der Sache. Gegenwärtig handelt es sich nicht um verschiedene Gründe, sondern einfach um ein Konzert." Hierauf fügte sie in ernsterem Ton hinzu. „Ich fühle nämlich, daß ich in dieser Beziehung nicht vorsichtig genug sein kann. In einer großen Stadt gibt es der Abhaltungen so viele, daß ich höchst selten in die Gebetsstunde käme, wenn ich nicht eine bestimmte Grenze zöge. Natürlich gibt es gewisse Fälle, in denen es mir unmöglich ist, hinzugehen; durch ein Konzert lasse ich mich aber nicht abhalten."

„Meiner Ansicht nach darf man es nicht so streng mit der Religion nehmen; man macht sie damit den Leuten leicht zuwider."

Ein verwunderter, beinahe schmerzlicher Zug flog bei diesen Worten über das Gesicht des jungen Mädchens. Eine Weile schwieg Agnes; dann sagte sie sanft: „Ich verstehe nicht, liebste Esther, wie man hier von Strenge reden kann. Wenn wir wirklich erwarten, daß uns in der Gebetsstunde der Heiland nahe tritt, ist es doch natürlich, daß wir uns auf dieselbe freuen. Von einem Zwang habe ich nie etwas gespürt."

„Allerdingst hatte ich ganz vergessen, daß Herr Forster bei der Gebetsstunde zugegen sein wollte, während du ihn im Konzert nicht träfest. Da hattest du freilich Ursache, dich darauf zu freuen." Esther sagte dies in der unfreundlichen Art und Weise, in der sie zu Hause zu sprechen pflegte, wenn sie recht schlechter Laune war.

Bei dieser unartigen Rede wurde Agnes dunkelrot, antwortete aber nicht. Erst nach einer kleinen Weile sagte sie mit vor Bewegung zitternder Stimme: „Esther, nur ein Gedanke beunruhigt mich bei dieser ganzen Sache. Findest du wirklich, daß ich selbstsüchtig bin, daß ich meine eigenen Gefühle und Wünsche zu sehr berücksichtige und dadurch der guten Sache schade? Eigentlich haben deine Worte dies angedeutet.

Denkst du z. B., ich suche meinen Vater ungebührlich zu beeinflussen?" Die großen, schönen Augen hefteten sich fragend auf Esther, und dicke Tränen hingen an den langen, seidenen Wimpern. Gern hätte Esther jetzt ihre unbedachten Worte zurückgenommen; denn sie fühlte wohl, daß sie sich nur deshalb in so gereizter Stimmung befand, weil ihr ihr Gewissen allerlei Vorwürfe wegen des auffallenden Gegensatzes zwischen dem Leben ihrer Cousine und dem ihrigen machte. Wie hatte sich dieses junge Mädchen, die Tochter eines der reichsten Kaufherren der Stadt und die Braut eines der gesuchtesten jungen Herren in New York, inmitten der vielen Versuchungen und Zerstreuungen, die täglich an sie herantraten, die erste Liebe zu ihrem Heiland bewahrt, so daß sie ihre höchste Freude in dem Verkehr mit Gott und in der Gemeinschaft Seiner Kinder fand!

Die Vorstellung, die sich Esther von ihrer reichen Cousine gemacht hatte, war demnach gänzlich zunichte geworden. Lange, ehe sie Agnes kennengelernt, hatte sie sich ihren Brautanzug ausgemalt, sich aber dabei vorgenommen, ihr gehörig einzuschärfen, wie töricht und sündhaft es sei, das Herz an schöne Kleider und weltliche Vergnügungen zu hängen. Und doch war sie selbst vor Entzücken ganz außer sich gewesen bei der bloßen Vorstellung solcher Schönheit und Eleganz. Wie hatte sie sich indessen getäuscht! Schön war gewiß alles; aber es war die Schönheit der Einfachheit, nicht aber der Aufwand von Samt, Seide und Juwelen, den Esther zu finden erwartet hatte. Der Reichtum war es gewiß nicht, der das Leben ihrer Cousine zu einem so glücklichen gestaltet; sonst hätte Agnes ihre Ausgaben nicht so sorgfältig überwacht, um ja keinen Pfennig zu verschwenden; auch konnte es unmöglich das Wohlleben und die Freiheit von Widerwärtigkeit sein, was sie so frisch und stets bei guter

Laune erhielt; denn Esther war noch keine acht Tage in dem Haus ihrer Tante Helene gewesen, ehe sie herausfand, daß die reichen Leute nicht notwendigerweise liebenswürdig sein müssen. Agnes hatte hunderterlei kleine Prüfungen und Widerwärtigkeiten zu erdulden, die sie niemals ertragen hätte. Mit einem Wort – soviel war Esther klargeworden, daß der bloße Umstand, in einer großen Stadt zu leben, nicht genügte, den Christenlauf leichter und angenehmer zu machen. Es wollte ihr im Gegenteil scheinen, als müsse ein ruhiges, einfaches Leben auf dem Land im Grunde noch leichter sein, da natürlich viele Versuchungen von selbst wegfielen. So waren nach und nach alle ihre Erklärungen des Charakters ihrer Cousine wie Seifenblasen zu Wasser geworden. Um so mehr drängte sich Esther jedoch die Frage auf: „Was hatte Agnes auf den rechten Weg geleitet, und was erhielt sie auf demselben?" Esther war endlich zu dem einzig richtigen Schluß gekommen: Nur ein fester, alles durchdringender Glaube, nur das kindliche Vertrauen zum Heiland konnte dies bewirken. Aber hatte sie denn nicht denselben Glauben? Und gab es einen größeren Gegensatz als ihr Leben und das ihrer Cousine? Was half es Esther, dies zu leugnen oder ihr Gewissen noch länger zu beschwichtigen, nachdem es in der neuen Umgebung plötzlich aufgerüttelt worden war? Ganz wach war es ja noch nicht; aber es war zu ruhelos und unbefriedigt, als daß es Esther gelungen wäre, es wieder in Schlaf zu wiegen.

Diese und ähnliche Betrachtungen hatten Esther in die ungemütliche Stimmung versetzt, in der wir sie heute finden. Sie wollte sich nicht aufrütteln und aufwecken lassen; deshalb hatte sie Agnes so viele unfreundliche, geradezu unartige Dinge gesagt. Am liebsten wäre es ihr gewesen, wenn Agnes entrüstet aufgefahren wäre und ihr mit gleicher

Münze heimgezahlt hätte, anstatt sie so demütig um ihre Ansicht zu bitten und geduldig ihren Ausspruch zu erwarten. Wenn sie nur nicht die letzte Frage gestellt hätte! Nach allem, was Esther gesagt hatte, war es höchst unangenehm, einzugestehen, daß das Leben ihrer Cousine ein beständiger Vorwurf für sie war und daß sie selbst gehört hatte, wie Onkel Ralph gerade in bezug auf jenes Konzert geäußert hatte, wenn der Wandel aller Christen so sehr mit ihren Worten übereinstimmen würde, wie dies bei Agnes der Fall sei, könnte er sich vielleicht auch leichter entschließen, ein Christ zu werden. Noch dazu hatte er dies auf dem Weg zum Konzert gesagt.

Wer weiß, ob es Esther nicht schließlich doch über sich gebracht hätte, die Wahrheit zu gestehen, und ob sie nicht am Ende hinzugefügt, wie ruhelos und unbefriedigt sie sich fühlte, wodurch ihr vielleicht viel Schweres erspart worden wäre, wenn die Unterhaltung nicht plötzlich unterbrochen worden wäre. Es wurde mit ungewöhnlicher Energie an die Tür geklopf; fremde Fußtritte ließen sich auf der Treppe vernehmen, und der Schall einer unbekannten Stimme drang bis ins obere Stockwerk, wo die Mädchen saßen. Freudig überrascht ließ Agnes Fingerhut und Schere fallen und eilte mit dem Ruf: „Ralph ist gekommen!“ die Treppe hinunter.

14.
Das Kärtchen aus dem Ziehkästlein

Nachdem sich Esther selber überlassen blieb, stürmten die unangenehmen Gedanken und Selbstanklagen mit Macht auf sie ein, bis sie es nicht länger ertragen konnte und dem neuen Ankömmling entgegeneilte, nur um sich selbst zu entfliehen.

Also endlich war der Vetter gekommen, der geliebte Bruder, für den Agnes so viel von ihrem Einfluß erwartete! Seit dem ersten Abend ihrer Ankunft hatte sich Esther lebhaft für ihn interessiert, obwohl sie nicht recht wußte, in welcher Weise sie ihren Einfluß geltend machen sollte. Nach jenem ersten Gespräch hatte Agnes zwar nicht mehr des Gegenstandes erwähnt und schien überhaupt das Zusammentreffen der beiden Verwandten nicht mehr so lebhaft zu wünschen. Dieser Gedanke beschäftigte Esther sehr. Wenn sie nur gewußt hätte, was man eigentlich von ihr erwartete! Inwiefern konnte sie Ralph zum Segen werden, wie Agnes gehofft hatte? Die Schwester war augenblicklich nicht ganz zufrieden mit ihm. Vielleicht war er unmanierlich und linkisch, wie junge Leute in seinem Alter häufig sind, besonders wenn sie lange dem Einfluß des Hauses entzogen waren. Dabei war er gewiß recht schüchtern und unzugänglich. Sie konnte sich ganz gut vorstellen, wie er aussah, wie wenig – wie wenig er sich in dem großen, vornehmen Haus, das doch seine Heimat war, am rechten Platz fühlte, weil er so selten zu Hause lebte und ihm infolgedessen alles fremd und ungewohnt vorkam. Vielleicht wußte er nicht, was er mit seinen Armen und Beinen anfangen sollte, gangelte mit dem Stuhl hin und her, steckte das Messer in den Mund, anstatt wie wohlerzogene Leute mit der Gabel zu essen – kurz, was dergleichen Schulmanieren mehr sind. Ein derartiges unschickliches Benehmen brachte Agnes natürlich in Verlegenheit, besonders wenn Herr Forster zugegen war. „Ich wollte nur, die Hochzeit wäre noch nicht so bald", dachte Esther, nachdem sie das alles überlegt hatte; „natürlich tue ich, was in meinen Kräften steht. Agnes soll sehen, daß ich auch zu etwas nütze bin. Wenn wir auch in religiöser Beziehung nicht immer derselben Meinung sind, so weiß ich mich doch in jeder Lage richtig zu benehmen, obwohl ich auf dem Lande aufgewachsen bin." Mit selbstgefälligem Lächeln betrachtete sich Esther dabei im Spiegel und flocht gerade ein blauseidenes Band in die schönen, glänzenden Flechten, als Agnes freudestrahlend ins Zimmer trat und in ihrer gewohnten freundlichen, rücksichtsvollen Weise sagte: „Verzeih, liebe Esther, daß ich dir so ohne weiteres davongelaufen bin und dich so lange allein gelassen habe! Weißt du, es ist schon eine geraume Zeit, daß ich Ralph nicht mehr gesehen habe, und über der Freude des Wiedersehens habe ich alles andere vergessen. Dein Haar ist übrigens glatt genug, Esther, wir müssen schnell hinuntergehen; denn es wird mit dem Essen auf uns gewartet. Ich brenne vor Begierde, dir unseren Ralph zu zeigen." Esther hatte kaum noch Zeit, das blaue Band zu ihrer völligen Zufriedenheit ins Haar zu schlingen, ehe sie der erregten Agnes ins Eßzimmer folgen mußte, um ihre neue Stelle als Führerin und Beraterin ihres jungen Vetters zu übernehmen.

„Er hat gewiß keinen Begriff, was er mir sagen soll", war ihr letzter mitleidiger Gedanke, ehe sie ins Zimmer trat. „Nun, ich werde schon mit ihm zurechtkommen."

Zuerst war Ralph nirgends zu sehen; als Agnes aber fröhlich ausrief: „Ralph, hier ist Cousine Esther!" trat ein großer, schön gebauter junger Mann mit einem prächtigen Vollbart und ungewöhnlich lebhaften Augen aus der Fensternische hervor. Mit großer Herzlichkeit streckte er seiner Cousine beide Hände entgegen und sagte freundlich: „Also endlich ist die Langersehnte angekommen! Ich habe schon gefürchtet, ich müßte auf die Freude verzichten, meine Cousine Esther jemals zu begrüßen. Muß ich dich eigentlich willkommen heißen oder du mich? Wie ist es? Ich bin ganz verwirrt. Die nahe Aussicht auf eine Hochzeit in der Familie hat mir den Verstand genommen. Schwesterchen", hier wandte er sich plötzlich an Agnes, „hast du Esther schon auf ihr Schicksal vorbereitet? Hat sie es begriffen, zu welchem wichtigen Amt wir miteinander verbunden werden? Das heißt, wenn wir uns nicht vorher in Dampf aufgelöst haben. Schwesterchen, Schwesterchen, wie konntest du nur so grausam sein, deine Hochzeit in den Monat August zu verlegen? Warum muß Forster gerade zu dieser Zeit die große Reise unternehmen?" So plauderte Ralph ununterbrochen weiter, ohne eine Antwort auf seine zahllosen Fragen abzuwarten. Schüchtern war er gewiß nicht, welches auch seine Fehler sein mochten. Esther fühlte sich so verwirrt, geradezu aus der Rolle gefallen, in die sie sich hineingedacht hatte; in ihrem Leben war sie sich nicht so ungeschickt vorgekommen – wie auf den Mund geschlagen! „Wie konnte ich nur so dumm sein!" sagte sie sich, als sie bei Tisch ihrem Vetter gegenübersaß und Gelegenheit hatte, das hübsche Gesicht mit dem lebhaften Mienenspiel zu beobachten. Selbst Onkel Ralph hörte sichtbar erfreut und aufmerksam dem endlosen Geplauder zu. „Ich wußte doch, daß er älter ist als Agnes, und daß er schon seit drei Jahren auf der Universität ist. Was mag er von mir denken, daß ich wie ein Schulmädchen erröte und kein vernünftiges Wort über die Lippen bringe? Was hat nur Agnes damit gemeint, als sie sagte: ich könnte ihm eine rechte Hilfe sein? Warum ist sie überhaupt unzufrieden mit ihm? Wahrscheinlich ist es wieder eine ihrer törichten, verschrobenen Ansichten und Ideen. Wenn sie nur wie andere Leute spräche und handelte!"

„Eigentlich weiß ich nicht, ob es wirklich so ist", hörte Esther eben noch Ralph sagen, als sie aus ihren Gedanken erwachte. „Bei diesem Wetter kann unsereins sich nicht viel besinnen; es ist viel zu beschwerlich bei solcher Hitze. Johann, schenke mir noch einmal ein! Vater, dieser Wein ist noch besser als der, den du sonst im Keller hattest, und das will viel sagen. Nun, Schwesterchen, hat Forster dich schon für den Mäßigkeitsverein gewonnen? Wie ich sehe, trinkst du nur Wasser."

„O gewiß", antwortete Frau Ried an ihrer Tochter Statt in dem geringschätzigen Ton, den sie bei solchen Gelegenheiten anzunehmen pflegte. „Ich warne dich im voraus, Ralph, genieße dein Leben jetzt noch, so gut du kannst; denn wenn Agnes erst ihr eigenes Heim hat, wird sie alles aufbieten, um dich jeglicher Versuchung fernzuhalten."

Esther warf einen raschen, forschenden Blick auf ihre Cousine. Wie hatte Frau Ried ihren Lieblingsplan erraten, und wie konnte Agnes bei dieser spöttischen Bemerkung ihre Selbstbeherrschung bewahren! Ihre Wangen wurden wohl ein wenig röter als gewöhnlich; aber sie antwortete mit vollkommen guter Laune: „Fürchte dich nicht, Ralph! Wenn du recht brav bist, lasse ich dich schon zuweilen ausgehen."

Ralph ließ seine Augen liebevoll auf dem hübschen Gesicht ruhen und sagte rasch: „Vielleicht liegt mir gar nichts daran, von dieser Freiheit Gebrauch zu machen, wenn mein Schwesterchen Gefängniswärterin ist."

Was war es nur, das Agnes an dem jungen Mann nicht

gefallen mochte? Während sich Esther diese Frage stellte, ließ Ralph sein Glas zum drittenmal füllen, und erstere bemerkte sofort den schmerzlichen Ausdruck auf dem bis dahin so vergnügten Gesicht des jungen Mädchens. Die niedergeschlagenen Augen und hochgeröteten Wangen sagten der Cousine deutlicher als Worte, was dem treuen Schwesterherzen so große Sorge machte. In dem häufig gefüllten Glas erkannte Agnes eine Gefahr für den geliebten Bruder; dies war also die Bedeutung jenes halb vollendeten Satzes vom ersten Abend sowie des seitherigen verlegenen Schweigens der Braut; Esther, mit dem gefüllten Weinglas neben ihrem Teller, an dem sie auf ihres Onkels Anregung fleißig nippte – ach! Esther konnte hier nicht die erwartete Hilfe leisten. Diese Hoffnung hatte Agnes längst aufgegeben, wenn auch mit schwerem Herzen. Und Esther fragte sich, ob der schöne junge Mann ihr gegenüber wirklich in Gefahr schweben konnte – oder ob dies nicht auch nur eine von ihrer Cousine Launen war – heute konnte sie jedoch in Ralphs Gegenwart keinen Wein trinken; sie konnte sich einer gewissen Unruhe nicht erwehren.

Am nächsten Vormittag wurden Besorgungen gemacht, und Ralph schmuggelte sich als Begleiter ein. Unschlüssig stand Agnes vor einer zahllosen Menge von Taschentüchern. „Nimm doch dieses Dutzend, Agnes", redete Esther zu. „Das Monogramm in der Ecke ist reizend!"

„Aber viel zu teuer", erwiderte Agnes. „Denke nur, eine solche Summe für Taschentücher auszugeben, wäre ja unerhört."

Ralph, der ganz in der Nähe stand, zog die Augenbrauen in die Höhe, als er diese Worte hörte, und sagte leise: „Ist Forster so übel dran? Glücklicherweise bist du noch nicht ganz in seiner Hand, Schwesterchen, und ich bin überzeugt, der Vater leistet Bürgschaft für alle schönen Sachen, die du kaufen möchtest."

„Das beweist nur, wie wenig du von der Sache weißt; oder was du für eine schlechte Meinung von deiner Schwester hast. Wenn ich wollte, könnte ich meinen Vater nur durch den Ankauf solcher Stickereien noch heute in die peinlichste Verlegenheit bringen. Davon versteht ihr Männer nicht viel. Denke nur, dieses kleine Stückchen Spitze allein kostet sechsundsiebzig Mark."

„Und wenn auch! Möchtest du es gern haben?" Ralph griff bei dieser Frage nach seiner Börse.

„Nein", sagte Agnes mit großem Ernst, „hoffentlich werde ich nie so pflichtvergessen werden, daß ich einen solchen Gebrauch von dem mir anvertrauten Geld mache." Weniger ernst fügte sie hinzu: „Du bist noch schlimmer als Esther, die auch nichts schön genug für mich findet."

„Agnes, wie kannst du nur so töricht sein", fiel Esther ihrer Cousine ins Wort. „Für deine Mittel sind diese Spitzen doch gar nicht so besonders teuer; du brauchst entschieden etwas Hübsches. Wenn ich nur den dritten Teil von deinem Geld hätte, würde ich mich nicht einen Augenblick besinnen."

„Das mag wohl sein, Esther", sagte Agnes so leise, daß nur ihre Cousine sie verstehen konnte, „aber Silber und Gold gehören dem Herrn, und ich habe Ihn heute ganz besonders gebeten, mich vor aller Untreue zu bewahren. Meinst du –" Ehe sie den Satz vollenden konnte, hatte sich Esther jedoch abgewandt, war verdrießlich ans andere Ende des Ladens gegangen und hatte Agnes sich selbst überlassen, damit sie ihre Einkäufe nach ihrem eigenen Belieben beende. Verstimmt lehnte sie an der Tür und trommelte leise mit den Fingern gegen die Glasscheibe. Wie sonderbar war es doch, daß sie nicht in den kleinsten Dingen mit Agnes übereinstimmte! War es denn möglich, daß sie beide von den gleichen Grundsätzen geleitet wurden? Wieder und immer wieder drängte sich Esther dieselbe Frage auf. Hatte Agnes recht und sie unrecht – oder hatte Agnes unrecht? Nein, letzteres war gewiß nicht der Fall. Und doch war sie ganz anders als andere Leute – übertrieben streng in ihren Ansichten. Es war gewiß nicht notwendig, daß man alles auf die Waagschale legte und ängstlich grübelte, ob dieses oder jenes recht oder unrecht sei, zuweilen bei Dingen, denen sie persönlich bis jetzt keinerlei Gewicht beigelegt hatte. Während sie auf Agnes wartete und sich dabei diese Fragen stellte, fiel ihr Auge auf ein kleines Ziehkästchen an der Wand, über dem geschrieben stand: „Für alle. Ziehen Sie gefälligst einen Spruch!" Gar zu gern hätte Esther gewußt, was dies wohl bedeutete; daher folgte sie nach kurzem Zögern der freundlichen Aufforderung und zog behutsam eine kleine Karte aus dem Kästchen. Mit immer wachsendem Erstaunen las sie:

„Mit Gottes Hilfe gelobe ich feierlich:

1. Dem Gebet im Kämmerlein eine bestimmte Zeit zu weihen, jedenfalls zweimal des Tages, morgens und abends.
2. Täglich wenigstens einen Abschnitt in der Bibel zu lesen.
3. Jede Woche ein- oder zweimal der Betstunde beizuwohnen, wenn es meine Kräfte oder Pflichten erlauben.
4. Allezeit und überall meinen Heiland zu bekennen.
5. Alljährlich wenigstens eine Seele für den Herrn zu gewinnen – mit Gottes Hilfe.
6. Keinerlei Vergnügungen mitzumachen, bei denen der Herr Jesus nicht zugegen sein könnte."

Wenn plötzlich eine Bombe vor Esther eingeschlagen wäre, hätte letztere nicht überraschter sein können als beim Lesen dieses Kärtchens. Wer mochte diese Worte geschrieben haben, und wie kamen sie in einen der prächtigsten Läden der Stadt an diese Stelle, wo sie jedem ins Auge fallen mußten? Sollte sie denn keine Ruhe mehr haben? War die Welt verrückt geworden? Stammte dieser Einfall von Agnes, oder gab es in der Stadt noch mehr Leute, die ihrer Cousine glichen, oder war das am Ende das rechte Christentum, und sie hatte sich getäuscht? Unwillkürlich drängte sich ihr jetzt diese Frage bei jeder Gelegenheit auf, und sie konnte dieselbe nicht mehr zurückweisen. War ihr Christentum bisher Heuchelei, ihr ganzes Leben eine elende Lüge gewesen?

„Ist das Ding da heiß?" fragte Ralph plötzlich höchst belustigt. Er war unbemerkt hinzugetreten.

„Was? Wo?" Esther wandte sich verwirrt um.

„Das Stückchen Papier in deiner Hand – ist es etwa eine Mitteilung aus der Geisterwelt? Du siehst so erschreckt drein, daß man das Schlimmste vermuten könnte, und es ist so plötzlich deiner Hand entfallen. Ja, ja, ziemlich geisterhaft", fügte er hinzu, nachdem er die Karte durchgelesen hatte, „übrigens hätte ich gedacht, daß du stärkere Nerven hast, Cousine Esther. Das persönliche Fürwort hat dich wohl erschreckt?"

„Wieso?"

„Nun, ich dachte, vielleicht hältst du dich nun verpflichtet, diese Gelübde zu halten. Ich muß mir doch auch solch ein Kärtchen ziehen. Behältst du das deine?" Ralph streckte die Hand aus und zog ebenfalls einen Spruch. „Eigentlich ist es komisch, wenn man die Dinger in unserem Besitz findet, meinst du nicht, Esther? Für Agnes paßt so etwas viel besser."

Ein eigentümliches Gefühl durchzuckte Esther bei diesen Worten. Allem Anschein nach hatte Ralph schon herausgefunden, daß für sie so etwas nicht paßte. Er kannte sie erst seit einem Tag und schien ganz bestimmt anzunehmen, daß sie mit ihm auf einer Stufe stand. Wie kam das? Woraus schloß ihr Vetter dies? Stimmte ihr Benehmen wirklich so wenig mit den Lehren des Christentums überein, daß dieser junge Mann den Unterschied sogleich bemerkt hatte, oder war das Glas Wein, an dem sie gestern abend genippt hatte, daran schuld? Nachdenklich blieb Esther stehen und ließ ihn weitersprechen, ohne auf seine Neckereien einzugehen. Der furchtbare Zweifel, der sich in ihre Seele eingeschlichen hatte, quälte sie mehr, als sie sich selbst eingestehen mochte; aber sie dachte gar nicht daran, denselben in die Bitte zu verwandeln: „Herr, wenn ich Dich bis jetzt doch nicht recht gekannt, Dich nicht von ganzem Herzen geliebt habe, so hilf mir, heute einen Anfang damit zu machen!" Die arme Esther war so wenig daran gewöhnt, ihren Heiland zu bekennen, daß sie jetzt auch Ralph gegenüber in würdevollem Schweigen verharrte – er mochte denken, was er wollte.

Ralph fuhr daher ungehindert fort: „Ein komischer Einfall ist und bleibt es doch, findest du nicht, Esther? Da steckt gewiß wieder Pfarrer Dormann dahinter; ich könnte mich zu Tode lachen, wenn ich höre, wie er auf seine Gemeindeglieder dreinschlägt, während sie es sich geduldig gefallen lassen und dastehen wie Schafe, die zum Schlächter geführt werden. Ich freue mich dann immer, daß ich nicht auch zu der Gesellschaft von elenden Sündern gehöre."

„Pfarrer Dormann", antwortete Esther endlich, um wenigstens etwas zu sagen. „Ich wundere mich oft darüber, denn meiner Meinung nach schaden solche Reden gewöhnlich mehr als sie nützen."

„Mich wundert es gar nicht. Wenn ich Pfarrer Dormann wäre, würde ich es noch ärger machen; denn nichts ist mir schrecklicher, als wenn die Leute inkonsequent sind – sei es nun in religiöser oder in anderer Beziehung. Was man ist, muß man ganz sein. Leute wie wir beide haben auch Augen und Ohren, und wir können nichts dafür, wenn wir die Sinne gebrauchen, die uns Gott gegeben hat."

Und wieder behauptete Esther absichtliches Schweigen, statt sich freimütig auf des Heilands Seite zu stellen; nicht als ob sie sich etwa ihres Heilandes geschämt hätte, sondern weil sie sich ihrer selbst schämte. Vor den scharfen Augen ihres weltlich gesinnten jungen Verwandten hätte sie die Prüfung nicht bestehen können. Und doch ermannte sie sich hinlänglich, um die kleinen Karten wenigstens in ihrem Inneren zu verdammen. „Ganz gewiß schaden sie mehr, als sie nützen", dachte sie bei sich. „Junge Leute wie Ralph würden sie z. B. einfach ins Lächerliche ziehen."

Später stellte sich jedoch heraus, daß Ralph gar keine solche böse Absicht hatte; ehe er den Laden verließ, steckte er im Gegenteil das Kärtchen zu sich und überreichte es Agnes mit den Worten: „Da ist etwas, was dir gefallen wird, Schwesterchen."

Agnes las das Zettelchen und sagte ernst: „Was das für feierliche Worte sind! Hast du sie für mich gezogen, Ralph? Herzlichen Dank!"

Ralph verbeugte sich und lächelte ihr freundlich zu. Wie ganz anders war aber dieses Lächeln als der schelmische Ausdruck, mit dem er kurz zuvor Esther zugeblinzelt hatte.

Den ganzen Tag hindurch verfolgte Esther dieses kleine, aber inhaltsvolle Kärtchen. Es tauchte immer wieder auf, so oft sie es auch verloren glaubte. Zweimal hatte sie es auf dem Weg von einem Laden in den anderen fallen lassen; aber jedesmal hatte es Ralph wiedergefunden und es ihr mit feierlicher Miene ausgehändigt. Zu Hause legte sie es auf ihren Ankleidetisch; aber so viele Taschentücher, Handschuhe und andere Dinge sie auch darauf legen mochte, fiel es ganz gewiß zu ihren Füßen nieder, sobald sie irgendeinen vermißten Gegenstand in dem allgemeinen Wirrwarr suchte. In ihrem Verdruß warf sie es einmal zum Fenster hinaus, aber kaum zwei Minuten später brachte Margarete es ihr mit den Worten zurück: „Dies Blatt ist mir gerade auf den Kopf gefallen, als ich um die Ecke bog. Gehört es Ihnen, Fräulein?" Zuletzt war es der armen Esther ganz unheimlich zumute. Wie mit Flammenschrift hatten sich die Worte in ihr Gedächtnis eingegraben: „Mit Gottes Hilfe gelobe ich ..." Was sie auch tun mochte, sie konnte dieselben nicht loswerden, obwohl sie das Kärtchen selbst schließlich ganz zuunterst in ihre Handschuhschachtel legte.

15. Worin liegt der Unterschied?

Esther stand vor dem Spiegel, um ihre Haare zu ordnen; sie war gerade vom Mittagessen heraufgekommen und wollte wieder zu den anderen hinuntereilen; denn sämtliche Familienglieder waren mit Herrn Forster in traulichem Gespräch im Wohnzimmer versammelt.

„Zuweilen ist es doch, als ob sich alles verschworen hätte, um einen aufzuhalten!" rief sie ungeduldig, als eine Haarnadel nach der anderen herauszufallen drohte. „Und das greuliche Band paßt durchaus nicht zu dem Ausputz meines neuen Kleides. Wo ist nur mein blaues Band hingekommen?" Ungeduldig nahm sie ein Kästchen nach dem anderen heraus, durchsuchte eine Schublade nach der anderen, bis endlich die Handschuhschachtel auf den Boden fiel und der ganze Inhalt ausgestreut auf dem Boden lag.

„Was wird wohl heute noch alles passieren!" brummte Esther, während sie sich bückte und ihre Schätze wieder aufhob. Da lag es wieder, das Kärtchen mit den peinlichen Gelübden! Betroffen blickte Esther darauf – ihr Herz klopfte beinahe hörbar. Was sollte das nur bedeuten? War es ein bloßer Zufall, daß ihr das Kärtchen heute so hartnäckig immer wieder unter die Hände kam, so vorsichtig sie es auch aus dem Weg geräumt hatte? Und warum war ihr eigentlich so sonderbar zumute? Warum machten die Worte, die auf dem Kärtchen standen, einen solchen Eindruck auf sie? Weshalb hätte sie dessen Inhalt so gern vergessen? Aufmerksam las sie dieselben noch einmal durch und sagte dann entschlossen: „Nun habe ich die Dummheit satt. Auf dem Kärtchen stehen eigentlich nur ganz vernünftige, gute Vorsätze, die ich ganz gut fassen kann. Ich weiß jetzt, warum mir in der letzten Zeit so sonderbar zumute war. Zu Hause habe ich so viel zu tun gehabt, daß ich darüber meine religiösen Pflichten versäumt habe – aber hier ist es etwas anderes, und es ist höchste Zeit, daß ich in dieser Hinsicht gewissenhafter werde. Gleich heute abend will ich damit anfangen – oder vielleicht ist es besser: ich mache mich sogleich darüber und lese einen Abschnitt in der Bibel. Wer weiß, was sonst dazwischenkommen könnte! Agnes ist vielleicht froh, wenn sie ein Weilchen mit Herrn Forster allein sein kann, und ich bin immer dafür, daß man einen Vorsatz sogleich ausführt."

Mit dem aufrichtigen Wunsch, ihr aufgeschrecktes Gewissen zu beruhigen, und in der festen Meinung, es sei dies das beste Mittel, um wieder Freiheit zu finden, schloß Esther ihre Türe zu und setzte sich mit selbstgefälliger Miene ans offene Fenster, um ein Kapitel aus der Bibel zu lesen und zu beten.

Armes Menschenherz! Wie wenig ist es sich doch seines tiefen Schadens bewußt und wie bereit, die Wunde zu verdecken, anstatt sie gründlich ausheilen zu lassen. – Wo sollte sie nur lesen? Bis jetzt hatte sie bald hier, bald da einen Abschnitt herausgesucht; aber nun sollte eine neue Seite beginnen – da mußte sie wohl eine gewisse Ordnung innehalten. Hastig blätterte Esther in der Bibel, um ein Buch zu finden, das für ihre jetzige Lage und Stimmung besonders paßte, bis sie endlich das Evangelium Johannes aufschlug. Das war gewiß schön und erbaulich. Mit großem Eifer las sie: „Im Anfang war das Wort, und das Wort war bei Gott, und Gott war das Wort." – „Da fällt die dumme Haarnadel schon wieder heraus! Was ist nur heute mit meinem Haar, daß es gar nicht halten will? Ich habe doch sonst nicht so viel Mühe damit." – „Alle Dinge sind durch dasselbe gemacht, und ohne dasselbe ist nichts gemacht, was gemacht ist. In Ihm war das Leben, und das Leben war das Licht der Menschen." – „Dort gehen Herr und Frau Hanson. Ob sie wohl hier Besuch machen? Das wäre mir gerade recht; ich möchte mir den Ausputz an Frau Hansons Kleid gern näher besehen; es macht sich wirklich sehr hübsch." – „Und das Licht scheint in der Finsternis, und die Finsternis hat es nicht begriffen." – Wer weiß, ob Esther jene Stelle je auf sich bezogen hatte? Jedenfalls waren ihr die herrlichen Wahrheiten, die diese Verse enthielten und die auf jede Stunde ihres Lebens Anwendung fanden, nicht ins Herz gedrungen – sie hatte sie kaum mit dem Verstand erfaßt; denn ihre Gedanken waren immer wieder abgeschweift, und doch war sich Esther dessen kaum bewußt. So las sie weiter – las und sann dabei ihren eigenen Gedanken nach – bis sie plötzlich innehielt. Mit einemmal merkte sie, während sie mit der Bibel in der Hand dasaß, daß eine Ecke des bewußten Kärtchens gerade auf den Vers deutete: „Er kam in Sein Eigentum, und die Seinen nahmen Ihn nicht auf." Dabei fiel ihr ein, daß sie schon mehrere Minuten lang nicht mehr gelesen, sondern folgenden Gedanken Raum gegeben hatte. „Wenn Frau Hanson wirklich käme und nach mir fragte, und wenn ich mit Tante Helene den Besuch erwiderte, könnte ich da nicht etwa mein blauseidenes Kleid anziehen?" Sie las den letzten Vers noch einmal und versuchte allen Ernstes, ihre Gedanken zu sammeln – aber so sehr sie sich auch bemühte, es wollte ihr nicht gelingen. Verstimmt wollte sie die Bibel beiseite legen, da klopfte es an die Tür und eine Stimme rief: „Fräulein Ried, Fräulein Agnes hat mich heraufgeschickt, Ihnen zu sagen, daß Besuch unten ist, ob Sie wohl so bald wie möglich herunterkommen könnten?"

Esther sprang auf und rief: „Sagen Sie Fräulein Agnes, daß ich sogleich kommen werde!" Behutsam steckte sie das Kärtchen mit den feierlichen Gelübden in die Bibel, schaute noch einmal in den Spiegel, ob das blaue Band auch ordentlich aussah, und lief dann die Treppe hinunter ... mit dem unangenehmen Bewußtsein jedoch, daß sie ihre Absicht, ihrem religiösen Leben einen neuen Aufschwung zu geben, nicht ausgeführt hatte; versucht hatte sie es wohl, aber wie schlecht war es ihr gelungen! Leider schien das Licht nach so vielen Jahren noch immer in die Finsternis.

Nachdem sich der Besuch verabschiedet hatte, befand sich Esther eine Zeitlang mit Herrn Forster allein am anderen Ende des geräumigen Wohnzimmers. Agnes war in eifrigem Gespräch mit ihrem Vater begriffen; ab und zu warf ihre Mutter irgendeine Bemerkung dazwischen, wie es schien zum großen Ergötzen von Ralph, dessen fröhliches Lachen zu Herrn Forster und Esther herüberklang, ohne daß die beiden verstehen konnten, um was es sich handelte. Endlich wandte sich Herr Forster mit der Frage an seine Nachbarin: „Sie hatten mich also zu einem Pfarrer gestempelt, als Sie mich zum erstenmal sahen, Fräulein Esther?“

Esther schien verlegen bei dieser unerwarteten Anrede; sie wurde rot und senkte verwirrt die Augen.

„Inwiefern sehe ich wie ein Prediger aus, Fräulein Esther? Wollen Sie mich nicht darüber aufklären?“

„Ach“, sagte Esther mit steigender Verwirrung, „ich dachte nur – ich – ich sagte – nein – ich habe einen Teil Ihres Gespräches mit der sonderbaren alten Frau angehört, und aus verschiedenen Dingen, die Sie sagten, schloß ich, Sie müßten ein Pfarrer sein.“

„Was sagte ich zum Beispiel?“

„Eigentlich sprachen Sie die ganze Zeit über von Religion“, erwiderte Esther ausweichend.

Ein beinahe schmerzlicher Zug flog über Herrn Forsters Gesicht, und er sagte ernst: „Ist es möglich, daß Sie an den

Christen, mit denen Sie in Berührung gekommen sind, eine so traurige Erfahrung gemacht haben, daß Sie auf den Gedanken kommen konnten, nur die Pfarrer sprächen über Religion?"

„Wenigstens habe ich andere Leute nie in der Weise reden hören, wie Sie damals mit der alten Frau sprachen", antwortete Esther.

„Aber Ihr Beispiel als Christin ist doch hoffentlich ein derartiges, daß der männliche Teil unter den Christen dadurch beschämt wird."

„Meine soeben aufgestellte Behauptung bezog sich durchaus nicht auf die Christen, sondern auch auf die Christinnen", sagte Esther, immer noch verwirrt. „Auch Frauen habe ich nie in dieser Weise über religiöse Dinge reden hören."

„Nicht einmal unsere alte Freundin im Eisenbahnwagen?"

„Ach ja, sie war auch anders als andere Leute, und ihre Art zu sprechen ist mir ebenfalls sonderbar vorgekommen, aber bei ihr ist es mir doch weniger aufgefallen; sie ist alt und unwissend. Wahrscheinlich hätte sie nicht über ein anderes Thema reden können, und sie ist auch die einzige Ausnahme, von der ich wüßte."

Herr Forster blickte zu seiner Braut hinüber, die immer noch in lebhaftem Gespräch mit ihrem Vater begriffen war; dann fragte er: „Und wie ist es mit Ihrer Cousine?"

„Ach, sie!" sagte Esther, durch diese Frage wieder zu ihren unangenehmen Gedanken zurückgebracht; – dann faßte sie den plötzlichen Entschluß, der Sache auf den Grund zu gehen, und fragte zögernd: „Herr Forster, halten Sie Agnes nicht auch für sonderbar?"

Herr Forster lachte und entgegnete in seiner gutmütigen Weise: „Denken Sie, daß ich ein unparteiischer Richter sein könnte, wenn es sich um meine Braut handelt?"

„Ja“, antwortete Esther ernst. „Mir scheint Agnes so verschieden von allen Leuten, mit denen ich bisher in Berührung gekommen bin. Sie macht einem den Eindruck, als denke sie an nichts anderes.“

„Und ist das sonderbar?“

„Mir scheint es wenigstens unnatürlich.“

„Gehen wir einmal der Sache auf den Grund! Halten Sie es für besonders gut oder für besonders unrichtig?“

„Unrichtig ist es natürlich nicht“, sagte Esther, gehörig in die Enge getrieben. „Ja, Agnes, – sie ist ja sehr gut, und ich habe nie ihresgleichen gesehen – ich meine nur, es kann ihr das nicht leicht jemand nachmachen. Finden Sie das nicht auch?“

„Gewiß finde ich das“, antwortete Herr Forster mit dem größten Ernst und lachte dann abermals; als er aber Esthers betroffene Miene bemerkte, wurde er sofort ernst und sagte freundlich: „Vielleicht verstehe ich Sie besser, als Sie denken, Fräulein Esther. Wenn Sie mich fragen, ob ich nicht finde, daß Agnes einen für ihr Alter merkwürdigen Grad innerer Reife erlangt hat, so sage ich entschieden: ‚ja‘, fragen Sie jedoch, ob es nicht unmöglich ist, daß die Leute im allgemeinen eine solche geistige Höhe erreichen, so muß ich mit ‚nein‘ antworten. Ich glaube, jeder treue Jünger Jesu hat nicht nur die Macht, sondern das selige Vorrecht, ja, sogar die heilige Pflicht, dieselbe Höhe zu erreichen wie Agnes.“

„Das glaube ich nicht“, sagte Esther mit großer Entschiedenheit. „Für manche Leute ist es viel leichter, Christen zu sein, als für andere.“

„In gewissem Sinne stimme ich mit Ihnen überein, weil die Naturanlagen sehr verschieden sind. Aber rechnen Sie Agnes zu den Leuten, denen es vermöge ihrer natürlichen Anlagen leichter wird?“

„Ganz entschieden."

Herr Forster schüttelte ernst den Kopf und erwiderte: „Wenn Sie Ihre Cousine früher gekannt hätten, würden Sie das nicht denken. Es ist ihr sehr schwer geworden, ihr Herz rückhaltlos dem Heiland zu übergeben; ihre natürliche Anlage, ihr früheres Leben, die Einflüsse von zu Hause, ihr Freundeskreis, kurz, alles war gegen sie, und doch hat der Herr gesiegt."

„Ja, aber mir scheint, seit sie sich für Christum entschieden hat, muß sie mit keinen besonderen Schwierigkeiten zu kämpfen haben."

„Glauben Sie das wirklich? Hat Agnes keine Versuchungen und Prüfungen, keine Kämpfe mit dem Feind, soweit Sie es beurteilen können?"

„Nur Kleinigkeiten, meiner Ansicht nach", sagte Esther, als ihr die kleinen Scharmützel mit Tante Helene und Ralph in Erinnerung kamen.

„Sie werden wohl noch herausfinden, daß der Christ derselben Hilfe von oben bedarf, um die kleinen Nadelstiche des Lebens im rechten Geist zu ertragen, wie um Berge von Schwierigkeiten zu überwinden. Ich weiß z. B., daß einzelne dieser sogenannten Kleinigkeiten Agnes recht schwer geworden sind. Die Schwierigkeit liegt darin, Fräulein Esther, daß wir uns zu leicht in den Gedanken finden, überwunden zu werden, anstatt selbst Überwinder zu sein; deshalb lernen wir so selten die wahren Freuden des Christenlaufes kennen."

Esther wurde es immer unbehaglicher zumute. Herrn Forsters Worte fielen ihr schwer aufs Gewissen; aber sie war entschlossen, die Frage gründlich zu erschöpfen, da sich nun einmal Gelegenheit dazu bot; darum fuhr sie fort: „Über dieses Thema gibt es eben verschiedene Ansichten, so gut wie über jedes andere. Wir Cousinen stimmen z. B. nicht überein, wenn wir auf diesen Punkt zu sprechen kommen. Agnes hält Dinge für richtig, die mir direkt unschicklich erscheinen."

„Wirklich?" sagte Herr Forster und blickte forschend zu Esther auf. „Möchten Sie mir nicht ein Beispiel nennen?"

„Es ist mir z. B. sehr sonderbar vorgekommen, Agnes und auch andere junge Damen in einer öffentlichen Betstunde reden zu hören. Unter gebildeten Leuten habe ich so etwas noch nie gehört."

„Und Sie haben dies für unschicklich gehalten?"

„Ich würde es wenigstens nie tun."

„Waren Sie neulich in unserem Gesellschaftslokal, als Frau Burton ihren Vortrag hielt?" lautete zu Esthers Erstaunen Herrn Forsters nächste Frage. Einen Augenblick sah sie ihn fragend an und gab dann eine kurze, bejahende Antwort, weil sie dachte, er sei des bisherigen Gesprächsgegenstandes müde.

„Ich hatte leider keine Zeit, hinzugehen. Waren viele Leute zugegen?" fuhr Herr Forster fort.

„Eine sehr große Gesellschaft. Der Saal war überfüllt."

„Hat es Ihnen gefallen?"

„Sehr gut, ich wollte zuerst nicht hingehen, weil ich ganz fremd bin; ich habe es aber durchaus nicht bereut, denn ich habe mich vortrefflich unterhalten."

„Sind verschiedene Vorträge gehalten worden?" forschte Herr Forster weiter.

„Ja. Doch Frau Burtons Vortrag war besonders interessant. Sie hatte ihre Notizen vergessen, sprach aber sehr gut aus dem Stegreif."

„Das tut mir leid; dadurch ist gewiß Ihre Freude an dem Abend sehr geschmälert worden."

„Ich verstehe Sie nicht, Herr Forster."

„Sie haben vorhin gesagt, daß Sie es für unschicklich halten, wenn Damen derlei Dinge tun; wie könnten Sie an etwas Unpassendem Gefallen finden?"

„O, das ist etwas ganz anderes. Es war dies keine Betstunde."

„Entschuldigen Sie, ich habe Sie nicht recht verstanden. Also ist es nur unpassend, wenn Damen in einer Betstunde das Wort nehmen? Darf ich fragen, weshalb?"

Esther wurde verdrießlich und sagte mit einer gewissen Schärfe: „Herr Forster, Sie wissen recht wohl, daß das etwas ganz anderes ist. Es sind genug Herren anwesend, die in der Betstunde das Wort führen können."

„Dasselbe konnte von jenem Vortrag im Gesellschaftslokal gesagt werden."

„Meiner Ansicht nach ist ein großer Unterschied zwischen einer Zusammenkunft in einer geschlossenen Gesellschaft und einer religiösen Versammlung in der Kirche."

„Ach, dann ist also die Kirche schuld? Wie wäre es, wenn die Betstunde in ein Privatzimmer verlegt würde? Wäre damit der Schwierigkeit geholfen?"

„Wenn Herren zugegen wären, nicht", sagte Esther entschieden. „Es ist Sache der Herren, eine Versammlung zu halten. Wollen Sie mich denn durchaus nicht verstehen, Herr Forster?"

„Ich glaube nicht, daß ich Sie mißverstehe, Fräulein Esther. Es fragt sich nur, ob Sie sich selbst verstehen. Für die Emanzipation der Frauen bin ich so wenig wie Sie, und doch haben wir beide mit Freuden zugehört, als vorige Woche Fräulein Hanley jenes wunderschöne Gedicht so meisterhaft vortrug – Sie haben selbst zugegeben, wie gut Ihnen Frau Burtons Vortrag gefallen hat, und es fiele uns nicht ein, es unpassend zu finden, wenn Fräulein Bernhardt vor einer großen Gesellschaft von Herren und Damen ihre herrlichen Lieder singt. Sobald sich aber dieselbe Gesellschaft in einer Kirche zusammenfindet, ist es höchst unpassend, wenn Frau Burton sagt: „Betet für meine Sonntagsschülerinnen!“ oder wenn Fräulein Harms laut bekennt: „Der Herr ist mein Licht und mein Heil; vor wem sollte ich mich fürchten?“ Wollen Sie entschuldigen, daß ich so schwer von Begriff bin, und mir sagen, weshalb es so ist?“

Esther war nicht in der Stimmung, etwas zu erklären, hätte vielleicht auch nicht gewußt, was sie sagen sollte; darum antwortete sie mit großem Nachdruck: „Ich bin diese Art Christentum nicht gewöhnt.“

Herr Forster sah sie einen Augenblick prüfend an; dann stand er vom Sofa auf und sagte in ganz verändertem Ton: „Verzeihen Sie mir, Fräulein Esther, wenn meine Fragen beinahe sarkastisch klangen. Es ist dies nämlich ein Thema, das ich nicht gut anders behandeln kann, weil es so hartnäckig verdreht und mißverstanden wird. Was sind unsere Betstunden anderes, als kleine Zusammenkünfte von Christen, die sich kennen und lieb haben, die füreinander und miteinander beten und sich gegenseitig vorwärts helfen auf dem Weg des Heils, wie unser Herr und Meister geboten hat? Darf ich nun aber auch ein Wort an Sie persönlich richten? Sind Sie wahrhaft glücklich als ein erlöstes Kind Gottes? Fühlen Sie, daß Ihre Liebe zum Herrn stetig zunimmt?“

Esther kämpfte mit sich, spielte verlegen mit ihrem Fächer und suchte ihre Fassung wiederzugewinnen; aber die zarten, freundlichen und doch so ernsten Worte drangen ihr tief ins Herz – ihre Augen füllten sich mit Tränen und sie sagte endlich mit kaum hörbarer Stimme: „Nein, Herr Forster, ich bin nicht glücklich!“

„Warum nicht? Darf ich diese Frage stellen? Ist der Heiland Seinen Verheißungen untreu geworden oder sind Sie Ihm nicht treu geblieben?“

Esthers Herz klopfte laut, und ihr Gewissen sagte deutlich: „Die Untreue ist auf deiner Seite“, aber sie hatte noch nicht geantwortet – da kam Ralph mit raschen Schritten auf die Stelle zu, wo beide saßen. – „Zwei gegen einen ist kein ehrlich Spiel“, sagte er halb schelmisch, halb verdrießlich. „Forster, du darfst dich nicht so abseits halten. – Von dir hat Agnes ihre neuen Grundsätze – also mußt du ihr auch beistehen und ihre Sache verfechten wie ein Mann. Du hast sie in die Patsche gebracht, nun hilf ihr auch wieder heraus! Ich nehme mich einstweilen Esthers an; sie sieht ja aus, als ob sie in einer Fastenpredigt gewesen wäre.“

Herr Forster sah Ralph fragend an und warf noch einen besorgten Blick auf Esther – dann aber schritt er langsam ans andere Ende des Zimmers, wo die Stimmen immer lauter wurden – eine derselben sogar entschieden erregt klang.

16. Der Sieg

„Das ist wirklich die tollste von allen Torheiten, die dir in der letzten Zeit in den Sinn gekommen sind", sagte Frau Ried mit lauter Stimme und mit einem nicht gerade freundlichen Blick auf Agnes, gerade als Herr Forster auf die kleine Gruppe zuschritt.

„Darf ich mich hier einschmuggeln, und wollen Sie mich aufklären, was es mit dieser Torheit für eine Bewandtnis hat?" fragte er, indem er neben Frau Ried Platz nahm.

„Ach, nichts Besonderes", sagte diese in spöttischem Ton; „wenigstens könnten wir mit der Zeit an die verschiedenen Neuerungen gewöhnt sein. Agnes sucht nämlich ihren Vater über die höchst interessante und wichtige Mäßigkeitsfrage zu belehren, besonders in bezug auf Hochzeitsdiners; denn letztere beschäftigen ihre Gedanken jetzt natürlich in erster Linie."

Agnes warf einen bittenden Blick auf Herrn Forster, sagte aber nichts. „Auch mir liegt diese Frage sehr am Herzen", antwortete dieser in seiner frischen, fröhlichen Weise. „Wollen Sie mir vielleicht sagen, von welchem Punkt Sie ausgegangen sind?"

„Ich muß gestehen, Herr Forster, da ich selbst keine Anhängerin der neuen Lehre bin, fühle ich mich wirklich nicht kompetent, diese schreckliche Aufgabe zu übernehmen. Wenden Sie sich lieber an Agnes; sie scheint in der Frage sehr bewandert zu sein und trägt ihr Wissen gern zur Schau."

Agnes schwieg noch immer, nur an dem leisen Zittern der Lippen konnte man merken, wie tief ihr der scharfe Ton und die unfreundlichen Worte zu Herzen gingen. Frau Ried aber fuhr fort: „Meine Tochter und ich sind natürlich verschiedener Ansicht in bezug auf die Pflichten und Vorrechte der Gastgeber. Ich möchte mir das Recht wahren, meinen Gästen vorsetzen zu dürfen, was mir beliebt, während sie grundsätzlich gegen den Wein und alle anderen geistigen Getränke spricht und durchaus nichts Derartiges auf den Tisch bringen will. Soviel ich weiß, haben Sie Agnes diese überspannten Ideen beigebracht, aber ich habe ihr klarzumachen versucht, daß ich meinen Gästen von jeher Wein vorgesetzt habe und nicht von dieser Gewohnheit abzugehen gedenke."

Herr Forster schien durchaus nicht in der Stimmung zu sein, zu streiten, antwortete aber mit unverwüstlich guter Laune: „Aber, Frau Ried, Sie sollten doch den letzten Wunsch Ihrer Tochter erfüllen, ehe sie von Ihnen scheidet. Das wäre eigentlich ganz natürlich; finden Sie nicht auch?"

Frau Ried fühlte sich berufen zu antworten: „Meine Tochter hat jeden Augenblick einen anderen absonderlichen Wunsch in bezug auf diese Hochzeit, so daß dieselbe noch zum Gespött von New York werden wird. Ist es nicht genug, daß ich ihrem tollen Einfall nachgebe und ihre Sonntagsschüler ins Haus kommen lasse? Mir graust es jetzt schon, wenn ich daran denke, daß ein Dutzend Straßenjungen hier alles auf den Kopf stellen und auf meinen schönen Teppichen herumtrampeln dürfen, nur weil sie zu der Gruppe meiner Tochter gehören."

Mittlerweile hatten sich auch Ralph und Esther der übrigen Gesellschaft genähert, und ersterer fiel seiner Mutter ins Wort: „Der letzte Grund ist nicht stichhaltig, Mutter", sagte er, „ich habe dir doch versprochen, daß ich mich der wilden Rotte annehmen will, und du weißt recht gut, daß ich der Mann bin, eine solche Aufgabe zu lösen."

„Wenn dir der Gedanke übrigens so viel Kummer macht, Mütterchen, kann ich ja auch die Einladung rückgängig machen", antwortete Agnes auf einen bedeutungsvollen Blick ihres Bräutigams.

„So etwas geschieht nicht", fiel hier der Vater unwillig ein. „Die Einladungen sind von deinen Eltern ausgegangen, und ich möchte mich nicht dem Gerede der Leute ausgesetzt wissen. In deinem eigenen Haus kannst du meinetwegen tun, was du willst; aber so lange du bei deinen Eltern bist, mußt du dich nach ihnen richten."

Mit immer steigender Entrüstung hatte Ralph beobachtet, wie seiner Schwester das Blut in die Wangen stieg und wie ihre Lippen zuckten; unwillig warf er das Buch, mit dem er gespielt hatte, auf den Tisch und rief ungeduldig: „Mir scheint, du ereiferst dich in höchst unnötiger Weise, Vater. Ich trinke gewiß gern ein Glas Wein und kann nicht begreifen, wie das mit einemmale unrecht sein soll; trotzdem würde ich von Herzen gern darauf verzichten, wenn ich dächte, meines Schwesterchens letzte Stunden im Elternhaus würden dadurch angenehmer gemacht."

Mittlerweile hatte sich Herr Ried beruhigt und antwortete nun in ganz anderem Ton: „Du hast recht, Ralph. Eigentlich machen wir viel zu viel Wesens aus der ganzen Geschichte. Wir haben doch schon oft Gäste gehabt; auch Esther hat sich manches Gläschen Wein schmecken lassen, ohne daran zugrunde zu gehen, und sie ist doch gewiß eine gute Christin. Ich habe aber noch nicht bemerkt, daß sie in den unschuldigsten Dingen immer gleich Sünde sieht. Sie nimmt einfach an, was ihr geboten wird, und ist darum nicht schlechter als andere. Warum kann Agnes nicht ebenso vernünftig sein?"

Ehe Esther antworten konnte, mußte sie es sich gefallen

lassen, daß ihr Herr Forster einen bekümmerten Blick zuwarf und Ralph sie erstaunt, aber recht schelmisch ansah, während ihr Gewissen ganz gehörig schlug; dann sagte sie ernst: „Nach mir darfst du niemand beurteilen, Onkel Ralph. Ich habe im Gegenteil alle Ursache, mich meiner Untreue zu schämen. Ich denke in dieser Sache wie Agnes, nur bin ich weniger gewissenhaft und habe mich hinreißen lassen, gegen bessere Einsicht zu handeln, weil ich nicht wollte, daß du mich für töricht und überspannt hieltest."

Wie schwer es Esther war, dies zu sagen, ahnte wohl niemand; aber ein rascher, liebevoller Blick aus den treuen Augen ihrer Cousine war ihr hinreichende Belohnung.

Ralph lachte laut und sagte fröhlich: „Vier gegen einen. Ich bin selbst auf die Seite des Feindes übergegangen. Wer kann denn auch solchem Druck widerstehen, wie er hier auf die Leute ausgeübt wird! Ich rate dir, Vater, mache auch gute Miene zum bösen Spiel! Es bleibt dir doch nichts übrig als nachzugeben."

„Wenn ich nur wüßte, was so Schreckliches daran ist, wenn ich mit meinen Freunden ein Glas Wein trinke", meinte Herr Ried gutmütig.

In demselben Augenblick trat Johann mit der Meldung ins Zimmer, daß ein Mann draußen sei, der mit Herrn Forster zu sprechen wünsche.

„So führe ihn herein!" gebot Herr Ried.

„Er sieht recht gewöhnlich aus", sagte Johann zögernd.

„Hast du nicht verstanden, daß ich gesagt habe, du sollst ihn hereinführen?" fuhr Herr Ried auf. Man merkte deutlich, daß er seiner Verstimmung noch nicht Herr geworden war und sie an irgend jemand auslassen mußte. Nachdem Johann verschwunden war, sagte er zu Herrn Forster: „Führen Sie Ihren Freund lieber ins Lesezimmer, Herr Forster; er möchte vielleicht gern allein mit Ihnen sprechen." Herr Ried legte einen besonderen Nachdruck auf das Wort „Freund", aber Herr Forster verneigte sich, ohne Notiz davon zu nehmen. Gleich darauf kam Johann zurück; ihm folgte ein kleiner, dicker Mann in grobem Arbeitskittel, der verlegen seinen Hut in der Hand umdrehte und sich in dem eleganten Zimmer durchaus nicht zurechtzufinden schien. Herr Forster schritt sogleich auf ihn zu und begrüßte ihn freundlich: „Guten Abend, Herr Jones, ich habe Sie heute gesucht, konnte Sie aber nicht finden."

Hierauf näherte sich ihm auch Agnes und legte ihre kleine weiße Hand in die rauhe, schwielige Hand des Arbeiters, begrüßte denselben freundlich und fragte: „Wie geht es Sara heute abend?"

„Ach, Fräulein, gerade ihretwegen bin ich gekommen. Entschuldigen Sie gütigst, Herr Forster, daß ich mir die Freiheit genommen habe, Sie hier aufzusuchen; aber es geht Sara so schlecht, daß ich es nicht über das Herz bringen konnte, ihr einen Wunsch zu versagen; sie verlangte so sehr nach Ihnen. Fast den ganzen Tag hat sie geweint, weil sie sich so nach Ihnen sehnte; meine Mutter und ich konnten es nicht länger mit ansehen, und ich habe derselben versprochen, nicht eher heimzukommen, bis ich Sie gefunden habe. Freilich ist es viel verlangt, wenn ich Sie bitte, mich zu begleiten, aber das Mädchen liegt wirklich im Sterben, und es kann nicht mehr lange dauern. Sie ist –" die Stimme des Mannes zitterte, und er fuhr sich mit der Hand über die Augen.

„Ich komme sogleich herunter", erwiderte Herr Forster, ohne sich zu besinnen. „Sie haben recht daran getan, daß Sie mich holten; wie gern erfülle ich der armen Sara ihren Wunsch! Sagen Sie ihr nur, daß ich in einer halben Stunde bei ihr sein werde."

Agnes fügte einige freundliche Worte hinzu; dann verabschiedete sich Herr Jones mit sichtbar erleichtertem, dankbarem Herzen.

„Das ist der Sohn unserer alten Reisegefährtin", sagte Herr Forster zu Esther gewandt. „Zu meiner großen Freude habe ich herausgefunden, daß er zu unserer Gemeinde gehört und ein durchaus braver Mann ist."

„Wer ist die Sara, von der der Mann gesprochen hat?" fragte Ralph, der den ganzen Auftritt mit gespannter Aufmerksamkeit verfolgt hatte, aber doch seine Spottlust nicht ganz beherrschen konnte. „Was ist los mit ihr?"

Mit ungewöhnlichem Ernst sagte Herr Forster: „Diese Sara ist nur eins von den vielen Opfern der Trunksucht. Der Sohn des Arbeitgebers hat sie im Rausch die Treppe hinuntergeworfen; seitdem liegt sie verkrüppelt und elend auf ihrem Schmerzenslager. Wie wir soeben gehört haben, ist sie ihrem Ende nahe. Da haben wir gleich einen Beleg für meine vorhin aufgestellte Behauptung zugunsten der Temperenzfrage. Der Mann, der dieses junge Leben auf dem Gewissen hat, ist dadurch auf die abschüssige Bahn des Lasters gekommen, daß er anfing, es sich mit seinen Freunden bei einem Glas Wein wohl sein zu lassen." Nach diesen Worten verabschiedete sich Herr Forster kurz und eilte zu der Sterbenden.

Als sich die Tür hinter dem Bräutigam geschlossen hatte, bemerkte Ralph ein wenig verlegen: „Forster hat Glück; es trifft sich günstig für ihn, daß er sofort ein Beispiel zur Hand hat, mit dem er seine Lehren anschaulich machen kann."

Agnes hatte ihren Platz auf dem Sofa verlassen und sich neben ihren Vater gesetzt. Liebevoll legte sie ihr Köpfchen an seine Brust, sah ihm bittend in die Augen und sagte: „Väterchen, nicht wahr, du läßt mir meinen Willen? Ich verspreche dir auch, daß ich dich nicht mehr plagen will, bis ich einmal wieder einen recht großen Wunsch habe."

Die sonst so ernsten Augen blickten zärtlich in das liebliche Gesichtchen; der strenge Zug um den Mund wurde weich, und Herr Ried sagte gerührt, indem er die Hand liebkosend auf die braunen Locken legte: „Hast du je einen Wunsch geäußert, der dir nicht erfüllt worden wäre, Schmeichelkätzchen? Diesmal sollst du deinen Willen haben; es wäre doch schade, wenn man dir noch im letzten Augenblick das Zepter nähme."

„Dummes Zeug!" entgegnete Frau Ried. Ehe sie jedoch ein Wort hinzufügen konnte, stand Agnes hinter ihrem Stuhl, schlang beide Arme um ihren Hals und bedeckte Nase, Mund und Augen mit Küssen. „Unsinn!" sagte ihre Mutter abermals. „Dein Vater würde darein willigen, daß die Hochzeit in einem Dachkämmerchen gefeiert würde, wenn dir's einfiele zu finden, unsere Zimmer seien zu elegant eingerichtet für deine puritanischen Ansichten."

„Dieser Mann hat vollkommene Herrschaft über sie gewonnen", sagte Frau Ried später zu Esther. „Er ist der reine Schwärmer und wird immer strenger in seinen Ansichten. Agnes aber fügt sich allen seinen Wünschen und läßt sich gänzlich von ihm beeinflussen. Mein einziger Trost ist, daß Forster so vermögend ist und man ihm außer seiner übertriebenen Frömmigkeit auch nichts vorwerfen kann."

Esther ging ein neues Licht auf. Deshalb war Agnes also so sonderbar. Herr Forster war einer jener seltenen, wunderbaren Männer, von denen man zuweilen liest, die aber in Wirklichkeit fast nie vorkommen. Agnes, die so ganz unter seinem Einfluß stand, ließ sich willenlos von ihm leiten. Zu einer solchen Höhe konnten die wenigsten gelangen; sie selbst – Esther – aber lebte in zu ungüstigen Verhältnissen, als daß es ihr je gelingen könnte, sich so hoch emporzuschwingen. Nach und nach kehrte sie also zu ihrem früheren Zustand der Selbstzufriedenheit zurück. Gewisse Dinge mußten freilich anders werden. Zum Beispiel wollte sie in Zukunft regelmäßig und gewissenhafter in ihrer Bibel lesen und auch verschiedenen anderen Pflichten mehr Beachtung schenken. Im ganzen dachte Esther aber, sie habe sich unnötigerweise beunruhigt, vollkommen könne der Mensch eben hienieden nicht werden. So schloß sie wieder einmal Waffenstillstand mit ihrem Gewissen.

17. Ungeahnter Zwischenfall

Agnes, Esther, Ralph und Herr Forster waren noch einige Minuten im Wohnzimmer zurückgeblieben. Es war der Abend vor der Hochzeit. Morgen um diese Zeit sollte Agnes das Elternhaus verlassen, und die Wogen des Weltmeeres fluteten voraussichtlich schon zwischen ihr und den Ihrigen. Esther seufzte, als sie daran dachte. Diese wunderschönen Wochen waren nun bald vorüber – nur noch zwei Tage –, dann mußte sie mit demselben ruhelosen, unglücklichen Herzen heimkehren und die alte Arbeit in Küche und Speisekammer wieder aufnehmen. Ralph unterbrach die kurze Pause, die gerade in dem halb ernsten, halb fröhlichen Geplauder eingetreten war.

„Horch, Forster, soeben schlägt es fünf Uhr. Wenn du morgen um diese Zeit die Glocken hören wirst, bist du längst kein freier Mann mehr."

„Ja, es ist höchste Zeit, daß ich mich für heute verabschiede; denn es wartet noch manche Arbeit auf mich. Wenn ich fertig werden will, muß ich heute abend noch sehr fleißig sein. Das Leichenbegängnis, dem ich beiwohnen mußte, hat mir viel Zeit geraubt."

„Ist es möglich, daß du heute noch bei einem Leichenbegängnis warst?" fragte Ralph mit gut gespieltem Entsetzen. „Wie ihr frommen Leute doch alles untereinanderbringt!"

„Was ist da Absonderliches daran?" erwiderte Herr Forster sanft und fügte hinzu: „Leider ist es ja so; Leben und Tod liegen so nahe beieinander. Es war unsere kleine Sonntagsschülerin Sara, die wir heute zur Ruhe getragen haben. Mich hat es nicht unangenehm berührt, wie manches andere Leichenbegängnis vielleicht getan haben würde; ich konnte mir nur sagen, daß sie zu ihrem Heiland heimgegangen ist. Fräulein Esther, wenn Sie mir Ihr Paketchen geben wollen, will ich es mit Vergnügen für Sie besorgen."

Esther ging hinauf, um das Verlangte zurechtzumachen, und auch Ralph verließ das Zimmer, nachdem er versprochen hatte, Herrn Forster in einer Stunde im Kontor zu treffen, so daß die beiden Verlobten einige Augenblicke allein blieben.

„Lebt wohl bis morgen!" sagte Herr Forster einige Minuten später und warf den beiden Mädchen an der Türe noch einen freundlichen Blick zu. „Haben Sie acht auf mein Kleinod, Fräulein Esther, bis ich Sie dieser Pflicht enthebe. Lange dauert es ja jetzt, gottlob, nicht mehr. Und doch", fügte er plötzlich, ernster werdend, hinzu, „was kann an einem Tage alles geschehen! Gottlob, daß wir wissen, der Herr weiß es und führt die Seinen auf ebener Bahn."

„Er ist ernster als zehn Pfarrer miteinander!" sagte Esther, als sich die Türe hinter dem Bräutigam geschlossen hatte. „Komm, Agnes, laß uns hinaufgehen!"

Zwei Stunden später trat Agnes ins Wohnzimmer, wo Esther schon lange auf sie gewartet hatte, kauerte sich behaglich auf den Teppich zu den Füßen ihrer Cousine nieder und sagte mit ihrer hellen, melodischen Stimme: „So, da bin ich endlich; Mütterchen hat mich fortgeschickt. Das Maß ihres Unwillens ist voll. Doktor Downing ist im Salon, und ich habe die furchtbare Unschicklichkeit begangen, mich von ihm sehen zu lassen. Kannst du dir vorstellen, daß im Hause Ried ein solcher Verstoß gegen die Etikette und gute Sitte vorkommen könnte? Ich weiß wirklich nicht, was ich mit mir anfangen soll. Es gibt absolut nichts mehr zu tun – es sei denn, daß ich den Hochzeitskuchen verzehre."

„Du benimmst dich durchaus nicht wie eine junge Dame,

die morgen ihren Hochzeitstag feiern soll", antwortete Esther mit einem halb belustigten, halb verblüfften Blick auf ihre Cousine.

„Wirklich nicht? Was habe ich denn nun wieder verbrochen?" fragte Agnes mit komischem Entsetzen. „Unwillkürlich passiert es mir fortwährend, daß ich auf irgendein Stückchen Anstand trete. Ich kann dir versichern, liebe Esther, es wird eine wahre Wohltat für mich sein, wenn ich glücklich verheiratet bin und mich dann wieder wie eine gewöhnliche Sterbliche benehmen kann. Aber was habe ich mir nur jetzt zuschulden kommen lassen?"

„Du bist nicht einen Funken sentimental, nicht wahr, Agnes?"

Bei dieser ernst gestellten Frage brach das junge Mädchen in fröhliches Lachen aus. „Das wirst du mir doch hoffentlich erlassen", sagte sie lustig. „Muß man bei einer derartigen Gelegenheit sentimental sein? Ich wollte, du wärest verheiratet, damit du mir sagen könntest, wie man sich in einem solchen Fall benehmen muß. Wie könnt ihr, du und meine Mutter, so unvernünftig sein und Vollkommenheit von mir verlangen, wenn mir die Lage, in der ich mich befinde, doch ganz neu ist und ich mich nicht darauf eingeübt habe!"

Plötzlich veränderten sich die Züge der jungen Braut. Der fröhliche Ausdruck schwand und machte einer ungewöhnlichen Weichheit Platz. Ihre schönen blauen Augen schimmerten feucht, und ihre Stimme klang bewegt, als sie sagte: „Du wunderst dich wohl, daß ich so fröhlich bin, Esther, und du findest meine Stimmung nicht ganz passend? Vielleicht hast du recht, und doch fühle ich mich so überaus glücklich. Es ist freilich ein ernster Schritt, den ich zu tun gedenke; aber ich habe denselben lange und reiflich erwogen. Wenn ich bedenke, daß meine zukünftige Heimat so nahe bei der bisherigen ist und daß mein Bruder an Herrn Forster einen treuen Freund fürs Leben bekommt, so muß ich mir immer wieder sagen: „Das Los ist mir gefallen aufs Lieblichste." Darum kann ich mich auch nicht anders geben, als es mir ums Herz ist. Ja, ich bin überglücklich heute abend, und meine Seele ist des Lobes voll. Mein himmlischer Vater hat mir den Becher bis zum Rand gefüllt, und es ist mir, als hätte auch nicht ein einziger Glückstropfen mehr Raum darinnen; du siehst also – aber was mag nur unten los sein, Esther? Hast du nicht gehört, wie die Türen auf- und zugeschlagen werden und was für ein Lärm im Haus ist? Wenn ich nicht fürchtete, meine Mutter bekäme eine Ohnmacht vor Entsetzen, ginge ich wahrhaftig auf eine Entdeckungsreise aus."

„Wie wäre es, wenn ich statt deiner ginge?" fragte Esther lachend. „Da ich nicht morgen Hochzeit habe, schadet es wohl nichts, wenn ich mich umsehe, was es unten Neues gibt. Sollte es irgend etwas ganz Absonderliches sein, so lasse ich es dir sagen."

Lachend machte sie die Tür zu und lief hinunter. Allerdings herrschte eine merkwürdige Aufregung in dem sonst so ruhigen Haus; aus dem vordersten Zimmer drang Esther unterdrücktes Stimmengemurmel entgegen, und als sie anklopfte, hörte sie Frau Ried ängstlich rufen: „Laß sie nicht herein!" Ernstlich beunruhigt öffnete nun Esther die Türe und trat ein.

„Um Himmels willen, laßt sie nicht herein!" rief Frau Ried abermals und eilte auf die Türe zu.

„Still, Mutter!" ließ sich Ralphs Stimme vernehmen. „Es ist ja nur Esther. Wo ist Agnes?"

„Auf ihrem Zimmer. Was ist geschehen? Warum seid ihr in solcher Aufregung? Ich kam herunter, um zu sehen, ob etwas passiert ist."

Plötzlich fielen ihre Augen auf eine Gruppe, die das Sofa umstand; Frau Ried, Doktor Downing und ein anderer Herr, in dem das Mädchen Doktor Arther erkannte, beugten sich über einen Gegenstand, der dadurch ihrem Blick entzogen war. Während sich Esther von dem Stand der Dinge Rechenschaft zu geben suchte, hob der berühmte Arzt den Kopf auf und sagte: „Es ist, wie ich gefürchtet habe, Frau Ried. Der Puls hat aufgehört zu schlagen."

Nun erst sah Esther eine Gestalt regungslos auf dem Sofa liegen, ein bleiches, stilles Antlitz, dessen Züge immer mehr die feierliche Ruhe des Todes annahmen; mit sprachlosem Entsetzten erkannte sie Herrn Forster! Wie festgenagelt blieb sie stehen, keines Wortes fähig – aber mit unsagbarem Schmerz flogen ihre Gedanken zu Agnes.

Wie war der Tod so schnell und unbemerkt in dieses bisher so glückliche Haus getreten! Das Zimmer, in dem die regungslose Gestalt im letzten Schlaf lag, war schon festlich geschmückt für den Hochzeitsmorgen; aber ach, was sollte nun aus dem Hochzeitsfest werden?

Mit Entsetzen schrak Esther zurück, als ihre Tante sie bat, zu Agnes zu gehen. „Ich kann nicht – ich kann nicht!" rief sie immer wieder. „Die Nachricht wird sie töten, und auch mich brächte es um, wenn ich es ihr sagen müßte!"

Auf Frau Ried war noch weniger Verlaß als auf Esther, während Herr Ried in der größten Verzweiflung rief: „Was sollen wir nur tun? Kann uns denn niemand helfen?"

Da trat Ralph vor; er war furchtbar ernst, aber ruhig. „Doktor Downing", sagte er, zu dem Geistlichen gewandt, „mir scheint, Sie sind unsere einzige Hoffnung in der entsetzlichen Prüfung, die so plötzlich über uns gekommen ist. Ich glaube, meine Schwester und Sie haben denselben Halt; es steht Ihnen beiden eine Kraft zu Gebote, die uns anderen fehlt. Wollen Sie zu meiner Schwester gehen?" – Doktor Downing wandte den Blick langsam von dem stillen, friedlichen Antlitz, das eine wunderbare Anziehungskraft auf ihn auszuüben schien, und sagte einfach: „Ich will für Agnes tun, was ich kann; gottlob, wir wissen, daß sie einen Helfer hat, der sie nicht im Stich lassen wird. Der Herr erbarme sich derer, die keinen solchen Freund haben!"

Der fromme Mann wurde in das hellerleuchtete Lesezimmer gewiesen, wohin ihm die ahnungslose Agnes alsbald folgte. – „Doktor Downing?" rief sie erstaunt, als ihr Margarete, die Magd, meldete, daß sie der Geistliche zu sprechen wünschte. „Was mag er nur von mir wollen, weißt du es nicht, Margarete? Ich fürchte mich heute abend beinahe vor ihm. Aber es wird mir nichts übrig bleiben, ich muß hinunter. Sagen Sie, Fräulein Esther soll mir sobald als möglich zu Hilfe kommen."

Leichten Schrittes eilte sie der Tür zu; eine mitleidige Wolke verdeckte in diesem Augenblick das helle Licht des Mondes und verbarg auf diese Weise das bleiche, entsetzte Gesicht der Jungfer vor den Blicken des armen jungen Mädchens.

Mit wahrer Todesangst erwartete die unten versammelte Familie die Rückkehr des Pastors oder doch wenigstens irgendeine Botschaft aus dem Lesezimmer. Die Minuten schienen wie Stunden, so langsam schlichen sie dahin, und noch immer ließ sich nicht der leiseste Ton vernehmen.

„Jedenfalls ist sie nicht ohnmächtig geworden", sagte Ralph endlich, „sonst hätte Doktor Downing geschellt. Esther, du weißt, was dir Agnes sagen ließ. Könntest du nicht jetzt zu ihr gehen?"

Esther fuhr abermals erschreckt zurück und rief mit wahrer Seelenangst: „O Ralph, nur das nicht! Verlange nur das nicht von mir! Ich kann nicht." – Wieder ward alles still, und die Familie wartete weiter in banger Sorge, bis Doktor Downing leise die Tür öffnete. Sein Gesicht trug zwar Spuren tiefer Bewegung; aber er war merkwürdig ruhig.

„Sie weiß alles", sagte er zu Herrn Ried. „Der Gott der Verwaisten ist ihr Gott. Sie bittet nur, Frau Ried, daß man sie heute abend ganz allein lassen möge, und ich glaube auch, es wäre augenblicklich das Beste für sie. Und nun, meine Freunde, darf ich in dieser schweren Stunde mit euch beten?"

Während der Tote in dem nächsten Zimmer zurechtgebettet wurde, beugten die hier Versammelten die Knie, und Doktor Downing befahl die Familie mit Tränen und Seufzen dem Schutze dessen, der so gern zum Trösten bereit ist.

Nach und nach kam eine feierliche Ruhe über das schwergeprüfte Haus. Die Flügeltüren in dem vordersten Zimmer waren geschlossen, und der Engel des Todes hielt Wache bei seinem stillen Opfer. Aus dem unmittelbar darüberliegenden Zimmer drang kein Laut, und Gott allein sah den Kampf zwischen Verzweiflung und Ergebung in dem jungen Herzen. Im Wohnzimmer saß Esther und hörte mit atemloser Spannung zu, während Ralph die Einzelheiten des ergreifenden Ereignisses erzählte:

„Wir gingen gerade über die Straße, nahe beim Kontor, und Forster sagte mir, daß er beinahe mit all seinen Vorbereitungen fertig sei. ‚Es ist eine lange Reise', fügte er lächelnd hinzu, ‚und selbst wenn ich nicht wiederkommen sollte, habe ich die Beruhigung zu wissen, daß auch für unvorhergesehene Fälle alles in Ordnung ist. Es ist gut, auf den Tod vorbereitet zu sein, Ralph', sagte er noch mit seinem wunderbaren Lächeln, ‚es macht das Leben viel angenehmer.' Wie ich dir das Übrige erzählen soll, Esther, weiß ich wirklich nicht."

Ralphs Lippen wurden totenbleich und zitterten bedenklich. „Kaum weiß ich, wie es zugegangen ist. Hinter uns ging eine alte Frau; ihr folgte auf dem Fuß ein Wagen mit einem betrunkenen Kutscher auf dem Bock. Zufällig blickte sich Forster um, und ich hörte ihn sagen: „Meine gute alte Freundin geht hinter uns. Man sollte sie doch nicht mit einem kleinen Kind als einzige Begleitung ausgehen lassen." Dann stieß er einen Schreckensruf aus und sprang auf die alte Frau zu – das Übrige ist mir ziemlich unklar. Ich sah ihn die alte Frau dicht vor den Hufen der Pferde fortziehen. Der Kutscher fluchte und hieb mit aller Macht auf die Pferde ein, so daß sich letztere hoch aufbäumten und Reißaus nahmen, während Forster zu Boden fiel. Das Ganze schien kaum eine Sekunde in Anspruch zu nehmen – und ich habe keine Ahnung, wie ich Forster heimgebracht, Doktor Arther geholt und das Schreckliche vor Agnes geheimgehalten habe. Ach, Gott sei meinem armen Schwesterchen gnädig, Er helfe ihr das Furchtbare tragen!" Tränen erstickten die Stimme des jungen Mannes, und er schien keines Wortes mehr fähig.

„Ach, Ralph", sagte Esther, sobald sie sprechen konnte, „das ganze Unglück kommt also daher, daß der Kutscher betrunken war?"

„Ja", sagte Ralph mit funkelnden Augen und zuckenden Lippen.

18. Licht in der Finsternis

Endlich war die lange, entsetzliche Nacht vergangen, und im Osten verkündete ein rosiger Schein den neuen Morgen – den Hochzeitsmorgen. Alles schien Esther wie ein böser Traum, als sie den Vorhang zurückschob und in die Dämmerung hinausblickte. War das wirklich der Tag, auf den sich in den letzten Wochen alle ihre Gedanken gerichtet hatten? Wie sonderbar das Haus aussah! Hier prangte ein Zimmer in festlichem Schmuck für die bevorstehende Hochzeitsfeier – dort war ein anderes mit schwarzem Krepp verhangen! Leben und Tod – eine Hochzeit und ein Begräbnis – nie hatte sie erlebt, daß sich die beiden so nahe berührt hatten. Esthers Herz wurde schwer bei dem Gedanken an das, was nun bevorstand. Mechanisch richtete sie den Blick auf das duftige Hochzeitsgewand, das ausgebreitet auf dem Sofa lag; denn heute hätte sie ja die liebliche Braut damit schmücken sollen! Wie sorgfältig hatte sie selbst gestern alles zurechtgelegt: Schärpe und Handschuhe, das Brauttaschentuch und die Spitzen. Gestern noch hatte sie an demselben Platz gestanden und hatte, während sie mit Agnes plauderte, eine Schleife geändert, um derselben einen graziöseren Schwung zu geben, als Margarete die Braut zu Herrn Forster hinunterrief – und heute wartete letzterer unten nicht auf Agnes, sondern auf seine letzte Ruhestätte hienieden; Agnes aber war – Esther konnte nicht weiter über die Sache nachdenken, sondern bedeckte ihr Gesicht mit den Händen. Warum war sie überhaupt in dieses Zimmer gekommen? Und warum hatte der Herr zugegeben, daß dieser furchtbare Schlag ihre Cousine treffe? Die arme, arme Agnes! Sie war so fröhlich und dabei so gut und gewissenhaft und hatte sich in allen Dingen so ganz von Herrn Forster leiten lassen, wie sollte sie nun das Leben ohne ihn ertragen? Esther fragte sich, ob ihr Anblick Agnes nicht in Zukunft besonders schmerzlich sein werde, weil sie durch denselben immer wieder an die schönen Tage erinnert werden müsse, auf denen für alle Zeiten die Schatten des Todes lagen. Hier wurden ihre Gedanken plötzlich durch Margarete unterbrochen, die mit dick verschwollenen Augen und tränenüberströmtem Gesicht an der Türe erschien und Esther eine Botschaft ihrer jungen Herrin brachte.

„Fräulein Agnes verlangt nach Ihnen, Fräulein Esther", sagte die Jungfer mit kaum hörbarer Stimme.

„Wer?" fragte Esther ganz verstört.

„Fräulein Agnes läßt Sie bitten, sobald wie möglich zu ihr zu kommen."

Aber es verging lange Zeit, ehe es Esther über sich brachte, dem Ruf zu folgen. Nie war ihr etwas so schwer geworden. Was sollte sie für ein Gesicht machen, was der armen, verwitweten Braut sagen, vor allen Dingen, was mußte sie sich hüten zu sagen? Diese Fragen waren noch nicht beantwortet, als sie in ihrer Verwirrung endlich den Entschluß faßte, sogleich zu gehen; wenn es doch einmal geschehen mußte, geschah es am besten unverzüglich. Schnell wusch sie sich also die Augen und strich sich das in Unordnung geratene Haar zurecht; bei allem Mitgefühl machte sich doch schon wieder Esthers Eigenliebe geltend und erweckte in ihrer Seele eine gewisse Selbstzufriedenheit. Agnes hatte nach ihr geschickt – schon zweimal; in ihrem großen Schmerz verlangte sie zuerst nach ihr, erwartete die Hilfe von ihr. So unfähig sie sich auch fühlte, ihrer Cousine irgend etwas sein zu können, war es ihr doch eine gewisse Befriedigung, zu hören, daß Agnes ihre Gesellschaft vor jeder anderen gewünscht hatte. Esther wußte, daß Frau Ried ein paar Minuten bei ihrer Tochter gewesen, und daß Ralph hinein- und wieder herausgestürzt war, zu überwältigt von seinen Gefühlen, um bleiben zu können; aber sie hatte keine Fragen gestellt, und es war ihr auch nicht mitgeteilt worden, wie die beiden Agnes gefunden hatten. Sie malte sich aus, wie Agnes mit wirren Haaren und verschwollenen Augen auf dem Bett lag und sich rückhaltlos ihrem Schmerz überließ – ein Bild der Verzweiflung. Mit zitternder Hand öffnete sie endlich die Tür und trat in das helle, freundliche Gemach, das sie seit ihrer Anwesenheit in New York mit Agnes geteilt hatte – gerade als es zwölf Uhr schlug – die Stunde, zu welcher Agnes getraut werden sollte! In der Mitte des Zimmers blieb Esther stehen, und als ihr Blick auf Agnes fiel, nahm ihr Gesicht den Ausdruck größter Verwunderung an. In dem kleinen Armstuhl am Fenster saß das junge Mädchen, in dessen Leben es so plötzlich Nacht geworden war – die aufgeschlagene Bibel in der Hand. Das weiße Morgenkleid war tadellos wie immer; die braunen Locken umgaben die reine Kinderstirn in gewohnter Ordnung und Schönheit, und trotz der dunklen Ringe um die Augen blickten letztere doch liebevoll zu Esther auf. Als sie der Eintretenden die Hand entgegenstreckte, flog ein lieblicher Schein über ihr Gesicht, während Esther wie festgewurzelt dastand, allenfalls wie die Jünger, als sie den Engel am offenen Grab sitzen sahen. So blieb sie einen Augenblick stehen, bis plötzlich eine Reaktion eintrat und ihre Gefühle sie übermannten; fassungslos beugte sie den Kopf über die schmale, weiße Hand mit der halbgeöffneten Bibel und brach in Tränen aus.

„Liebe Esther!“ kam es zärtlich von den Lippen des schwergeprüften Mädchens. Die Leidtragende war zur Trösterin geworden.

„O Agnes, Agnes, wie kannst du es ertragen? – Wie kannst du so weiterleben?" stieß mühsam die Freundin hervor, die doch gekommen war, die trauernde Braut zu trösten.

Es entstand eine kleine Pause; dann ließ sich die sanfte Stimme vernehmen: „Der Herr kennt die Seinen. Das dürfen wir nicht vergessen. Der Heiland weiß alles, und er liebt mich und ist allmächtig; wenn er mich nun dennoch diese dunkle Straße führt, so muß es recht sein."

„Aber", sagte Esther und hörte vor Erstaunen auf zu weinen, „ich verstehe es nicht – ich sehe nicht ein, warum es so kommen mußte. Wie kannst du nur so ruhig und ergeben sein – wenigstens jetzt schon – so bald – heute schon, an deinem Hochzeitstag!"

Stirn, Hals und Wangen der jungen Braut wurden dunkelrot und gleich darauf totenblaß; die kleinen Hände falteten sich krampfhaft, und es lag ein seltsames Gemisch von Schmerz und Ergebung in dieser Bewegung – die weißen Lippen bewegten sich einen Augenblick – aber kein menschliches Ohr vernahm ein Wort – endlich sagte die liebliche Stimme: „Liebste Esther, ich bete. Ein anderes Mittel gibt es nicht in solchem Weh. Ich bleibe recht nahe bei meinem Heiland und bete ohne Unterlaß. Zwischen mir und meinem Bräutigam ist nur eine kleine Hülle. Jesus liebt mich, Esther. Das weiß ich heute so gut, wie ich es gestern wußte. Wie könnte, wie möchte ich ihm mißtrauen?"

Eine Mischung von Ehrfurcht, Schmerz und Verwunderung ließ Esther nicht zu Wort kommen, und auch Agnes schwieg eine Weile. Dann sagte letztere mit veränderter, fast fröhlicher Stimme: „Esther, erinnerst du dich noch, daß wir gestern einen Augenblick allein geblieben waren, mein Bräutigam und ich? Ich will dir seine letzten Worte sagen, die für mich allein bestimmt waren und die ich noch lange hören werde; es sind seine Worte, und ich sage sie dir nur, damit du siehst, wie zart und liebevoll der Heiland ist, auch wenn er noch so ernst zu Gericht geht mit den Seinen – mitten in den schwersten Züchtigungen. – „Sieh, ich will dir ein Wort zurücklassen", sagte Herr Forster, „daran denke, bis wir uns wiedersehen: Der Herr wache über mich und dich, solange wir ferne voneinander sind." Als ich heute früh hier saß und den neuen Tag anbrechen sah – seinen ersten Tag im Himmel dachte ich, vielleicht wird an einem ebenso herrlichen Morgen der ewige Tag für mich anbrechen, und ich werde ihm sagen, sobald ich sein Antlitz wiedersehe: Das war ein gutes Wort, das du mir damals gegeben hast; der Herr hat über dich und mich gewacht, und die Nacht ist vergangen. Glaube mir, Esther, ganz gewiß werde ich das sagen." Die unbeschreibliche Lieblichkeit und Glaubenshoheit, mit der die junge Christin triumphierend diese Worte sprach, läßt sich nicht auf dem Papier wiedergeben; aber, Gott sei Dank, im Herzen kann es mitempfunden werden – sie sind ein Echo jenes anderen, sicheren, ewigen Bibelwortes: „Laß dir an meiner Gnade genügen; meine Kraft ist in dem Schwachen mächtig." Esther aber, die bisher im Erdenstaub gewühlt hatte, hielt eine solche Erfahrung für unerreichbar.

Immer noch kniete sie regungslos an derselben Stelle, und Agnes brach abermals das Schweigen.

„Weißt du, Esther, daß ich ihn noch nicht gesehen habe?" sagte sie. „Meine Mutter versteht mich hierin nicht und würde es mir nie erlauben; aber solange du bei mir bist, hält sie nicht für möglich, daß ich hinuntergehen könnte. Möchtest du ihn nicht auch noch einmal sehen?"

Esther war dieser Gedanke schrecklich. Sie fürchtete sich vor dem Toten und fürchtete auch den Eindruck, den ein solcher Anblick auf Agnes machen könnte. Zitternd erhob sie den Kopf mit bittendem Blick; aber Agnes legte die Hand liebevoll auf ihren Arm und sagte weiter: „Du verstehst meine Gemütsverfassung nicht, liebe Esther; das sehe ich dir wohl an. Und doch bin ich gar nicht so verschieden von anderen. In der letzten Nacht habe ich auch heiße Tränen vergossen und in wahrer Todesangst um Ergebung gerungen. Solche Kämpfe kommen gewiß wieder, denn wir sind eben noch auf dieser Welt, und das Fleisch ist schwach; aber augenblicklich habe ich durch Gottes Gnade den Sieg errungen – solange es mir gegeben ist, einen schwachen Abglanz von der Herrlichkeit, die ihn umgibt, zu fühlen, möchte ich die teure, sterbliche Hülle noch einmal sehen, ehe sie in die Erde geborgen wird."

Esther konnte nicht länger widerstehen. Ohne ein Wort zu sagen, stand sie auf, legte ihren Arm um die zarte Gestalt, die dieses tapfere Herz umfing, und ging schnellen Schrittes mit Agnes die Treppe hinunter. Schweigend traten die beiden ins feierliche Gemach. Auf dem Weg dahin wäre Esther beinahe wieder vom Schmerz übermannt worden, als ihr einfiel, wie beschlossen worden war, in welcher Reihenfolge der Festzug gerade an diesem Tage die Treppe herunterkommen sollte – ach, zu welch anderem Zweck! Allem Anschein nach blieben Agnes derartige Gedanken fern. Leise, aber raschen Schrittes ging sie vorwärts, während Esther in atemloser Spannung das Ergebnis dieses gewagten Schrittes erwartete. Agnes hatte sich gewiß zu viel zugemutet ... Aber was war das für ein Antlitz, dem der Tod sein Siegel aufgedrückt hatte! So erhaben in verklärter Schönheit wie dieses Antlitz mit dem himmlischen Lächeln konnte kein irdischer Meister den feinsten Marmor nachbilden.

Mit gefalteten Händen und halb geöffneten Lippen stand

Agnes vor dem Geliebten und konnte sich nicht satt sehen an dem wunderbaren Lächeln. Überaus lieblich klang dann ihre Stimme in dem hohen Gemach, als sie feierlich sagte: „So gibt der Herr den Seinen Ruhe!“

Kein anderes Wort, kein Laut unterbrach die feierliche Stille. Immer noch blieb Agnes stehen und blickte auf das liebe, gute Angesicht, während Esther von der Türe aus mit wechselnder Angst und Ehrfurcht das kaum weniger bleiche Gesicht der Lebenden betrachtete, bis Agnes lautlos auf die Knie sank und die Hände über der leblosen Brust faltete. In Esthers Zügen machte die Angst tiefer Ehrfurcht Platz; leise öffnete sie die Türe, schritt geräuschlos hinaus und ließ die Lebende mit dem Toten allein.

Noch einem schmerzlichen Auftritt mußte Esther an jenem Tag beiwohnen. Spät am Nachmittag, als sie noch einmal in das verschlossene Gemach ging, sah sie, wie eine alte Frau mit weißen Haaren über die leblose Gestalt gebeugt stand. Wer sie eingelassen hatte, kümmerte Esther wenig. Sie hatte sie nur einmal gesehen, erkannte aber auf den ersten Blick das abgehärmte, gefurchte Gesicht, und wie in einem Bilde sah sie die Alte sich vertrauensvoll auf den starken Arm stützen, der jetzt entkräftet vor ihr lag, sah, wie der freundliche Beschützer dieselbe sorgsam durch das Gedränge geleitet – für sie sorgte, als ob sie seine eigene Mutter wäre, während sie selbst sich noch einmal nach den Reisegefährten umsah und sich unwillkürlich fragte, ob sie dieselben jemals wiedersehen werde. Und nun stand sie vor den beiden – aber was war unterdessen geschehen? Die schwachen, tränenschweren Augen erhoben sich nach einer Weile zu den ihren, und mit zitternder Stimme gab die Alte laut ihren Gedanken Ausdruck. „Er hat sein Leben für mich armes, altes, nutzloses Geschöpf gegeben“, sagte sie, „und es war doch ein so schönes, edles Leben, das vielen unentbehrlich schien; aber was sage ich? Gott hat ihn abgerufen statt meiner, die ich doch so gern heimgehen möchte – sollte ich darum murren; nachdem ich ihm so lange Jahre vertraut habe, sollte ich jetzt in meinen alten Tagen seine Weisheit und Liebe in Frage ziehen? Erst gestern kam er noch zu mir", fuhr sie dann, mehr zu Esther gewandt, fort, „kam, um mir Lebewohl zu sagen. Er erzählte mir, daß er mit seiner Frau eine weite Reise machen wolle – und nun! Möge sich Gott der Herr des armen, lieben Kindes erbarmen – nun ist er ohne dieselbe auf seine weite Reise gegangen!"

Esther wollte kein Wort mehr hören. Ihr tiefes Weh um Agnes, das sie den ganzen Tag mit sich herumgetragen hatte, hatte seinen Höhepunkt erreicht. Der letzte Satz der Alten: „und nun ist er ohne dieselbe auf seine weite Reise gegangen", schnitt ihr tief in die Seele. Sie lief die Treppe hinauf in ihr stilles Zimmerchen, schloß die Türe zu und schritt in tiefer Herzensangst darin auf und ab.

Nicht Agnes allein galt jedoch der furchtbare Schmerz, der an ihrem Herzen nagte. In ihrer Seele wütete ein schrecklicher Sturm; die letzte Stütze, auf die sie sich verlassen hatte, war gefallen. In der letzten Zeit war sie zu dem Schluß gekommen, daß das Christentum ihrer Cousine nur auf Herrn Forsters Leitung und Anweisung beruhe, daß sich Agnes nicht allein auf Christum, sondern auf den geliebten Bräutigam stütze, also Fleisch für ihren Arm hielt, wie das Wort Gottes sagt. Demnach hatte sich Esther einzureden gesucht: wenn sie einen solchen Freund hätte, wie Agnes seither gehabt hatte, wäre sie ihrer Cousine gewiß ähnlicher. Kein Wunder, wenn Agnes so tadellos war, sie hatte jemand, an den sie sich in jeder Not und Verlegenheit wenden konnte. Es war nicht schwer, über die kleinen Prüfungen und Widerwärtigkeiten des Lebens hinwegzukommen, solange man sich von solcher Liebe getragen, gehegt und gepflegt wußte. Aber jetzt – ach, jetzt war die starke Stütze gebrochen – gebrochen gerade in dem Augenblick, als sie Agnes ganz angehören sollte. Natürlich hatte Esther erwartet, das junge, so plötzlich seines Liebsten beraubte Wesen werde nun schwach werden, straucheln, gänzlich zusammenbrechen. Als sie aber sah, wie der Glaube dieser Christin auch über den Tod zu triumphieren vermochte, wie er ohne menschliche Hilfe siegreich blieb, sogar als sich ihre Cousine zum letzten Mal über das, was ihr auf Erden ein und alles gewesen war, beugte, da fielen plötzlich die Schuppen von Esthers Augen, und sie sah mit völlig erwachtem Gewissen, daß in der christlichen Religion etwas sein müsse, das Agnes besaß, sie aber nicht.

Dies nun war die Ursache, weshalb Esther in wahrer Verzweiflung im Zimmer auf und ab ging. Die Zeit war vorüber, da sie ihr Gewissen in Schlaf zu wiegen vermocht hatte, sobald es sich zu regen begann. Die Hand dessen, der eine Seele so sanft von den Banden des Fleisches gelöst und sie heimgenommen hatte, hatte in Liebe und Weisheit mit ein und demselben Schlag die Ketten gesprengt, die die andere Seele an die Erde fesselten, und sie aus dem Schlaf aufgeschreckt, der ihr zum Verderben gereichen mußte. Herz, Sinn und Gewissen waren endlich völlig erwacht.

Als Esther schließlich, erschöpft von dem langen Hin- und Herwandern, auf einen Stuhl niedersank, war ihr Herz noch nicht stiller geworden. Wenn sie später dieser Stunde gedachte, kam es ihr vor, als habe sie tiefer in den Abgrund des Verderbens blicken müssen als andere Sterbliche. Sie sah zurück auf die Jahre ihres vermeintlichen Christenstandes von der Zeit an, da sie ihr Herz dem Heiland gegeben zu haben glaubte – auf die lange, mühselige Wanderung – bis zu dieser Stunde, und fand nichts als Rückfälle, Inkonsequenz und Verwirrung – Verleugnung ihres Heilandes, eine verschlossene Bibel, ein vernachlässigtes Betkämmerlein, ein vergessenes Kreuz. Welch bittere Stunde voll der namenlosesten Herzensangst! Agnes, die mit ihrem blutenden Herzen zu kämpfen hatte, sich aber in den Liebesarmen ihres Heilandes geborgen fühlte, wußte nichts von einer Trostlosigkeit, wie sie sie empfand.

Furchtbar und immer furchtbarer wütete der Sturm, bis jede Wurzel von Hochmut, Selbstgefälligkeit und Selbstentschuldigung bloßgelegt war. Und noch räumte Satan nicht das Feld. Er hatte es abgesehen auf dieses arme, schwache, kranke Lämmlein und wollte nichts unversucht lassen, um es für sich zu behalten. Als er fand, daß er dasselbe nicht mehr durch allerlei Selbstbetrug in Schlaf wiegen konnte, versuchte er, es in Verzweiflung zu stürzen.

„Nein", sagte die arme Esther endlich, „ich bin keine Christin, bin es überhaupt nie gewesen und kann es niemals werden. Mein Leben lang war ich nichts als eine elende, selbstzufriedene Heuchlerin. Ich habe den Namen gehabt zu leben und bin tot. Ich wollte mich nicht aufrütteln lassen, sondern habe mit aller Macht dagegen gekämpft und war nur zu froh, wenn es mir gelang, meine Gedanken davon abzulenken. So bin ich natürlich allen, die mit mir zusammengekommen sind, ein Stein des Anstoßes geworden, ohne daß ich irgendeine Entschuldigung dafür hätte; nun aber fühle ich mich verlassen, und zwar mit Recht. Für meinesgleichen gibt es keine Ruhe, keinen Frieden; denn ich habe keinen lebendigen Heiland. Ich habe ihn zu oft verleugnet, ihn mit meinen Sünden aufs neue ans Kreuz geschlagen; darum hat er mich verlassen." So hält der Vater der Lügen dieser armen, sich müde gerungenen Seele die alte Geschichte vor, wie er es von Anbeginn der Welt vielen Tausenden von Menschenkindern getan hat.

Lange saß Esther so mit hoffnungslos gefalteten Händen da und sagte immer wieder mit dem Ausdruck bitterster Verzweiflung: „Ich habe keinen Heiland mehr!" Wie manches verirrte Schäflein hat es gleich ihr in der Stunde tiefster Reue noch gewagt, seinen Heiland anzuklagen, als ob er es verlassen hätte! Esthers Bibel – die von Agnes geliehene – lag aufgeschlagen auf dem Fenstersims. Viele der Sprüche waren unterstrichen, aber nicht von Esthers Hand.

Eine ganz andere Macht als die, welche ihr die verzweiflungsvollen Gedanken eingeflößt hatte, veranlaßte sie jetzt, ihre Hand nach der Bibel auszustrecken, und richtete ihre Aufmerksamkeit auf diese unterstrichenen Verse, die folgendermaßen lauteten: „Denn also spricht der Hohe und Erhabene, der ewiglich wohnet, des Name heilig ist: der ich in der Höhe und im Heiligtum wohne und bei denen, so zerschlagenen und demütigen Geistes sind, und daß ich erquicke den Geist der Gedemütigten und das Herz der Zerschlagenen. Ich will nicht hadern noch ewiglich Zorn halten, sondern es soll von meinem Angesicht ein Geist wehen, und ich will Odem machen. Ich war zornig über die Untugend ihres Geizes und schlug sie, verbarg mich und zürnte, da gingen sie hin und her im Wege ihres Herzens; aber da ich ihre Wege sah, heilte ich sie und gab ihnen wieder Trost und denen, die über jene Leid trugen. Ich will Frucht der Lippen schaffen, die da predigen: Friede, Friede, beides denen in der Nähe und denen in der Ferne, spricht der Herr, und will sie heilen."

Hatte ein Engel mit Esther gesprochen oder der treue Hirte selbst? Sie wußte es nicht; aber das wußte sie: Zwei Sätze klangen in ihrer Seele wider: „Friede, Friede, beides denen in der Nähe und denen in der Ferne“ – und: „Ich will sie heilen.“

Im nächsten Augenblick lag Esther auf den Knien, die Worte des Gekreuzigten vor sich, und klammerte sich zuerst mit leidenschaftlichem, angstvollem Flehen und dann mit leiser, demütiger, bußfertiger Bitte an den Heiland, bis sie endlich die Worte des Gekreuzigten faßte, die auch zu ihr sagten: „Ich tilge deine Missetat wie eine Wolke und deine Sünde wie den Nebel.“

„Weißt du auch, Esther, daß heute im Himmel ein zweifacher Jubel war: erstens, weil einer der Erlösten, die mit weißen Kleidern angetan sind, zu der Schar der Überwinder eingegangen, und weil zweitens eine Seele, um die Satan so lange und so wütend gekämpft hat, ihm auf immer entrissen worden ist?“ Dies waren die Worte der jungen, verwitweten Braut, als die beiden abends in der Dämmerung beieinandersaßen und Esther ihrer Cousine erzählte, was der Herr an ihr getan hatte.

„Amen!“ sagte letztere leise.

19. Verschiedenes

So vergingen die Tage. Der für Esthers Heimkehr bestimmte Termin war längst abgelaufen, und noch immer weilte sie in New York. Agnes hing mehr denn je an ihrer Cousine und bat dieselbe dringend, sie noch nicht zu verlassen. Die selbstlose Mutter zu Hause unterdrückte also einen tiefen Seufzer, begrub ihr Sehnen nach der Tochter baldiger Heimkehr und Hilfe in ihrer eigenen Brust und schrieb einen langen, liebevollen Brief an Tochter und Nichte gemeinschaftlich, in dem sie ihre Einwilligung gab, daß Esther bleibe, solange sie der schwergeprüften jungen Braut ein Trost sein könne.

In jene Zeit fielen zwei Begebenheiten, die des Erzählens wert sind. Als sich die Familie zum ersten Mal wieder zum Mittagessen zusammenfand, nachdem derjenige, der nun längst ein Sohn des Hauses geworden wäre, zur letzten Ruhe gebettet war, wies Ralph mit einem kurzen, scharfen „Nein" und mit fast zorniger Gebärde Johann zurück, als ihm dieser wie gewöhnlich das Weinglas füllen wollte. „Nimm das Glas fort", sagte er, „und untersteh' dich nie mehr, mir das verfluchte Zeug anzubieten! Wenn jener Kerl nicht betrunken gewesen wäre, wäre Forster heute noch in unserer Mitte. Ich werde keinen Tropfen Wein mehr trinken, solange ich am leben bin."

Herr und Frau Ried hörten diese Rede an, ohne ein Wort zu erwidern, blickten aber ängstlich auf Agnes, um zu sehen, wie sie diese Anspielung auf den Heimgegangenen aufnehmen werde. Mit vor Bewegung zitternder Stimme und einem zärtlichen Blick auf den geliebten Bruder sagte diese jedoch liebevoll: „Ach, Ralph, ich habe es wohl gewußt, daß ein Segen in dieser großen Trübsal verborgen sein müsse; nur dachte ich nicht, Gott werde mich denselben so bald schon sehen lassen."

Herr und Frau Ried schüttelten verständnislos die Köpfe und kamen mehr denn je zu dem Schluß, daß ihre Kinder ganz anders waren als andere Leute.

Die zweite Begebenheit, die wir erwähnen wollen, gab Frau Ried Veranlassung zu einer längeren Rede über Anstand und gute Sitte.

Ralph und sein Vater waren in vertraulichem Gespräch beieinander im Eßzimmer, als die Türe geräuschlos geöffnet wurde und Frau Ried mit ärgerlichem Gesicht zu ihnen trat. Ralph hielt in der Mitte des angefangenen Satzes inne, schob einen zweiten Armstuhl für seine Mutter zurecht und kehrte dann zu seinem vorigen Platz am Kamin zurück, während Herr Ried fragend zu seiner sichtlich erregten Frau aufblickte.

„Wirklich, lieber Mann, dieser Unsinn sollte doch nicht erlaubt werden", rief letztere aus, „nicht nur wäre es im höchsten Grade sonderbar, sondern auch geradezu unschicklich, und ich finde, du solltest in diesem Fall deine Autorität als Vater geltend machen."

„Wenn du so freundlich sein wolltest, mir zu sagen, um was es sich eigentlich handelt und wozu meine Autorität nötig ist, könnte ich mir die Sache vielleicht überlegen", erwiderte der Herr des Hauses in gleichgültigem Ton, worauf Frau Ried in höchster Erregung fortfuhr: „Noch ist es keine Woche, seit Forster beerdigt wurde, und doch will es sich Agnes nicht nehmen lassen, auszugehen und sich den Leuten zu zeigen, was jedenfalls ein eigentümliches Licht auf sie selbst und auf unsere ganze Familie wirft."

„Wohin geht sie?" fragten Herr Ried und Ralph in einem Atem.

„Wohin anders als in die dumme Betstunde, der sie regelmäßig jeden Dienstagabend beigewohnt hat, solange Forster lebte. Ich dachte immer, sie ginge hauptsächlich dahin, um das Vergnügen zu haben, sich von Forster heimbegleiten zu lassen; weshalb sie aber heute abend so darauf versessen ist, kann ich nicht begreifen."

„Ach, dummes Zeug!" sagte Herr Ried und lehnte sich wieder bequem in seinen Armstuhl zurück. „Was für ein großes Publikum wird sie da wohl treffen? Ich dachte, es handle sich ums Theater oder irgendeinen anderen öffentlichen Vergnügungsort. Aber was ist da Schlimmes daran, wenn das arme Kind in einer solchen Umgebung Trost findet? Meinetwegen mag sie ungehindert hingehen."

„Was da Schlimmes daran ist? Da sieht man wieder, wie wenig dir manchmal daran liegt, den äußeren Schein zu wahren, obwohl du dir bei anderen Gelegenheiten wieder nicht genug tun kannst. Aber freilich, deiner Agnes kannst du keinen Wunsch versagen, wenn er auch noch so töricht wäre."

Hier wurde die in immer lauterem Ton geführte Unterhaltung durch Agnes selbst unterbrochen; das junge Mädchen trat, in tiefer Trauerkleidung zum Ausgehen gerüstet, ins Zimmer.

„Also bleibst du bei deinem Entschluß, Agnes?" sagte Frau Ried zu ihrer Tochter, „ich hoffte, du würdest Vernunft annehmen und auf das Wort deiner Mutter hören. Was werden nur die Leute sagen?"

„Die Leute, mit denen ich zusammenkomme, werden durchaus nichts Sonderbares darin finden, und wenn ich mich je nach der Gemeinschaft der Kinder Gottes sehnte und ihrer Hilfe bedurfte, so ist es jetzt."

„Mir scheint, es wäre viel passender, du bliebest zu Hause und suchtest die Hilfe, von der du sprichst, in deiner eigenen

Familie. So machen es wenigstens andere Leute, wenn sie traurig sind."

Agnes richtete ihre großen Augen ernst auf die erregte Mutter und sagte sanft, aber bestimmt: „Mutter, ich bedarf der Hilfe meines Gottes. Andere Hilfe kann mir jetzt nicht viel nützen."

Einen Augenblick schwieg Frau Ried, eingeschüchtert von den feierlich ernsten Worten ihrer Tochter; dann aber fuhr sie fort: „Kannst du diese Hilfe nicht anderswo finden als in der einfachen kleinen Betstunde, die nur von Leuten niedriger Herkunft besucht wird? Ist Gott nicht überall?"

In den Augen des jungen Mädchens zeigte sich ein Ausdruck, der an ein gehetztes Wild erinnerte, und Agnes sagte mit fast verzweifelter Stimme: „O Mutter, Mutter, du kannst mich nicht verstehen!"

Der Ton oder die Worte – vielleicht beides miteinander – ärgerten Frau Ried aufs neue, und sie sagte noch gereizter als zuvor: „Das verstehe ich wenigstens, daß sich meine Tochter durchaus nicht nach den Wünschen ihrer Mutter richtet und daß ich mich ihres Benehmens schäme. Wenn ich Esther wäre, würde ich dich nicht in deinem Eigensinn unterstützen. Bedenke, daß du jetzt nur Johann zur Begleitung hast!"

Bis zu diesem Augenblick hatte Ralph der unerquicklichen Auseinandersetzung schweigend beigewohnt; jetzt aber trat er festen Schrittes auf Agnes zu, schlang seinen Arm liebevoll um die zitternde Gestalt, blickte zu seiner Mutter auf und sagte: „In deiner letzten Voraussetzung irrst du dich, liebe Mutter. Du vergißt, daß Agnes einen Bruder hat, dem es eine Ehre ist, sie begleiten zu dürfen, sie mag hingehen, wohin sie will."

Erstaunt blickte Frau Ried bei dieser Erklärung zu dem jungen Manne auf und war einen Augenblick keines Wortes fähig. Endlich sagte sie jedoch: „Natürlich habe ich nichts mehr zu sagen, wenn du beschlossen hast, es in Zukunft auch mit den überspannten Leuten zu halten.“

Herr Ried dagegen hatte sich längst die Augen mit der Hand bedeckt und betrachtete durch die halb geschlossenen Finger traurig das bleiche Gesicht und die Trauerkleidung seines Lieblings, anscheinend vollkommen gleichgültig gegen die Unterhaltung, die im Gange war. Nie jedoch konnte Ralph das liebliche Lächeln vergessen, das einen Augenblick das Gesicht des jungen Mädchens verklärte, als dasselbe vertrauensvoll zu dem treuen Bruder aufsah.

Von da an begann eine neue Zeit in dem Leben der schwer heimgesuchten Agnes.

Ralph machte sich von seinen für die Dauer der Ferien eingegangenen Verpflichtungen los und blieb fast beständig zu Hause. Wenn Agnes daher wie früher Bibel- und Betstunden besuchte, war er jederzeit gern bereit, sie zu begleiten.

Für Esther waren diese Tage eine Zeit reichen Segens und inneren Wachstums. Wir übergehen die dazwischen liegenden Wochen, während denen nichts Erwähnenswertes vorgefallen ist, und gelangen zu einem schönen, sonnigen Nachmittag des Monats September. Esther sitzt allein in ihrem Zimmer am Fenster, und in ihrem Schoß liegt ein offener Brief, während sie mit ernsten Augen nicht den Brief, sondern die Zukunft oder vielmehr ihr eigenes Herz zu lesen scheint. Der Brief ist von Helene und lautete folgendermaßen: „Meine liebe Stadtschwester! Gestern abend sagte Mutter, während wir im Eßzimmer auf und ab gingen, um uns Bewegung zu machen und um nebenbei den Tisch abzudekken (Margaret hatte nämlich Zahnweh und war dienstunfähig): „Helene, mein liebes Kind, hast du schon an Esther geschrieben? Findest du es nicht unfreundlich, sie so zu vernachlässigen, wenn sie sich doch gewiß nach Nachrichten sehnt?" Du weißt, wenn Mutter „Helene, mein liebes Kind" zu mir sagt und mich so vorwurfsvoll ansieht, gibt es nichts auf der ganzen Welt, was ich nicht für sie tun möchte, wenn sie nicht gerade verlangt, daß ich einen Teig anrühren soll. Da sitze ich also – Ort: drittes Stockwerk, Stellung: am Fußende des Bettes (Julie liegt nämlich noch schlafend am Kopfende). Um übrigens auf besagten Teig zurückzukommen, höre zu, Esther, wie schmählich sich ein solcher Gegenstand benehmen kann. Erst heute früh bin ich ernstlich in Streit mit demselben geraten. Mutter meinte, er hätte zusammengemacht werden müssen, ehe ich aufwachte. Ich hatte ihn vergessen, mußt Du wissen. Als ich endlich die Fessel des Schlafes abgeschüttelt hatte, aufgestanden und hinuntergelaufen war, vergaß ich ihn abermals. Die gerösteten Kartoffeln waren im Begriff zu verbrennen, und ich eilte zu ihrer Rettung. Dann ließ mir Minnie keine Ruhe – ich mußte mit ihr in den Hof gehen, um das herzige, kleine Hühnchen anzusehen, das eben aus dem Ei geschlüpft war, ihr nachlief und mit ihr „schwätzte". Das interessante Geschöpf erwies sich bei näherer Besichtigung als ein Frosch in Lebensgröße! Während ich es untersuchte und auf das eigehendste Art, Charakter und Lebensweise der gesamten Froschfamilie erklärte, benützte das Gemisch in der zinnernen Schüssel hinter dem Ofen die Gelegenheit, um einen gewaltigen Aufschwung zu nehmen. Wie das gärte und in die Höhe ging, und was es für einen wunderbaren Geruch verbreitete, als ich endlich vom Froschstudium zum gewöhnlichen Leben zurückkehrte und der wichtigen Kunst der Brotbereitung wieder meine Aufmerksamkeit zuwandte! Margaret stak gerade bis über die Ellbogen im Waschzuber – schleunigst packte ich also die zinnerne Schüssel und lief damit zwei

Treppen hinauf zur Mutter. Was nun folgte, brauche ich Dir wohl nicht erst zu erzählen. Ich kann Dir übrigens die Vorzüge von Müttern und Backpulver nicht genug anpreisen. Letzteres ist eine ganz famose Erfindung. Während ich meinen Teig knetete und schlug, umdrehte und streichelte, wie die Vorschrift lautet, moralisierte ich dabei, und als er endlich mit warmen Decken umhüllt in der Ofenecke ruhte, eilte ich zu Doktor Douglaß auf die Veranda und fragte ihn, ob ihm in der ganzen materia medica ein Mittel bekannt sei, das man menschlichen Wesen eingeben könne, wenn dieselben verdrießlich und griesgrämlich sind und das, nach Art des Backpulvers im Teig, sofortige Besserung bewirkte. Auf sein offenes Bekenntnis, daß ein solches Mittel nicht vorhanden sei, wollte ich ihn zu dem weiteren Geständnis veranlassen, die edle Kochkunst sei eine viel weiter fortgeschrittene Wissenschaft als die Medizin, und da er das nicht einsehen wollte, entstand natürlich ein heftiger Wortwechsel über diese wichtige Frage. Was hatte aber mittlerweile mein Teig getan? Denke nur, in der unverschämtesten Weise breitete er sich über das schöne, reine Tuch, in das ich ihn gehüllt hatte, und ich hatte nichts als Mühe und Last von dem albernen Gebaren. Mütterchen bestand nämlich darauf, daß ich den Kneteprozeß noch einmal vornahm, was keine Kleinigkeit war. Ich konnte das Zeug gar nicht von den Fingern losbekommen. Wahrlich, wenn Bosheit ein besonderes Kennzeichen der menschlichen Natur ist, könnte man beinahe annehmen, mein Brotteig wäre menschlich. Und nun weiter im Text. Wir sind allesamt noch am Leben, obgleich Herr Holland dies wohl nicht mehr lange sein wird. Er ist vorige Woche aus seinem Wagen geworfen und bewußtlos nach Hause getragen worden. Gegenwärtig liegt er im heftigsten Fieber und ist schwerkrank. Einmal im Leben sind unsere beiden Ärzte einerlei Ansicht. In seinem Fieberwahn bildet sich leider der Kranke ein, daß ihn niemand so gut pflegen könne wie Mutter – nebenbei gesagt, eine recht unbequeme Einbildung für unsereins. Der Arzt vermutet, daß er sie für seine eigene Mutter hält und sich in seine Kindheit zurückversetzt glaubt. Mutter hat es dadurch recht schwer. Manchmal bleibt sie die halbe Nacht bei ihm sitzen, während Margret und ich den ganzen Tag allein in der Küche regieren. Oft bin ich jetzt versucht zu denken, alle Bücherweisheit der Welt sei nichts im Vergleich zu praktischem Wissen. Was nützt alles andere, was, wie und wann man die Sachen tun muß! Diese Ansicht drängt sich mir gewaltsam auf, wenn Mütterchen nach einer schweren Nachtwache herunterkommt und meine Dummheiten wieder gutmachen muß. Sie ist aber die geduldigste, beste, liebevollste Mutter, die je ein Sterblicher besessen hat, und gerade weil sie so geduldig ist, freue ich mich auf den Tag, wenn sie erleichtert aufatmen darf und die Küche beruhigt verlassen kann, weil sie weiß, daß alles in schönster Ordnung ist, wenn sie wiederkommt. Esther, wie hast Du es nur gemacht, daß alles so gut ging? Ich bin überzeugt, ich gebe mir viel mehr Mühe, als Du Dir je gegeben hast, und doch gerät beständig Salz in den Kuchen und in die Mehlspeisen und Zucker in die Kartoffeln oder in die Fleischbrühe. Aber, da schlägt mir mit einemmal das Gewissen! Hoffentlich liest Du aus meinem Geschreibsel nicht heraus, daß Du uns schrecklich fehltest. Mütterchen hat mir auf das strengste befohlen, keine einzige derartige Anspielung zu machen, und ich habe es auch gewiß nicht getan. Ich bin selbst eine ganz merkwürdige Haushälterin. Vorige Woche hat das Wintersemester in der Schule begonnen, und ich habe meine Schulbücher hinter eine alte Kiste im nordöstlichen Winkel der Bodenkammer versteckt. Dies muß doch dem Brotteig zustatten kommen, nicht wahr? Um nun auf unsere gegenwärtige Lage zurückzukommen, füge ich noch hinzu, daß Herr Holland allem Anschein nach gefährlich krank ist und daß seine Frau der Verzweiflung nahe scheint. Wenn ich sie ansehe, muß ich an Cousine Agnes denken, der ich schreiben würde, wenn ich es nicht für eine Anmaßung hielte. Ich komme allmählich zu dem Schluß, daß es mehr Elend auf der Welt gibt, als ich gedacht hätte, und ich kann mir denken, warum die Welt rund ist. Wahrscheinlich, um unser Leben darzustellen – weißt Du, eine Art Tretmühlenexistenz, weil wir beständig auf die Dinge zurückkommen, die wir gestern getan haben und abgemacht glaubten, und weil wir so oft heute noch einmal durchkämpfen müssen, was wir schon gestern überwunden glaubten. Nun bin ich aber müde, und es ist bald Zeit, das Frühstücksbrot zu backen. Schönen guten Morgen, mein Schwesterlein!

Deine Helene.“

20. Wieder zu Hause

Über diesen Brief hatte Esther gelacht und geweint, bis sie schließlich in tiefes Nachdenken versank. Als Agnes nach einer kleinen Weile ins Zimmer trat, sich ihr gegenüber so recht behaglich auf dem Sofa niederließ und fragend zu ihr aufblickte, gab sie ihr den Brief in die Hand, ohne irgendwelche Bemerkung zu machen. Agnes las ihn durch und lachte herzlich über den komischen Inhalt; dann aber wurde auch sie nachdenklich und legte ihn schweigend auf den Fenstersims.

„Nun?" fragte Esther endlich und sah lächelnd zu ihr auf.

Agnes antwortete mit einem leisen, wehmütigen: „Ach, ich fühle wohl, wo es hinaus will."

„Ja", sagte Esther, „es läßt sich deutlich zwischen den Zeilen lesen, daß ich zu Hause nötig bin."

Darauf folgte eine längere, wehmütige Unterhaltung, und dann schwiegen beide Cousinen; plötzlich unterbrach Agnes das Schweigen mit der Frage: „Esther, kommt es dir nicht nach diesem Brief vor, als ob Doktor Douglaß immer größeren Einfluß auf Helene gewönne? Bilde ich es mir ein oder spricht sie wirklich in einer Weise von ihm, die zu dem Gedanken Anlaß gibt, daß sein Einfluß kein guter ist?"

„Ich fürchte, du hast recht; er scheint großen Einfluß auf sie gewonnen zu haben. Soviel ich weiß, ist er ein Ungläubiger; jedenfalls will er nicht viel vom Christentum wissen. Heute früh habe ich einen Vers in meiner Bibel gelesen, der mir schwer auf die Seele gefallen ist beim Gedanken an den Einfluß, den ich auf Helene ausgeübt habe. Es war das: „Während die Menschen schliefen, kam der Feind und säte seinen Samen." Wenn ich nicht geschlafen hätte, wäre es mir wahrscheinlich gelungen, Helene für den Heiland zu gewinnen, ehe der Feind kam."

„Aber jetzt", antwortete Agnes sanft, ohne Esther im geringsten zu widersprechen, doch in entschieden hoffnungsvollem Ton, „jetzt wirst du es wieder gutzumachen suchen."

„Ach, Agnes, wenn ich das hoffen könnte! Ich bin so schwach wie ein Kind, das seine ersten Schritte allein zu machen versucht – anstatt die starke Jüngerin zu sein, die ich billig sein könnte. Darum mißtraue ich mir und fürchte mich so sehr."

„Ich fürchte nicht für dich", sagte Agnes mit großem Ernst. „Erstens bist du nicht wie das kleine Kind, von dem du soeben gesprochen hast; sodann sollst du gar nicht versuchen, auch nur einen Schritt allein zu gehen. Und außerdem gibt es noch andere Stellen in der Bibel; ich will dir sogleich eine solche zeigen."

Agnes zog bei diesen Worten ihre kleine Taschenbibel hervor und deutete mit dem Finger auf die betreffende Stelle, während Esther las: „Wenn ich mich fürchte, hoffe ich auf Dich!"

* * *

Es war ein heißer Nachmittag des Monats Oktober. In dem großen Eßzimmer der Riedschen Familie lief Helene geschäftig von einem Ort zum anderen, ähnlich wie Esther am ersten Tage unserer Bekanntschaft, nur mit weniger Methode und Überlegung. Die Vorhänge waren zurückgezogen, soweit dies überhaupt möglich war, so daß die Strahlen der Herbstsonne brennend heiß auf den Tisch fielen und die appetitlichen Röllchen Butter zu Öl schmolzen; denn die arme, abgehetzte Helene hatte vergessen, die Rollos herunterzulassen und die Butter aufs Eis zu stellen. Das Tischtuch war ganz schief aufgelegt; aber wo sollte sie die Zeit hernehmen und es glattziehen? Es war einer ihrer schwersten Tage gewesen. Die plötzlich noch einmal eingetretene Hitze schien den Zustand des armen Kranken im oberen Stockwerk zu verschlimmern.

Frau Ried konnte kaum mehr von seinem Bett weichen, so daß Helene in der ihr ungewohnten Stellung als Hausfrau vor Arbeit nicht wußte, wo aus noch ein. Ängstlich blickte sie auf die unerbittliche Uhr an der Wand, während sie rastlos von einer Beschäftigung zur anderen flog. Einige von Frau Rieds Kostgängern mußten unbedingt um fünf Uhr den Tee bereit finden, um wieder pünktlich zu ihren verschiedenen Beschäftigungen zurückkehren zu können. Margarete war mehrmals abgerufen worden, um im Krankenzimmer Hilfe zu leisten, während die unerfahrene zeitweilige Hausfrau ihre zerstreuten Sinne zu sammeln suchte, um ja nichts zu vergessen.

„Was wollte ich nur?" fragte sie ungeduldig, legte die Hand an die klopfende Stirn und sah sich verwirrt in der Speisekammer um, ohne sich erinnern zu können, weshalb sie hereingekommen war. „Ach, einen Löffel – nein, ich glaube, es war eine Gabel! Da fällt mir eben ein, die Gabeln hatte ich ganz vergessen – hier liegen sie ja alle, und auf dem Tische ist noch keine einzige. – Ach, du liebe Zeit, die Biskuits verbrennen gewiß! Es riecht ganz verdächtig, ob sie wohl fertig sind?" Mit hochgeröteten Wagen beugte sich Herrn Hammonds Musterschülerin über die glühend heiße Bratröhre, um zu sehen, ob das Gebäck geraten war. Ihre ganze Aufmerksamkeit richtete sich auf den einen Punkt, so daß sie weder das Anfahren eines Wagens vor dem Haus noch das Abladen von Koffern und Kisten hörte. Sie stand mitten im Eßzimmer mit dem Blech dampfender Biskuits in der Hand und einem wahrhaft komischen, sorglichen Ausdruck in dem frischen Gesichtchen, als sie sich plötzlich von zwei weichen, liebevollen Armen umschlugen fühlte. Verwundert sah sie sich um und stellte mit dem Ruf: „O Esther, Esther!" das Blech auf den erstbesten Stuhl nieder, bedeckte das Gesicht mit den Händen und fing buchstäblich an zu weinen.

„Was ist los, Helene? Du armes, liebes Kind, was hast du nur?" – Esthers Stimme klang ernstlich besorgt; denn es waren beinahe die ersten Tränen, die sie auf dem jugendlich schönen Gesicht wahrgenommen hatte. Helenes Erwiderung brachte jedoch einen Umschwung in ihren Gefühlen hervor. Das Vizehausmütterchen sprang auf und blickte sorglich auf das Blech mit den eben gebackenen Biskuits.

„O Esther", rief sie, „sind diese Buskuits ausgebacken oder sind sie in der Mitte noch teigig?"

Esther mußte lachen, bis ihr die Tränen kamen. Dann aber eilte sie der unerfahrenen Köchin zu Hilfe.

„Sehr schön gebacken sind sie! Könnten wirklich nicht besser geraten sein. Hast du sie gemacht? Komm, ich will sie auf einen Teller legen. Aber, wo ist denn die Mutter, Helene?"

„In Herrn Hollands Stube. Sie ist beinahe den ganzen Tag dort. Herrn Holland geht es nämlich noch gar nicht besser, und Margarete mußte schnell etwas für ihn besorgen. Warum bist du eigentlich gekommen? Haben dich die Heinzelmännchen geschickt?"

„Und wo sind die Kinder?"

„Sie sind spazieren gegangen. Minnie verlangte fortwährend nach der Mutter, so daß Alfred und Julie sie schließlich mitnahmen."

„Aber sage mir doch, liebste Esther, wie kommt es nur, daß du dich auf die Reise machtest? Wie freue ich mich über deine Rückkehr!"

Esther lachte. „Also kann ich niemand weiter begrüßen?" sagte sie endlich. „Nun, dann wollen wir wenigstens Tee trinken. Armes Kind, wie müde du aussiehst! So, nun setze dich auf einen Stuhl dort und sieh zu, ob ich das Arbeiten verlernt habe!"

Mit einem wonnigen Gefühl der Unverantwortlichkeit lehnte sich Helene in den Stuhl zurück und schaute zu, wie sich das Zimmer wie mit einem Zauberschlag verwandelte. In einem Augenblick waren die Rollos heruntergelassen, daß die heißen Sonnenstrahlen nicht mehr auf die Butter brannten; das Tischtuch lag glatt und gerade; Eingemachtes, Käse und Kuchen standen in respektvoller Entfernung voneinander; kurz, alles war auf seinem bestimmten Platz auf dem musterhaft geordneten Tisch. Ein flüchtiger Besuch in die altbekannten Regionen von Küche, Keller und Speisekammer förderte frische Butter zutage, der man es ansah, daß sie mit dem Eis statt mit der Sonne in Berührung gekommen war. Als dann endlich der herrlich duftende Tee zum Eingießen bereitstand und Esther auf dem Stuhl ihrer Mutter Platz genommen hatte, konnte Helene einen Seufzer innerster Befriedigung nicht unterdrücken. „Esther", rief sie, „jetzt weiß ich, woher du kommst – geradewegs aus dem Feenland! Das Tischtuch da wollte nicht ordentlich liegen, allen meinen Bemühungen zum Trotze. Eine ganze Woche lang habe ich mich vergeblich damit geplagt. Fünfhundert Meilen legte ich jeden Abend zurück, um das Abendbrot rechtzeitig auf den Tisch zu bringen, und doch war es nicht ein einziges

Mal fertig. Bald mußte ich aufspringen, weil ein Löffel fehlte, dann wieder eine Gabel, oder ich hatte vier Butter- und nur einen Brotteller auf den Tisch gestellt. Es war Zauberei im Spiel, das lasse ich mir nicht nehmen – kein Wunder also, wenn nur Hexen dies Kunstwerk zuwege bringen und gar nichts Verkehrtes dabei machen. Ich lege mein Amt nieder; ich kann nicht Hausfrau spielen.“

„Du armes Kind“, sagte Esther lachend, voll zärtlichen Mitgefühls für das frische, lebensfrohe Geschöpf und von Herzen dankbar, daß sie wieder zu Hause sein durfte. „Wer könnte aber auch von einem Schmetterling erwarten, daß er spinne? Gleich morgen in aller Frühe holen wir die Bücher wieder von der Bodenkammer herunter. Gesteh' es nur, du sehnst dich nach den alten Freunden, die so lange in der Verbannung lebten. Wo ist die Tischglocke?“

„Ach, wir schellen schon lange nicht mehr“, erklärte Helene und stand langsam auf. „Das würde Herrn Holland stören. Da kommt mein Adjutant, der das Amt, die Leute zusammenzubringen, übernommen hat. Meine Schwester, Fräulein Ried – Doktor Douglaß.“

Während Esther den höflichen, ehrerbietigen Gruß des jungen Arztes erwiderte, überkam sie wieder ganz unwillkürlich das Gefühl banger Sorge, das sich ihr in der letzten Zeit aufdrängen wollte, so oft sie des gefährlichen Fremden im Zusammenhang mit ihrer schönen, jungen Schwester gedachte. Im ganzen war Esthers Heimkehr eine recht angenehme. Freilich war das New York-Leben sehr verschieden von ihrem Leben zu Hause, und es mochte wohl sein, daß ihr ein leiser Seufzer entschlüpfte, als sie die feinen Manschetten auszog und sich anschickte, die Tassen zu waschen, während Margarete fertig bügelte. Was würde Johann, der verwöhnte Diener ihres Onkels, denken, wenn er sie jetzt sehen könnte, und wie komisch würde sich Agnes bei solcher Beschäftigung ausnehmen – aber Helene schien so von Herzen froh über die Rückkehr der älteren Schwester, so sichtlich erleichtert, daß ihr die schweren Sorgen von den Schultern genommen wurden, so fröhlich, daß Esther alle anderen Gedanken über Bord warf und sie wieder frei von Verantwortung war und plauderte und ausrief: „Ach, wenn nur Agnes hier wäre, daß du sie aufheitern könntest, Helene!" Als sie später das Mehl für den zu bereitenden Brotteig abmaß, schlug es sieben Uhr. Diesmal mußte sie über den Gegensatz lachen. Bei Onkel Ralph ging es jetzt zum Mittagessen. Gestern abend um diese Zeit war sie selbst noch dabei. Sie war mit Tante Helene ausgegangen und hatte dabei ihr neues, blauseidenes Kleid an mit den echten Spitzen, die ihr die Tante geschenkt hatte, und der reizenden kleinen Brosche, die Abschiedsgabe ihrer Cousine. Jetzt mußten sie sich ohne sie zu Tisch setzen, während sie selbst wieder daheim in der Speisekammer stand, das elegante Reisekleid mit einer großen, weißen Schürze bedeckt, die Ärmel bis an die Ellenbogen aufgerollt und emsig beschäftigt, Mehl aus der großen Tonne in die Backschüssel zu messen. Aber wie hatte ihrer Mutter vergrämtes, müdes Gesicht aufgeleuchtet bei ihrem unerwarteten Anblick, wie liebevoll hatte sie die Langentbehrte in die treuen Mutterarme geschlossen und ans Herz gedrückt, indem sie mit zuckenden Lippen sagte: „Mein teures Kind, welch unerwarteter Segen und wie freundlich vom lieben Gott, daß er dich gerade jetzt heimgeführt hat!"

Selbst Alfred und Julie hatten sie so stürmisch und jubelnd begrüßt, als ob ihnen Esther stets eine Musterschwester gewesen wäre, während die kleine Minnie ihren schönen Kragen mit ihren Liebkosungen zerdrückte, bis er wie ein alter Fetzen aussah, und ihr Küßchen zu Dutzenden gab und sich kaum kannte vor Jubel, weil „die gute Tante Essie" endlich wieder da war.

Vor allem aber war die Esther Ried, welche heimgekommen, gar nicht dieselbe, die vor kaum zwei Monaten fortgegangen war. Eine ganze Lebenszeit von Erfahrungen und Gnadenzucht hatte sich in diese zwei Monate zusammengedrängt. Nichts erweckte tiefere Reue in dem Herzen des jungen Mädchens als ihr unschwesterliches, unkindliches Benehmen. Das sollte jetzt alles anders werden. Sie dankte Gott aus tiefster Seele, daß er sie gerade in diese Küche und in dieses Eßzimmer zurückgeführt und ihr damit Gelegenheit gegeben, wieder gutzumachen, was sie in diesen Räumen gesündigt hatte. Der alte, griesgrämige, selbstsüchtige Geist war von ihr gewichen. Früher hatte sie alles für Esther Ried getan – in Zukunft wollte sie alles für ihren Heiland tun – alles – sogar das Anrühren des Teiges; nicht umsonst sollte geschrieben stehen: „Alles, was ihr tut in Worten oder Werken, das tut dem Herrn Jesu!" Was dieses Wort alles umfaßte! Gehörte nicht jeder Augenblick, ja jedes Wort mit da hinein? Wie war es nur möglich, daß ihr ihr Leben so lange langweilig, uninteressant und unnütz erschienen war?

Helene legte ihrer geschäftigen Zunge Schweigen auf, als sie sah, wie Esther vor dem Schlafengehen niederkniete, um zu beten, und eine gewisse Ehrfurcht stahl sich in die Seele des jungen Mädchens, als dasselbe merkte, daß die Schwester über dem Beten alles andere vergaß. Ein gewisses Etwas gab Helene das Gefühl, als ob sie nie jemand habe so beten sehen. Als Esther einige Minuten später ihr müdes Haupt zur Ruhe legte, klang das Wort in ihrer Seele wider: „Ihr aber seid Christi, Christus aber ist Gottes!"

21. Erprobt

Esther war beinahe mit dem Ankleiden fertig, als Helene am nächsten Morgen die Augen aufschlug. „Ach, Esther", rief sie fröhlich, „was ist es doch für ein wonniges Gefühl, behaglich im Bett zu liegen und dir zuzuschauen, wenn ich dabei bedenke, daß ich heute nicht für das Frühstücksgebäck verantwortlich bin!"

Esther lachte. Auch ihre Gedanken hatten eine ähnliche Richtung genommen; sie war heimgekommen, um den anderen die Hauptlast der Arbeit abzunehmen; – ihre Mutter und Helene sollten jetzt erst sehen, was sie mit Gottes Hilfe leisten konnte. Gleich am ersten Tag des Zuhauseseins wollte sie das alte Leben neu anfangen. Es war Backtag – sonst eine Qual für sie, heute aber freute sie sich darauf. Besser hätte sie es gar nicht treffen können. Vergnügt lächelte sie der jüngeren Schwester zu, während sie sich vorstellte, welche schwere Sorgenlast sie von deren Schulter zu nehmen im Begriff war, und ehe ihre Toilette beendigt war, hatte sie in Gedanken ihren Schlachtplan für den ganzen Tag vorbereitet. In der kleinen Garderobe legte sie ihre Waffenrüstung an – Küche und Speisekammer waren das Schlachtfeld, das ihrer harrte; sie zog einem ganzen Heer von alten Versuchungen und Geduldsproben entgegen, die in des Herrn Kraft zu überwinden waren. So hatte Esther sich's ausgedacht, und doch sollte es ganz anders kommen, und die arme Helene sollte noch einmal die hunderterlei kleinen Lasten des mühevollen Samstags allein tragen, während Esther nicht mit einem Schritt in die Küche kam. Als sie nämlich hinunterging, begegnete ihr Doktor van Anden auf der Treppe zum ersten Mal seit ihrer Rückkehr. Dennoch begrüßte er sie nur mit einem flüchtigen „Guten Morgen“, als ob er sie erst am vorhergehenden Tag gesehen hätte, und nahm alsbald ihre Dienste in Anspruch. „Fräulein Esther, wollen Sie gefälligst zu Herrn Holland gehen?“ fragte er, ohne eine Antwort abzuwarten. „Ich kann Ihre Mutter nirgends finden. Schicken Sie aber Frau Holland hinaus; denn sie regt ihn nur auf. Sagen Sie ihr, sie möge ins Eßzimmer kommen, ich hätte mit ihr zu sprechen. Herrn Holland geben Sie alle zehn Minuten einen halben Löffel von der Arznei im Weinglas; lassen Sie ihn aber um keinen Preis allein, bis ich wiederkomme, was möglichst bald sein wird.“

Nach diesen Worten eilte er davon, allem Anschein nach vollkommen überzeugt, daß seine Anordnungen befolgt würden.

Nur einen Augenblick blieb Esther unschlüssig stehen. Es lag etwas Gebieterisches in dem ganzen Auftreten des Arztes, was sie von jeher an ihm geärgert und zum Widerspruch gereizt hatte. Unwillkürlich schrak sie vor der düsteren Krankenstube und dem Amt einer Krankenwärterin zurück. Ihren eigenen Plänen gemäß sollte die helle, luftige Küche heute ihr Arbeitsfeld sein, wo ihre Hilfe so lange schon ersehnt und so dringend gewünscht wurde. Man kann aber in einem Augenblick über gar manches nachdenken. Esther hatte es sich in der letzten Zeit zur Gewohnheit gemacht, sich einen Bibelspruch als Waffenstück für den Kampf des Tages zu wählen. Gerade an diesem Morgen war es der Spruch: „Alles, was ihr tut in Worten oder Werken, das tut dem Herrn Jesu.“ Wenn ihrer nun im ersten Stockwerk Arbeit wartete, statt im zweiten, wie sie es sich ausgedacht hatte, was ging das sie an? Esther kehrte also um und ging eilends ins Krankenzimmer, schickte nach Anordnung des Arztes die beinahe verzweifelte Frau hinaus, gab dem Kranken seine Arznei und wartete geduldig auf die Rückkehr des Arztes, nur um von demselben für den Rest des Tages als Oberwärterin angestellt zu werden, so daß sie nur einige Minuten Zeit stehlen konnte für ein flüchtiges Frühstück mit Helene, wobei diese ihrer Enttäuschung Luft machte und ihr mitteilte, daß die Mutter an Migräne zu Bett liege.

Der erste Tag neigte sich daher seinem Ende zu, ohne daß Esther auch nur einiges von den vielen Dingen, die sie sich vorgenommen hatte, getan hätte. Wie sauer war es ihr hingegen geworden, so viele Stunden lang geduldig an dem Krankenbett auszuharren, den schwachen Atemzügen des bewußtlosen Mannes zu lauschen, ihm mit großer Mühe die Arznei einzuflößen und ihm von Zeit zu Zeit Kühlung zuzuwehen! Das war alles, was sie tun konnte – aber so schwer es Esther auch fiel, hatte sie nicht gemurrt, weil sie einsah, daß es die Arbeit war, die ihr der Herr für heute beschieden hatte, da keine andere Pflegerin zu finden, ihre Mutter selbst krank und die arme, junge Frau zu aufgeregt und unerfahren war. Es war klar, daß sie sich am rechten Platz befand. Die letzten Strahlen der untergehenden Sonne fanden Esther daher nicht verdrießlich oder enttäuscht, wenn auch recht traurig. Der Kranke, den sie pflegte, war sterbend – beide Ärzte hatten es gesagt. Wie oft ihr doch in der letzten Zeit der Tod nahegetreten war! Eben erst hatte sie eine so schwere Zeit durchmachen müssen, und nun wartete ihrer schon wieder eine solche, nachdem sie kaum die Schwelle ihres Elternhauses betreten hatte. Herr Forster hatte gesagt, es sei alles in Ordnung für den Fall, daß seine Reise länger währte, als er beabsichtigte, ja selbst für den Fall, daß er nicht zurückkomme. Ihre Gedanken wanderten einen Augenblick zurück zu dem Verklärten, wie er auf der Bahre lag mit dem Ausdruck seligen Friedens in dem stillen Antlitz, und es war ihr, als höre sie wieder die Worte: „So gibt der Herr den Seinen Ruhe!" – Aber wie stand es mit diesem Mann? War er auch bereit? Esther fürchtete, daß dies nicht der Fall war – sie mußte sich eingestehen, daß sie wenig von seinem inneren Leben wußte, obwohl sie so lange unter einem Dach mit ihm gelebt hatte. In den vielen Gesprächen, die sie mit ihm geführt hatte, hatte sie nie den Namen des Herrn Jesu erwähnt, den Namen, nach dem sie selbst sich nannte.

Immer tiefer sank die Sonne im Westen; der schwere Tag war bald zu Ende, und immer schwerer wurde es Esther ums Herz. – Der Weg, der vor ihr lag, war nicht so einfach, wie sie sich eingebildet hatte. Manches ließ sich nicht wieder gutmachen. Die Gelegenheiten, die sie hätte benützen können, um diesen Mann wenigstens einzuladen, zu Jesus zu kommen, waren vorüber; aller Wahrscheinlichkeit nach würde sich nun keine weitere Gelegenheit bieten.

Während Esther darüber nachgrübelte, ließ sich ein leises Geräusch vernehmen – es kam allem Anschein nach vom Bett her. Als sie sich rasch umdrehte, sah sie den Blick des Kranken fest und forschend auf sich gerichtet. Plötzlich sprach derselbe leise, aber mit merkwürdig klarer, feierlicher Stimme. Esther fuhr zusammen, als sie die Worte vernahm: „Muß ich sterben?"

Was sollte sie sagen? Die großen, forschenden Augen schienen in der Tiefe ihrer Seele lesen zu wollen. Sie konnte die feierlich-ernste Frage nicht mit „nein" beantworten, und doch war es ihr zumute, als könne sie auch nicht „ja" sagen. Nichts unterbrach also die tiefe Stille ringsum, während Esther an allen Gliedern zitterte und unter dem Blick der großen, angstvollen Augen bis in die Lippen erbleichte. Endlich schien gerade dieses beharrliche Schweigen dem Kranken die Wahrheit zu verraten; denn plötzlich wandte er den

Kopf von ihr ab und barg ihn in die Kissen, ohne ein Wort zu sagen.

Was für ein Augenblick für Esther! Vielleicht war dies die letzte Gelegenheit, die der Herr dem armen Mann noch schenkte, und vielleicht war sie dazu bestimmt, ihm die letzten Worte zu sagen, die er je noch von den Lippen eines Sterblichen vernehmen sollte. Was sollte sie sagen? Wenn ihr nur die rechten Worte einfielen! Sie durfte nicht länger zögern.

Da kam Esther eines jener unterstrichenen Bibelworte in den Sinn, die ihr in der letzten Zeit so unaussprechlich teuer geworden waren, und sie sagte mit leiser, aber klarer Stimme: „Gott ist unsere Zuversicht und Stärke, eine Hilfe in der großen Not."

Kein Laut von der regungslosen Gestalt auf dem Bett. Sie wußte nicht einmal, ob sie der Kranke verstanden hatte; aber möglich war es immerhin. Also ließ sie sich nicht irremachen, sondern fuhr fort: „Befiehl dem Herrn deine Wege und hoffe auf ihn; er wird's wohl machen!"

„Der Herr ist nahe allen, die ihn anrufen, allen, die ihn mit Ernst anrufen – der Herr ist barmherzig und von großer Güte!"

„So spricht der Herr, dein Erlöser, der Heilige in Israel, dein Heiland: Ich, ich, tilge deine Sünde um Meinetwillen und gedenke deiner Missetat nicht!"

„Neiget eure Ohren zu mir und kommt her zu mir; höret, so wird eure Seele leben!" „Wendet euch zu mir, so werdet ihr selig, aller Welt Ende; denn ich bin Gott und keiner mehr."

Einen Augenblick schwieg Esther; dann aber wiederholte sie mit eindringlicher Stimme den kurzen Vers, der ihr der Inbegriff allen Trostes zu sein schien: „Wenn ich in der Angst bin, so verlasse ich mich auf dich." War dieser Mann, der so dicht am Rande des Grabes stand, nicht etwa auch in der Angst? Esther wußte es nicht und sollte nie erfahren, ob die erbarmungsvollen Worte des Heilandes der Welt auch diesmal auf taube Ohren gefallen waren oder nicht; denn in demselben Augenblick trat Doktor van Anden ins Zimmer und schickte sie hinaus, damit sie einen Augenblick frische Luft schöpfe.

Gegen Mitternacht waren sie alle um das Sterbebett versammelt. Helene war zugegen und sah ernst und ergriffen aus. Frau Ried war mühsam von ihrem Lager aufgestanden und tat sich Gewalt an, um der armen, jungen Frau eine Stütze sein zu können. Doktor Douglaß stand neben dem Sterbenden und fühlte ihm den Puls; Esther an der anderen Seite des Bettes blickte voll innigen Mitleids auf die allem Anschein nach bewußtlose Gestalt, während verschiedene Freunde des Sterbenden im Zimmer verteilt standen. Alle warteten beklommenen Herzens auf den letzten Atemzug des Kranken. Schon lag diesem der Todesschweiß auf der Stirn, der Puls glich nur noch einem dünnen Faden, und niemand hätte gedacht, daß noch ein Wort über die fest zusammengepreßten Lippen käme, als Herr Holland mit einem starren Blick auf Esther laut und deutlich sagte: „Beten Sie!"

Am ganzen Körper zitternd, warf letztere einen raschen, prüfenden Blick auf die Umstehenden – erkannte aber alsbald, daß sie von keinem derselben Hilfe erwarten konnte – sie und ihre Mutter waren unter allen Anwesenden die einzigen, von denen man denken konnte, daß sie beteten. Könnte – würde sich ihre sanfte, ängstliche, zurückhaltende Mutter dazu aufschwingen? Ein Blick auf dieselbe zeigte Esther, daß sie ihre ganze Aufmerksamkeit der fast ohnmächtigen Frau Holland widmete und wohl kaum gehört hatte, was der Sterbende gesagt hatte. „Er wünscht, es soll jemand beten", flüsterte Helene. „Wenn nur Doktor van Anden hier wäre!"

Esther wußte, daß derselbe plötzlich ins Nachbarhaus gerufen worden war; ehe er wiederkam, war die Seele dieses Mannes vielleicht entflohen – von hinnen geschieden ohne ein Wort des Gebetes. Würde sie sterben wollen, ohne daß auch nur eine einzige Stimme für sie um Erbarmen flehte, sie der Gnade Gottes anempfahl? Ach ja, wenn nur Doktor van Anden käme – er, ein gläubiger Arzt, – oder wenn nur der ungläubige Doktor Douglaß nicht dastände, nicht die Hand des Sterbenden hielt und nicht so neugierig aufmerkte, was sie wohl tun würde – aber Herr Holland lag tatsächlich im Sterben! Bei diesem Gedanken fiel Esther auf die Knie und gab dem augenblicklich tiefsten Bedürfnis ihrer Seele Ausdruck, indem sie in wahrer Todesangst flehte: „O, Heiliger Geist, gib du mir die richtigen Worte ein!" Ihre Mutter horchte verwundert auf, als die bekannte Stimme an ihr Ohr fiel, und unwillkürlich drängte sich ihr der Gedanke auf, daß ihres Kindes Bitte Erhörung gefunden hatte – ja, Esther selbst fühlte es im Grunde ihres Herzens. Doktor Douglaß, ihre Mutter, Helene und alle anderen waren ihrem Gesichtskreis entrückt; sie war allein mit dem Sterbenden und mit ihrem Heiland und flehte, der Engel des Bundes möge sich eben jetzt dem scheidenden Geist offenbaren. Nie konnten die Umstehenden dieses Gebet vergessen. Doktor van Anden, der unvermutet ins Zimmer getreten war, aber sofort begriff, worum es sich handelte, blieb einen Augenblick stehen und fiel dann auf die Knie, um seine Bitten mit Esthers Flehen zu vereinigen. Sogar das laute Schluchzen der schwergeprüften, trostlosen Gattin verstummte, und nur der aufmerksame Arzt wußte, wann der Todesengel sein Siegel auf die bleichen Lippen gedrückt hatte.

„Doktor van Anden", sagte Esther, als sie am nächsten

Morgen einen Augenblick mit ihm allein im Sterbezimmer stand, „hat er" – dabei warf sie einen Blick auf den Verstorbenen – „hat er sich zu den Gläubigen gerechnet?"

Der Arzt blickte sie ernst, beinahe traurig an und schüttelte den Kopf.

„Aber, Herr Doktor, Sie glauben doch nicht" – verwirrt hielt sie inne, wurde aber totenbleich bei dem schrecklichen Gedanken, den sie nicht auszusprechen wagte.

„Können wir dem Richter der Welt nicht zutrauen, daß er das Rechte tut?" lautete des Doktors feierliche Gegenfrage. Nach einer Weile fügte er hinzu: „Vielleicht hat das an Sie gerichtete ernste Wort: „Beten Sie!" dem Allwissenden so viel gegolten wie damals die Bitte des Zöllners: „Gott sei mir Sünder gnädig!" oder wie jenes andere Wort: „Herr, gedenke meiner, wenn du in dein Reich kommst!"

Nie konnte Esther diesen und den nächsten Tag vergessen, als der Mann, den sie so lange gekannt hatte, als Leiche in ihrem Haus lag und sie seine irdische Hülle mit zur letzten Ruhestätte begleitete; überall trat ihr der unerbittliche Tod entgegen – tote Blätter – tote Blumen – tote Hoffnungen! Immer wieder drängte sich ihr dabei der Gedanke auf, wie unmöglich es war, die Tage zurückzurufen, die dahingeeilt waren, während sie geschlafen und ihre Pflichten vernachlässigt hatte! Voller Hoffnungen war sie zurückgekommen, um das Versäumte nachzuholen, und schon war einer von den Hausgenossen, denen sie nie etwas vom Heiland gesagt hatte, unwiderruflich aus ihrem Kreise gerissen.

Doktor van Anden ging sichtlich erregt neben ihr auf und ab. Er hatte sie lange beobachtet und sagte nun: „Fräulein Esther, werden wir beide je wieder an einem frischen Grabe stehen und beschämt vor unserem Herrn und Heiland die Augen niederschlagen, weil wir uns sagen müssen, daß wir jahrelang mit einer Seele unter demselben Dach gelebt und die betreffende Seele nie eingeladen haben, zu Jesus zu kommen?"

Mit Tränen in den Augen antwortete Esther feierlich: „So wahr mich der Heiland hört und mir Gnade schenken wird: nie mehr!"

22. Verachte den Tag der geringen Dinge nicht!

Esther war emsig in der Küche beschäftigt – das alte, braune Kattunkleid, dieselbe umfangreiche, blaue Küchenschürze, die wir schon so oft an ihr gesehen haben – kurz, alles an ihr und um sie herum sah gerade so aus wie vor drei Monaten – und doch, was Esther selbst betraf, war alles anders geworden. Vielleicht fühlte Helene etwas von dieser Veränderung, während sie Esther neugierig musterte und ein bisher nie gesehenes Licht in deren Augen sowie eine gewisse Weichheit in dem stillen Gesicht entdeckte, die sie früher nicht wahrgenommen hatte. Vor allem vermißte sie verschiedene Falten und Runzeln, von denen sie geglaubt hatte, daß sie absolut zu Esther gehörten.

„Wie zuwider mir dieser Teil des Haushaltes war!" rief sie, nachdem sie lange den geschäftigen Fingern der Schwester zugesehen hatte. „Mütterchen behauptete, meine Pastetchen sähen aus, als ob eine Maus um dieselben herumgelaufen und dabei den Rand benagt hätte! Wie schrecklich ist der bloße Gedanke ans Haushalten!"

„Ich glaube, das bildest du dir nur ein", sagte Esther freundlich. „Jedenfalls hast du ganz gut gewirtschaftet. Mütterchen sagt oft, wie schön du ihr geholfen hast, und daß du ihr ein großer Trost gewesen seist."

Helenes Augen wurden plötzlich feucht. „Hat Mutter das wirklich gesagt?" fragte sie. „Die geduldigste der Frauen! Mit wie wenigem man ihr doch ein Trost sein kann! Das kann ich dir versichern, Esther, wenn Engel jemals in Küchen und Speisekammern kommen, so ist unser Mütterchen ein solcher. Wie sie meine unzähligen Dummheiten aufgenommen und ertragen hat – das war wirklich engelhaft. Ich bin nur froh, daß die Tage ihres Märtyrertums vorüber sind – und die meinigen auch, nebenbei bemerkt!“

Mit diesen Worten eilte die muntere Helene davon. Esther sah sich noch einmal nach dem Blech in der Backröhre um und ging dann vor die Haustüre, um einen Blick auf die Außenwelt zu werfen. Es war ein herrlicher Herbsttag. Esther schlug die Arme übereinander und blickte bewundernd um sich. Schon den ganzen Morgen hatte sie eine merkwürdige Ruhelosigkeit empfunden. Sie wollte etwas Großes, etwas recht Gutes tun. Es war ja recht schön, wenn man gute Kuchen und Pastetchen backen konnte – das hatte sie auch getan – hatte ihren ganzen Fleiß darauf verwendet –, aber jetzt sehnte sie sich nach etwas anderem. Wenn je ein Mädchen danach verlangte, etwas für ihren Herrn und Meister zu tun, so war es Esther. O ja, sie wollte gern die nächstliegende Pflicht erfüllen; aber wenn dieselbe nur auch einmal etwas recht Großes wäre!

Doktor van Anden ging singend in seinem Zimmer auf und ab, wie gewöhnlich um diese Zeit des Tages. Die Fenster waren offen, und der Wind trug Melodie und Worte zu Esther herüber:

„Merk, Seele, dir das große Wort:
Wenn Jesu winkt, so geh;
Wenn Jesu zieht, so eile fort,
Wenn Jesu hält, so steh;
Wenn er dich lobt, bücke dich;
Wenn er dich liebt, so ruh!
Wenn er dich aber schilt, so sprich:
Ich brauch's Herr, schlage zu!

Kurz, liebe Seel', dein ganzes Herz
Sei von dem Tage an
Bei Schmach, bei Mangel und bei Schmerz
Dem Lamme zugetan!"

Freilich wußte Doktor van Anden nicht, daß Esther in diesem Augenblick unter der Türe stand und seinem Gesang lauschte, noch, daß ihr gerade diese Worte etwas Besonderes sagten; was schadete das auch, wenn es nur sein Herr und Heiland wußte!

Mitten im Genuß des lieblichen Morgens fiel dem jungen Mädchen plötzlich das Gebäck im Ofen ein, und es eilte zu dessen Rettung hinein.

Als es elf Uhr schlug, stand Esther geschäftig beim Schälen der Kartoffeln, und sie mußte sich tüchtig beeilen; denn trotz ihrer geübten Finger wuchs die Arbeit ihr und Margarete beinahe über den Kopf; sie merkte gar wohl, daß ein Paar hilfreiche Hände fehlten.

Alfred und Julie erschienen von irgendwoher aus den unteren Regionen, und Esther war zu sehr von ihrer Arbeit hingenommen, als daß sie die wehmütigen Gesichter der Kinder bemerkt hätte.

„Ist Mutter noch immer nicht zurückgekommen?" fragte Alfred.

„Warum? Braucht ihr sie?" erwiderte Esther. „Vor heute abend kommt sie gewiß nicht zurück – vielleicht selbst dann nicht. Wißt ihr nicht, daß es Frau Carlton schlechter geht?"

Alfred stieß in recht unartiger Weise mit dem Fuß gegen die Küchentür. „Muß denn immer jemand krank sein?" fragte er. „Man könnte ebensogut gar keine Mutter haben. So etwas ist mir im Leben noch nicht vorgekommen. Meilenweit im Umkreis kann kein Mensch Kopfweh haben, ohne Mutter dabei zu belästigen. Es ist zu arg."

Esther war nahe daran zu lachen, als sie aber das traurige Gesicht des Knaben sah, besann sie sich eines Besseren und sagte: „Was ist los, Alfred? Du nimmst es dir doch sonst nicht so zu Herzen, wenn Mutter einmal fort ist. Gewiß hast du irgendeinen Kummer und machst es gerade so wie die anderen Leute, die nicht ohne Mutter fertig werden können, wenn sie in Not sind."

„Dafür ist sie aber auch meine Mutter, und ich habe ein Recht auf sie, das die anderen nicht haben."

„Bilde dir einmal ein, ich wäre deine Mutter", sagte Esther freundlich. „Erzähle mir, wo es fehlt, und ich will mir Mühe geben, alles genau so zu machen wie Mutter. Vielleicht gelingt es mir, dir ebensogut zu helfen."

„Du?" fragte Alfred mit einer wenig schmeichelhaften Gebärde.

„Versuche es einmal mit mir!" lautete die Antwort.

„Das fiele mir ein! Ich weiß zum voraus, du sagst dann höchstens: ‚Papperlapapp!' oder ‚Dummes Zeug' und schickst mich fort."

Obwohl Esthers Wangen bei dieser getreuen Nachahmung ihres früheren Benehmens dunkelrot wurden, sagte sie freundlich: „Wenn ich auch eine so grobe, unmütterliche Antwort gäbe, würden dich solche Worte doch nicht gleich umbringen, meinst du nicht auch, Alfred?"

Alfred hörte auf, mit den Füßen gegen die Wand zu schlagen und lachte.

„Also versuche es nur und sage mir, was du möchtest!" fuhr Esther fort.

„Ach, was gibt es da viel zu sagen? Weiter nichts, als daß heute nachmittag eine Seefahrt und dann ein Picknick im

Wald veranstaltet werden soll – das letzte in diesem Jahr, und ich wollte Mutter bitten, mich mitzulassen. Sie hätte es mir gewiß erlaubt. Es war auch ausgemacht, daß jeder etwas mitbrächte – etwa ein Körbchen voll – und ich sollte Mutter um kleine Törtchen und Obstkuchen bitten, weil sie diese so gut zu machen versteht. Ich weiß, sie hätte mir gewiß welche gebacken, denn so etwas schlägt sie mir nicht ab. Aber jetzt ist es aus mit dem Spaß, und ich muß daheim bleiben wie immer, nur um der kranken Leute willen, die meiner Mutter keine Ruhe lassen."

Esther unterdrückte ihre Lachlust und fragte demütig: „Könntet ihr nichts anderes brauchen als ein Körbchen mit Pflaumentörtchen?"

„Nein", erklärte Alfred energisch. „Weißt du, andere Kuchen und derartiges Zeug bringen die Mädchen mit; die Buben sind aber alle gerade auf diese Törtchen versessen. Herr Hammond ißt sie ebenfalls gern; er geht nämlich mit, um uns zu beaufsichtigen. Es täte mir schrecklich leid, wenn ich ohne Pflaumentörtchen gehen müßte, weil sie sich alle darauf verlassen."

„Ach so", sagte Esther, „die Mädchen gehen also auch mit." Dabei blickte sie zum erstenmal auf das lange, traurige Gesicht der kleinen Julie in der Ecke.

„Ja, und Julie ist ebenso schlimm daran wie ich. Die Mädchen ziehen ihre weißen Kleider an, und sie hat das ihrige zerrissen. Es müßte auch erst gebügelt werden; denn Julie sagt, es sähe aus wie ein Strick; aber Margret will nicht. Mutter hatte schon versprochen, es gleich heute früh zu stopfen, aber – was nützt übrigens das viele Sprechen? Wir müssen eben wieder einmal daheim bleiben und haben das Nachsehen, wie gewöhnlich. Also komm, Julie!" Damit fing der Junge aufs neue an, gegen die Küchentüre zu poltern.

Esther schälte ihre letzte Kartoffel mit einem halb bekümmerten, halb belustigten Gesicht. Sie war sehr müde von dem vielen Backen und hätte am liebsten „dummes Zeug“ zu den Pflaumentörtchen gesagt; das weiße Kleid hatte einen großen Riß, und Bügeln war ihr immer zuwider – aber es war sonderbar, sobald sie etwas Großes, Nennenswertes tun wollte, kamen ihr solche kleinen, unansehnlichen Dinge in den Sinn wie Pflaumentörtchen und zerrissene Kleider. Konnte sie denn ihren Herrn und Meister mit so kleinen Dingen ehren? Aber hatte sie sich nicht schon lange danach gesehnt, einen Einfluß auf Alfred und Julie zu gewinnen, und bot sich hier nicht eine vortreffliche Gelegenheit? Und hieß es nicht im Worte Gottes: „Alles, was ihr tut in Worten oder Werken...“? Ihre Gedanken fanden hier Ausdruck in Worten.

„Wir wollen einmal sehen, mein Junge“, sagte sie zu Alfred, „ob Mutter wirklich die einzige Frau auf der Welt ist, die solche Herrlein zufriedenstellen kann. Lauf hinunter in den Keller und hol mir den steinernen Topf vom zweiten Regal; die Pflaumentörtchen sollen dann im Handumdrehen in der Backröhre sein. Und das kleine Mädchen dort in der Ecke, dem gerade zwei dicke Tränen über die Wangen laufen, kann hinaufgehen und das weiße Kleid samt Fingerhut und Schere herunterholen und zwei Eisen in den Ofen legen; um drei Uhr seid ihr dann beide fix und fertig.“

Und so war es auch! Als es am besagten Nachmittag drei Uhr schlug, fühlte sich Esther wohl todmüde; aber Dutzende von Pflaumentörtchen lagen wohlverpackt in dem Weidenkorb, und Alfreds Gesicht strahlte, als er seinem Entzücken auf seine Weise Ausdruck gab.

„Du bist geradezu famos, Esther. Nie hätte ich gedacht, daß du so gut sein könntest. Wie werden die Jungen über die vielen Törtchen herfallen! Denke nur, es sind sieben mehr als Mutter gewöhnlich macht."

„Freut mich", sagte Esther vergnügt; „ein andermal bist du wohl nicht mehr so unglücklich, wenn Mutter nicht zu Hause ist und du sie brauchst?"

Julie drückte ihre Gedanken in ganz anderer Weise aus.

Nachdem ihr Esther die Schleife von breitem, rosafarbenem Band gebunden hatte und das Kind von ferne musterte, um zu sehen, ob alles in Ordnung sei, fragte Julie plötzlich: „Esther, woher kommt es, daß du heute so gut mit uns bist? Sonst warst du doch nicht so."

Esther wußte nicht, ob sie lachen oder weinen sollte. Es waren ja nur kleine Dinge, die sie getan hatte, und es schien ihr eine rechte Schande, daß sie als ältere Schwester in den langen Jahren so wenig von ihrem eigenen Vergnügen geopfert hatte; andererseits schien es ihr beinahe komisch, wenn sie bedachte, daß alle ihre hochtrabenden Pläne für diesen Tag mit Pflaumentörtchen und Kleiderflicken endeten. Sie beugte sich zu dem Kind nieder, küßte die rosigen Wangen und sagte, von einem inneren Impuls getrieben, freundlich: „Jetzt versuche ich eben alles für den Heiland zu tun."

„Aber mein Kleid hast du doch nicht für ihn geflickt und gebügelt? Das wäre doch nicht möglich."

„Ja, alles, auch die allerkleinsten Dinge."

„Wie denn? Ich verstehe nicht, wie du das tun kannst. Ich dachte, du hättest es für mich getan."

„Freilich habe ich es getan, um dir Freude zu machen; aber der Herr Jesus wird es so ansehen, als ob ich es für ihn getan hätte."

Julies nächste Frage war eine sehr ernste und schnitt Esther tief ins Herz.

„Aber, Esther, du gehörst doch schon lange zu den Frommen, wenigstens hat es Helene immer gesagt. Hast du früher schon versucht, etwas für den Heiland zu tun?"

Esther stieg die Schamröte ins Gesicht; aber sie antwortete, ohne sich zu besinnen: „Nein, ich glaube nicht, daß ich es je ernstlich versucht habe."

Einen Augenblick sah Julie sie verwundert an; dann aber stellte sich die Kleine auf die Zehen, küßte Esther zärtlich und sagte: „Jedenfalls ist es sehr nett, wenn der Herr Jesus dir sagt, du sollst so gut mit uns sein."

Während dann Esther einen Augenblick im Armstuhl ausruhte und zusah, wie ihre kleinen Geschwister vergnügt davoneilten, kamen ihr immer wieder die Worte in den Sinn: „Merk', Seele, dir das große Wort: Wenn Jesus winkt, so geh!"

23. Prüfungen

Die große Kapelle war zum Erdrücken voll; nicht ein menschliches Wesen schien noch Raum darin zu haben. Leute, die sonst die Kirche höchst selten an Wochentagen besuchten, hatten sich diesmal hingezogen gefühlt. Helene Ried saß neben Esther im Stuhl ihrer Mutter, und Heinrich Arnett saß am anderen Ende des Stuhles mit ungewöhnlich ernstem Gesicht; auf dem Rücksitz hatte sich Doktor Douglaß eingefunden und richtete hier und da ein Wort an Helene.

Die Gemeinde hatte eine Predigt vernommen, wie man selten eine hörte, und zwar über den Text: „Was hülfe es dem Menschen, wenn er die ganze Welt gewönne und nähme doch Schaden an seiner Seele?“ Gebet und Lied waren längst verklungen, und noch immer saßen die Zuhörer wie gebannt von dem mächtigen Eindruck der gewaltigen Rede. Nun stand der ehrwürdige Prediger mit den schneeweißen Haaren über die Kanzel gebeugt und wartete darauf, daß die Zuhörer Zeugnis ablegten für die Wahrheit dessen, was er verkündigt hatte. Einige ernste, entschiedene Christen fügten ihre Bekenntnis zu dem seinen, und dann entstand eine lange Pause. Immer noch blieb der alte Diener Christi auf seinem Posten. Sein Arm ruhte auf der Bibel, und beinahe stehenden Blickes schaute der Greis auf die Versammlung stummer Christen. „Ihr sollt meine Zeugen sein, sagt der Herr“, wiederholte er mit feierlicher, ernster Stimme.

Welch elende Zeugen, fürwahr! Ob sich der Herr ihrer nicht schämt? Diese Frage kam Esther unwillkürlich beim Blick auf die treulose Schar von Gläubigen, von denen keiner sein Kreuz auf sich nehmen wollte. Dann fiel ihr plötzlich auf, wie unpassend eigentlich dieser Ausdruck war. Was war das im Grunde für ein Kreuz? Welch sonderbarer Einfall, dasselbe Wort dafür zu gebrauchen, das für das blutbefleckte, von Nägeln durchbohrte Kreuz auf Golgatha angewandt wurde! Mit einemmal stieg ein neuer Gedanke in ihrer Seele auf, ein Gedanke von ungeheurer Tragweite für sie. Hatte der Heiland denn nur für Männer das Kreuz getragen? Konnte von ihnen allein ein Dankopfer für die auf Golgatha vollbrachte Tat verlangt werden? War es nicht auch ihr Heiland, der dort am Kreuz hing und auch für sie sein teures Blut vergoß? Warum sollte sie nicht sagen: „Durch seine Wunden bin ich geheilt.“? Und wenn sie es täte, was würden die Leute sagen? Nein, vielmehr, was würde Jesus sagen? Das war die allein wichtige Frage. Glaubte sie wirklich, der Heiland könnte es ihr übelnehmen, wenn er auf sie niederblickte und hörte, wie ihre Stimme das feige Schweigen, das gegenwärtig in der Kirche herrschte, unterbräche, und wenn sie in der versammelten Gemeinde bekenne: „Ich habe den Herrn Jesus lieb.“? Sie versuchte sich vorzustellen, wie sie in ihrer Kammer zu ihm sagte: „Lieber Heiland, mit Reue und Scham bekenne ich, daß ich heute deinem Namen Schande gemacht habe, denn ich habe vor vielen Zeugen gesagt, daß ich dich lieb habe!“ Trotz aller angeborenen Vorurteile mußte Esther gestehen, daß dies einfach lächerlich wäre. „Nun ja“, fiel ihr hier ein, „Unrecht ist es ja gerade nicht; aber jedenfalls ist es nicht sehr bescheiden oder für Damen schicklich und obendrein höchst unnötig. Es sind genug Männer da, die das Wort nehmen können!“ – „Aber“, erwiderte der gesunde Menschenverstand, „inwiefern wäre es unschicklicher als das Zwiegespräch über ein wissenschaftliches Thema, das die Damen gestern abend im Lyzeum hielten? Dort waren noch mehr Leute zugegen als jetzt hier sind; übrigens sind die hier anwesenden Herren allem Anschein nach stumm geworden, so daß den Damen hinreichend Gelegenheit geboten ist, auch einmal für ihren Heiland Zeugnis abzulegen." – „Es ist aber nicht gebräuchlich", hieß es wieder dazwischen, „und die jungen Leute werden es dir ganz gewiß falsch auslegen. Jedenfalls wird es mehr schaden als nützen."

Dieses letzte Bedenken, „die Leute werden es dir gewiß falsch auslegen", brachte den gesunden Menschenverstand sofort zum Schweigen, wie dies gewöhnlich der Fall ist. Esther erhob den Kopf aus der gebeugten Stellung, den er während dieses Gedankenaustausches eingenommen hatte; sie betrachtete die Frage für abgemacht. – Da fing jemand an zu singen, und die Worte des Liedes erneuten den Kampf in Esthers Seele, aber in einer anderen Form. Sie fragte nun nicht mehr: „Soll ich?" sondern: „Darf ich?" Da und dort unterbrach nun eine Stimme das Schweigen, und immer noch besprach sich Esther mit ihrem Gewissen: „Wenn sich Herr Jones setzt, und es entsteht eine Pause, will ich versuchen, etwas zu sagen", dachte sie bei sich. Es war nun die Gelegenheit gekommen, nach der sie sich schon so lange gesehnt hatte, nämlich die Gelegenheit, der Welt zu zeigen, daß sie sich für den Heiland entschieden hatte. Wie benützte sie dieselbe?

Sie entschloß sich wenigstens, von ihrem Sitz aufzustehen – ob sie dann etwas sagte, hing davon ab, ob ihr der Herr das rechte Wort in den Mund legte – da ließ sich plötzlich Herrn Parkers Stimme hören: „Soll ich auch eurem Schweigen entnehmen, daß sich in der ganzen Versammlung nicht ein einziger Mann, nicht eine einzige Frau befindet, die da wünschten, daß wir für ein unbekehrtes Familienglied beten?"

Der Engel des Bundes kam nun der zitternden, ängstlichen Esther zu Hilfe; in ihrem Herzen entstand plötzlich ein solches Sehnen nach Helenes Bekehrung, daß ihr jeglicher Gedanke an das, was sie sagen wollte, oder wie sie es sagen wollte, oder was die Leute davon denken könnten, gänzlich aus dem Sinn kam. Ohne sich länger zu besinnen, stand sie auf und sagte mit ernster Stimme: „Wollen die Anwesenden für eine liebe, teure Freundin beten?“

Gott bedient sich bisweilen sehr bescheidener Mittel, um den Zauber zu brechen, mit dem Satan so oft die Gläubigen gefangenhält und ihnen die Zunge bindet; es war, als ob sie plötzlich zum Bewußtsein ihrer hohen Vorrechte erwacht wären.

Doktor van Anden sagte mit vor Bewegung zitternder Stimme: „Ich habe einen Kollegen, für den ich eure Fürbitte in Anspruch nehmen möchte, damit er recht bald den großen Arzt kennenlerne.“

Eine Bitte folgte nun der anderen, Bitte um Bekehrungen von Gatten und Gattinnen, Vätern, Müttern und Kindern. Sogar die schüchterne Frau Ried brachte leise eine Bitte vor für ihre Kinder, die den Heiland noch nicht kannten. Und als schließlich Heinrich Arnett seinen dunklen Lockenkopf erhob und mit fester Stimme bat: „Betet für mich!“, da schwand auch die letzte Spur von Zurückhaltung, und es leben heute noch Brüder und Schwestern, die diese Versammlung niemals vergessen werden.

„Ist es nicht auch Ihre Ansicht, daß sich unser guter Doktor im Interesse meiner unwürdigen Persönlichkeit heute abend zu besonderer Begeisterung aufgeschwungen hat?“ fragte Doktor Douglaß Helene, als die beiden noch ein Weilchen im Mondschein auf der Veranda standen.

Helene erwiderte fröhlich lachend: „Ich weiß nicht, was ich sagen soll, und bin auf alles mögliche Außerordentliche vorbereitet. Meiner Ansicht nach haben meine Mutter und

Esther heute abend die Welt auf den Kopf gestellt. Hoffentlich sind Sie Ihrem Kollegen gebührend dankbar, daß er sich Ihrer so freundlich annimmt."

„Ganz außerordentlich dankbar. Wäre es aber vielleicht noch mehr, wenn die Leute im Privatleben gerecht gegen mich wären, anstatt so sehr großmütig nach außen hin zu sein!"

„Wie bitter Sie doch gegen Doktor van Anden sind!" sagte Helene und betrachtete mit neugierigem Blick die gerunzelte Stirn und den spöttischen Zug um den Mund ihres Gefährten. „Wie gern wüßte ich doch, was eigentlich zwischen Ihnen beiden vorgefallen ist!"

Augenblicklich nahm Doktor Douglaß seine gewohnte, verbindliche Miene an. „Hat es den Anschein, als ob ich bitter wäre? Es tut mir leid, daß ich eine so unangenehme Seite der menschlichen Natur darstelle; aber Heuchelei bewegt mich zu" – einen Augenblick hielt er inne, fuhr dann aber fort: „Vergessen Sie den letzten Satz, Fräulein Helene! Es war unklug und unfreundlich von mir, so zu reden; jedenfalls ist die zwischen uns beiden herrschende Verstimmung nicht wert, daß Sie sich den Kopf darüber zerbrechen. Ich wollte, ich könnte sie vergessen, und wenn ich es nicht kann, so ist es seine Schuld."

In demselben Augenblick erschien Doktor van Anden unter der Tür. Helene fuhr unwillkürlich zusammen. Der Gedanke, daß der Doktor das Gespräch gehört haben könnte, war ihr unangenehm. Doch war dies eine unnötige Befürchtung; er kam geradewegs aus seinem Zimmer und von seinen Knien.

„Doktor Douglaß", sagte er mit einem leisen Anflug von Schüchternheit, „dürfte ich Sie um ein Wort unter vier Augen bitten?"

„Gewiß", erwiderte der Angeredete, „wenn mich Fräulein Helene gütigst entschuldigen will. Darf ich fragen, was mir diese Ehre verschafft?"

Doktor van Anden schritt ihm voran in das hell erleuchtete, gemeinsame Wohnzimmer, wo sich Doktor Douglaß gerade unter die Gasflamme stellte, um das blasse, ernste Gesicht seines Kollegen besser beobachten zu können. Dann wartete er mit dem Ausdruck vornehmer Gelassenheit und Überlegenheit, den er bei solchen Gelegenheiten anzunehmen pflegte. Doktor van Anden ließ ihn nicht lange im Zweifel über seine Absicht, sondern sagte mit fester Stimme: „Doktor Douglaß, vor zehn Jahren haben Sie alles aufgeboten, um mir zu schaden, wie Sie sich wohl erinnern werden. Damals dachte ich, es geschehe absichtlich, wenn ich mich auch seitdem zuweilen fragte, ob ich mich nicht etwa geirrt habe und ob Sie nicht im guten Glauben handelten? Wie dem auch sein mag, so viel ist gewiß, daß ich mich damals zu Worten hinreißen ließ, die ich mir als Christ nicht hätte erlauben dürfen. Bereut habe ich dieselben längst; aber erst heute abend ist es mir recht zum Bewußtsein gekommen, daß ich bei Ihnen abbitten soll, und ich bitte Sie nun, Doktor Douglaß, verzeihen Sie mir die zornigen Worte, die ich damals fallen ließ!"

Der Angeredete heftete sein großes, klares Auge fest auf Doktor van Anden und antwortete mit demselben eisigen Ton: „Es ist außerordentlich gütig von Ihnen, daß Sie mir, nachdem Ihr Zorn in der langen Reihe von Jahren Zeit gehabt hat, sich abzukühlen, zugestehen, ich könnte möglicherweise in gutem Glauben gehandelt haben. Ich meinerseits habe eine viel christlichere Auffassung gehabt und habe Ihre damalige Handlungsweise einem Versehen zugeschrieben. Daß ich seitdem Gelegenheit gehabt habe, meine

Ansicht zu ändern, tut nichts zur Sache; nur wäre es angenehmer für uns beide, wenn Ihre Entschuldigungen unsere alte Freundin, Frau Lyons, wieder ins Leben zurückrufen könnten."

Doktor van Andens Gesicht war während dieser Entgegnung seines Kollegen eine wahrhafte Studie, so viele Stadien von tiefer Erregung, Sorge, Entrüstung bis zu schließlicher Verwunderung waren auf demselben sichtbar. Endlich stellte er die scheinbar gar nicht zur Sache gehörende Frage: „Glauben Sie etwa, ich hätte jener Chloroform gegeben?"

Einen Augenblick verließ den jungen Arzt seine kalte Ruhe, und er fragte mit blitzenden Augen: „Wer hätte es sonst getan?"

„Doktor Gilbert."

„Doktor Gilbert?"

„Ja, Herr Kollege – er und kein anderer!"

„Woher kommt es, daß ich dies nicht erfahren habe?"

„Das ist auch mir unbegreiflich." Doktor van Anden fuhr sich einen Augenblick mit der Hand über die Augen und sprach dann mit dem Ausdruck tiefer Traurigkeit: „Bis zu dieser Stunde hatte ich keine Ahnung, daß Sie dies nicht wußten. Teilweise ist damit auch manches mir bis jetzt Unverständliche erklärt; aber selbst für den Fall, daß ich das Chloroform gegeben hätte, wäre es doch gewiß nur ein Versehen, aber kein Verbrechen gewesen. Was geschehen ist, läßt sich übrigens nicht ungeschehen machen, und es war mir nur daran gelegen, diese Sache Ihnen gegenüber ins rechte Licht zu stellen, damit das Christentum als solches nicht darunter leide. Ich fürchte, ich bin ein Stein des Anstoßes gewesen. Gott allein weiß, was das für ein bitterer Gedanke ist. Ich habe mich versündigt und hätte Sie vor Jahren um Verzeihung bitten sollen. Da ich es damals versäumt habe, bleibt mir nichts übrig, als es jetzt nachzuholen, und ich möchte darum noch einmal fragen: Doktor Douglaß, wollen Sie mir die unfreundlichen Worte verzeihen?"

Doktor Douglaß machte eine tiefe Verbeugung, während der hochmütige Zug in seinem Gesicht nur noch deutlicher hervortrat und er ebenso kalt wie vorher sagte: „Was mich betrifft, Doktor van Anden, so machen Sie sich darüber keine Sorge! Meine Ansicht über das Christentum mag ja eine besondere sein, hat aber in der letzten Zeit keine Umwandlung erlitten, noch ist eine solche vorauszusehen. Natürlich hat jeder die Verpflichtung, die Entschuldigungen eines anderen gelten zu lassen, so spät dieselben auch kommen mögen. Hiermit habe ich die Ehre, Ihnen gute Nacht zu wünschen, Herr Kollege."

Mit einer tiefen, höchst würdevollen Verbeugung schritt Doktor Douglaß auf die Veranda zurück, wo Helene noch immer weilte. Doktor van Anden hingegen suchte sein Zimmer auf und betete mit neuem Ernst für die Bekehrung des Mannes, der ihm so kalt und abweisend begegnet war.

„Haben Sie einige brüderliche Ratschläge oder gar eine brüderliche Zurechtweisung bekommen?" fragte Helene, während ihre hellen Augen funkelten vor jugendlichem Übermut und vor Vergnügen über die vermutliche Niederlage eines der beiden Herren.

„Durchaus nicht", lautete die rasche Antwort. „Im Gegenteil, ich fürchte, er hat selbst eine kleine Dosis ziemlich bitterer Arzenei schlucken müssen, die ihm wohl nicht gemundet hat. Sie wissen ja, Fräulein Helene, daß ich keine gute Meinung von der Welt hege."

„Dabei nehmen Sie sich doch wahrscheinlich nicht aus?" war Helenes schlagfertige Gegenfrage.

Doktor Douglaß schien ein wenig betroffen, lachte aber

und antwortete in seiner gewohnten, ruhigen Weise: „Nein, sogar meine geringe Persönlichkeit nicht ausgenommen. Eine Eigenschaft glaube ich jedoch zu besitzen, die im allgemeinen eine recht seltene ist: ich bin wenigstens aufrichtig."

Helenes Gesicht nahm einen halb verlegenen, halb belustigten Ausdruck an, während sie prüfend auf die vornehme Gestalt blickte, die nachlässig an der Gartenmauer lehnte.

„Ich möchte wissen, ob Sie wirklich so aufrichtig sind wie Sie scheinen", lautete ihre nächste schmeichelhafte Bemerkung. „Auch fragt es sich, ob die übrige Welt wirklich aus Heuchlern besteht, wie Sie mir immer vorpredigen. Diesem Herrn Parker scheint es doch z. B. heiliger Ernst zu sein mit dem, was er sagt."

„Er ist ein Schwärmer erster Klasse, und zwar gehört er zur schlimmsten Sorte. Es sollte wirklich bei lebenslänglicher Zuchthausstrafe verboten sein, daß solche Leute mit ihrer Lehre ihren Nebenmenschen die Köpfe verdrehen."

„Doktor Douglaß", sagte Helene mit einer gewissen Würde, „es wäre mir lieber, von jenem alten Herrn nicht in dieser Weise reden zu hören. Er mag ja ein Schwärmer sein; aber aufrichtig ist er jedenfalls, und ich kann nicht umhin, ihn höher zu stellen als einen jener kaltblütigen Moralisten. Nebenbei bemerkt, kann ich auch nicht vergessen, daß mein verehrter Vater zu der verachteten Klasse gehörte, von der Sie mit so großer Geringschätzung sprechen."

„Mein liebes Fräulein", – des Doktors Stimme klang sanft wie die ihrer Mutter – „verzeihen Sie, wenn ich Ihnen weh getan habe; es ist nicht absichtlich geschehen. Eigentlich weiß ich gar nicht genau, was ich gesagt habe – vielleicht recht unpassende Worte, und das ist keinesfalls taktvoll, entschuldigen Sie es damit, daß ich heute abend wirklich das Gleichgewicht etwas verloren habe. Verzeihen Sie auch, daß ich Sie so lange in der kühlen Abendluft aufhalte. In meiner Eigenschaft als Arzt darf ich Ihnen vielleicht den wohlgemeinten Rat geben, nicht länger draußen zu bleiben?"

„Darf ich Ihnen dagegen den selbstlosen Rat erteilen, mit der Welt im allgemeinen und mit Doktor van Anden im besonderen ein liebenswürdigeres Verhältnis anzubahnen?" erwiderte Helene in ziemlich spöttischem Ton; von ihrer vorherigen Würde war keine Spur mehr vorhanden. „Wenn Sie indessen die Veranda für sich zu haben wünschen, um Ihren bösen Geist zu beschwören, so will ich Ihnen nicht im Wege stehen. Ich gehe dann auf die andere Seite. Die Abendluft bekommt mir ganz vortrefflich." Mit spöttischem Lächeln verbeugte sich Helene und verschwand.

„Was ihm Doktor van Anden wohl gesagt haben mag?" fragte sie sich, sobald sie allein war. „Wie unglücklich sich die beiden Herren machen! Wäre mir doch ein großer Trost, wenn ich wüßte, was recht und was unrecht ist! Wie schön war es doch, als ich noch an die Menschen glauben konnte! Nein, der alte, ehrwürdige Geistliche ist gewiß kein Heuchler; der Gedanke ist geradezu lächerlich! Aber daß ich mich so in Doktor van Anden geirrt haben sollte! Die Welt ist wirklich recht sonderbar; das beste ist, ich gehe zu Bett."

24. Gottes Weg

Doktor Douglaß war in eine Stimmung geraten, von der er sich nicht Rechenschaft zu geben vermochte; er war mit sich selbst uneinig, wie er in seinem ganzen Leben nicht gewesen war. Während er auf der langen Veranda auf und ab schritt, suchte er sich über seinen Gemütszustand klarzuwerden. Er hatte sich eingebildet, besondere Menschenkenntnis zu besitzen, dabei aber merkwürdig nachsichtig gegen die Fehler und Schwächen anderer zu sein. Seiner Ansicht nach stand er auf einer so hohen Stufe, daß er mit größter Seelenruhe auf alle herabblicken konnte. Wenigstens war es bis heute abend so gewesen; jetzt aber kam es ihm zum Bewußtsein, daß sein Thron unter ihm zusammengestürzt oder daß er selbst von seiner Höhe herabgefallen war. Jedenfalls war etwas ganz Absonderliches geschehen – etwas nie Dagewesenes. Was war z. B. aus seiner vielgepriesenen Menschenkenntnis geworden? Da war dieser elende Doktor, der ihm sein Leben lang ein Dorn im Auge gewesen war, und auf den er herabgesehen hatte als auf einen verschmitzten Heuchler. Hatte er sich nicht etwa doch geirrt und dem Mann Unrecht getan? Nach der Erklärung, die ihm heute abend geworden, sah es beinahe so aus; er hatte sich damals durch den Schein täuschen lassen. Das lag auf der Hand. Die männliche Art und Weise, wie ihn sein Kollege heute um Verzeihung gebeten hatte, wollte ihm nicht aus dem Sinn kommen und nötigte ihm Bewunderung ab.

Zu seinem größten Erstaunen war er keineswegs erfreut über diesen Stand der Dinge. Warum war ihm die Entdekkung unangenehm, daß Doktor van Anden nicht der Mann war, für den er ihn gehalten hatte? Von dem vorurteilsfreien, verständigen Mann, für den er sich gehalten hatte, wäre dies keineswegs zu erwarten gewesen, und doch konnte er sich nicht verhehlen, daß ihm der Gedanke an Doktor van Anden heute abend mehr zuwider war als je zuvor. Je mehr er zu der Überzeugung kam, daß er einen schweren Irrtum begangen hatte, um so ärgerlicher wurde er.

„Zum Kuckuck!" rief er endlich außer sich, „was liegt mir denn eigentlich an dem Menschen, daß ich mich mit solchen Gedanken herumschlage? Wenn er mich nur in Ruhe gelassen hätte, anstatt mir heute abend die Ohren vollzujammern und allerlei unangenehme Erinnerungen in mir heraufzubeschwören! Ich hätte ihm tüchtig die Meinung sagen sollen über seine Frechheit, daß er mich heute vor der ganzen Versammlung bloßstellte!" Doktor Douglaß hatte obige Worte laut gesprochen, obwohl niemand zugegen war – aber eine innere Stimme antwortete: „Was schwätzt du denn da für dummes Zeug! Du weißt sehr gut, daß Doktor van Anden ein sehr tüchtiger Arzt ist, ein keineswegs zu unterschätzender Nebenbuhler; auch hat er dir ja nichts vorgejammert, sondern hat sich in ganz passender Weise entschuldigt; wenn du die Wahrheit gestehen wolltest, müßtest du zugeben, daß du ihn eigentlich bewunderst." – „Unsinn", sagte Doktor Douglaß nun wieder laut und zog sich in sehr übler Laune in sein Zimmer zurück.

Die folgenden Tage schienen einem Glied des Hauses Ried ungewöhnlich viel Arbeit zu bringen. Doktor Douglaß ließ sich entweder gar nicht oder nur ganz flüchtig beim gemeinsamen Mahl sehen; er mied sowohl das Wohnzimmer als auch die Veranda und hielt sich höchst selten in seinem Zimmer auf. Als ihm Helene einmal zufällig auf der Treppe begegnete, fragte sie ihn, ob eine Blatternepedemie im Dorf ausgebrochen sei oder irgendeine andere Seuche, die ihn ungewöhnlich in Anspruch nähme, worauf er kurz antwortete: „Das Dorf ist verrückt geworden, scheint mir", und sich schleunigst entfernte.

An demselben Nachmittag unternahm Doktor Douglaß einen weiten Spaziergang in den Wald. Er wußte wirklich nicht, was über ihn gekommen war. Solche Tage und Nächte, wie die beiden letzten waren, hoffte er in seinem ganzen Leben nicht mehr durchzumachen. Es war, als ob ihn alle seine Lieblingstheorien im Stich gelassen und einem finsteren Geist Platz gemacht hätten. Wohin er auch gehen, was er auch tun mochte, allenthalben verfolgten ihn diese neuen, sonderbaren Gedanken. Zuweilen fürchtete er sogar, er sei auf dem besten Weg, den Verstand zu verlieren. Da er nicht an die Macht des Gebetes glaubte, fiel ihm nicht ein, daß Doktor van Andens ernstes, oft wiederholtes Flehen um seine Bekehrung etwas mit seinem gegenwärtigen Gemütszustand zu tun haben könnte. Wahrscheinlich hätte er sogar gelacht, wenn er geahnt hätte, daß zur selben Stunde, in der er finster durch den Wald schritt und mit dem Fuß mißmutig die roten und gelben Blätter aus seinem Weg stieß, Esther in ihrer Kammer auf den Knien lag und mit Gott um seine Seele rang, in der Hoffnung, daß durch ihn auch Helene erreicht werden könnte. Das Ergebnis seines langen Grübelns war folgendes: Er war überarbeitet und hatte in der letzten Zeit nicht genug geschlafen – kein Wunder, wenn sein Nervensystem aus dem rechten Gleichgewicht gekommen war. Dabei war er so töricht gewesen, jener aufregenden Versammlung beizuwohnen. Es ließ sich ja nicht leugnen, daß der alte Mann, der damals gesprochen hatte, eine merkwürdige Gewalt über die Gemüter besaß und seine Beredsamkeit in einer Weise auszubeuten wußte, daß sich Leute mit weniger kräftigen Nerven seines Einflusses nicht erwehren konnten.

Was für ein Mittel sollte er nur ergreifen, um seine frühere Gemütsruhe wieder zu erlangen? Jedenfalls wollte er weniger studieren und selbst tun, was er seinen Patienten so oft vorpredigt; überhaupt nahm er sich vor, ein regelmäßigeres Leben zu führen, viele und weite Spazierritte zu unternehmen und vor allem jene Kapelle nicht wieder zu betreten. Nachdem er seinen Feldzugsplan entworfen hatte, wurde es ihm leichter ums Herz, und er machte sich schnell auf den Heimweg; allmählich nahm sein Gesicht den gewohnten Ausdruck ruhigen Selbstbewußtseins an.

War der Geist Gottes, der so ernstlich mit ihm gekämpft hatte, wirklich im Begriff, ihn sich selbst zu überlassen? „O Gott", flehte Esther, „gib mir diese Seele als Antwort auf mein Gebet! Um Helenes willen stürze diesen mächtigen Pfeiler, der ihr im Wege steht; mache den Mann zu deinem Eigentum! Um Jesu willen, der für beide gestorben ist, ziehe beide zu dir!"

An der Stelle, wo sich zwei Wege teilten, blieb Doktor Douglaß einen Augenblick stehen und frage sich: „Soll ich durchs Dorf heimgehen oder den Weg am Fluß entlang nehmen?" Endlich entschloß er sich zu letzterem und ging langsamen Schrittes weiter, um die liebliche Gegend zu genießen.

Es dauerte indes nicht lange, so begann der Widerstreit in seiner Seele von neuem. Er sah nichts mehr von der Schönheit draußen, sondern ließ sich auf einen alten Baumstumpf nieder und verbarg sein Gesicht in den Händen – da redete Gott mit ihm, und er ließ sich überreden – der Stärkere kam über den Starken und überwand ihn.

„Wo ist Doktor Douglaß?" fragte Julie in demselben Augenblick und steckte den Kopf durch die Türspalte. „Es ist ein Knabe draußen, der ihn zu Herrn Baldon rufen soll. Er möchte sogleich kommen, hieß es."

„Er ist nirgends“, erwiderte Helene in feierlichem Tone. „Wenn du meine Privatansicht hören willst, so kann ich dir sagen: Ich fürchte beinahe, er ist fortgegangen und hat sich aufgehängt. Gegen ein Uhr ist er am Fenster vorübergeeilt und hat genauso ausgesehen wie ein Mensch, der etwas Derartiges vorhat. Seitdem hat es siebzehnmal geschellt, und jedesmal habe ich dieselbe trübselige Geschichte erzählt, wenn nach ihm gefragt wurde.“

„Ach, wie schrecklich!“ rief die kleine Julie und eilte zu dem Boten an der Tür zurück. Soweit kannte sie ihre Schwester wohl, um zu wissen, daß die Geschichte mit dem Aufhängen nicht buchstäblich zu nehmen sei; dafür glaubte sie aber allen Ernstes an die siebzehn Patienten, die auf den Doktor warteten.

An diesem Abend war die Kapelle wieder gedrückt voll. Helene hatte sich zuerst für gänzlich unfähig erklärt, noch einer solchen Versammlung beizuwohnen, sich aber doch schließlich überreden lassen, hinzugehen. Als Doktor Douglaß mit seiner gewöhnlichen Ruhe und sicheren Haltung den Hauptgang entlang schritt und sich gerade auf dem freien Platz vor den Schwestern niederließ, konnte sie kaum das Lachen unterdrücken, so erstaunt betrachtete Julie den Hausgenossen, gerade als erwarte sie noch den Strick an dessen Hals zu sehen. Der ehrwürdige, greise Diener Christi hatte über den Text gesprochen: „Siehe, ich habe euch heute Leben und Tod, Gutes und Böses vorgehalten.“ Es war, als hätte er einen Blick in die unsichtbare Welt getan, der jede Seele entgegenreist, und als malte er aus dem Gedächtnis ein Bild von derselben, das alle sehen konnten. Ein ernstes Lied war gesungen worden, und über die ganze Gemeinde war eine feierliche Stille gekommen, als sich plötzlich eine feste Stimme vernehmen ließ. „Vom Grunde meines Herzens glaube ich, daß ich heute bei diesem Wendepunkt angekommen bin und die Grenze überschritten habe", sagte diese Stimme. „Ich habe Gottes Gnade und seinen Zorn von Angesicht zu Angesicht gesehen und habe gekämpft, davon loszukommen. Gott sei Dank, daß es zwei Wege gibt! Beinahe hätte mein Fuß gestrauchelt; aber heute abend habe ich die Linie überschritten und mich in Gottes Gnadenarme geworfen. Zählt mich in Zukunft zu denjenigen, die das Leben erwählt haben."

„Amen", sagte der greise Knecht Gottes mit strahlendem Gesicht.

„Gott sei Dank!" fügte der Pastor der Gemeinde mit zitternden Lippen hinzu.

Zwei der Anwesenden neigten die Köpfe zu innigem Dankgebet – es waren Esther und Doktor van Anden. Helene hingegen saß wie versteinert an ihrem Platz: denn die feste Stimme war keine andere als die des Doktor Douglaß gewesen!

Eine Stunde später schritt Doktor van Anden erregt im Wohnzimmer auf und nieder; er wußte selbst nicht, auf was er eigentlich wartete. Da fiel plötzlich ein Schatten zwischen ihn und die Gasflamme. Er blickte auf, und seine Augen begegnete dem Blick seines jungen Kollegen, der an demselben Platz stand, wo sich die beiden vor wenigen Abenden gesprochen hatten. Doktor van Anden ging rasch auf ihn zu, und der warme Händedruck der so lange entzweiten Hausgenossen sagte mehr als Worte. Endlich brach Doktor Douglaß das Schweigen mit der Frage: „Doktor, wollen Sie mir alles Vergangene vergeben?"

Und Doktor van Anden antwortete tief bewegt: „O, mein Bruder in Christo!"

Esther in ihrer Kammer betete inbrünstiger und hoffnungsvoller als je für Helene, nachdem sie Gott für die Rettung des jungen Arztes gedankt hatte.

25. Helene

„Ach, ihr lieben Leute", sagte Helene und schüttelte mutwillig den braunen Lockenkopf, „verschwendet doch nicht so viele Worte an mich; ich bin ein hoffnungsloser Fall, der nicht so vieler Mühe wert ist. Laßt mir nur einmal wieder ein paar Tage Ruhe! Esther, wenn du mir versprichst, nicht ein einziges Mal das Wort ‚Versammlung' in meinem Beisein in den Mund zu nehmen, verspreche ich dir, auch nicht mehr zu lachen, wenn dich dieser langanhaltende Anfall seltener Güte endlich verlassen hat und du wieder auf den gewohnten Standpunkt zurückgekehrt bist."

„Helene", sagte Esther leise, „hältst du uns wirklich für Heuchler, denen es mit ihrem Christentum nicht ernst ist?"

„Durchaus nicht, mein Schwesterchen, wenigstens halte ich euch nicht alle für Heuchler. Ich glaube aber fest an die verschiedenartigsten Krankheiten und betrachte dies als eine besonders heftig auftretende Epidemie, und einer solchen muß man ihren Lauf lassen, weißt du. Nicht umsonst habe ich mit zwei begabten Ärzten unter einem Dach gelebt; meiner Ansicht nach hat das Übel bald seinen Höhepunkt erreicht, und ich bin daher in täglicher Erwartung einer günstigen Wendung. Aber Schwesterchen, ich glaube nicht, daß du dich meinetwegen zu sorgen brauchst – ich bin durchaus nicht zur Ansteckung geneigt. Du erinnerst dich wohl, daß ich weder den Keuchhusten noch die Masern bekommen habe, obwohl ich so oft der Gefahr ausgesetzt war, von anderen angesteckt zu werden."

Esther antwortete auf diese leichtsinnigen Worte nur mit einem traurigen „Bitte, Helene, sprich nicht so leichtfertig!"

Einen Augenblick sah Helene der Schwester forschend ins

Auge; als sie aber deren bleiches, bekümmertes Gesicht und deren zuckende Lippen gewahrte, wurde sie plötzlich ernst und sagte ungewöhnlich sanft: „Esther, ich glaube wirklich nicht, daß du dich nur gut stellst; im Gegenteil, ich weiß, daß es dir ein heiliger Ernst ist; aber meiner Ansicht nach bist du in der letzten Zeit so viel mit Krankheit, Kummer und Tod in Berührung gekommen, daß deine Nerven darunter gelitten haben. Es wäre ja ein Wunder, wenn es nicht so wäre – doch, glaube mir, du wirst es bald überwunden haben und dann wieder die alte sein."

„O nein", sagte Esther bewegt, „das möge der Herr verhüten! Ich bitte ihn alle Tage, daß er mich bewahren möge, nicht wieder die alte zu werden, wenigstens nicht in dem Sinne, wie du es meinst."

„Paß auf, ob ich nicht recht habe!" antwortete Helene in ihrer gewohnten schelmischen Weise. „Nach und nach wird wieder manches die Quere gehen – das Feuer brennt nicht, und infolgedessen will das Wasser nicht zum Sieden kommen – oder die Milchkanne wird umgestoßen – kurz, mit der Zeit passieren allerlei Unannehmlichkeiten, wie dies ja kaum zu vermeiden ist; dann wird es dir mit einemmal zumute sein, als müßtest du aus der Haut fahren, allen Versammlungen und Predigten zum Trotz!"

Esther seufzte tief. Wiederum die alte Schwierigkeit – was einmal geschehen war, ließ sich nicht ungeschehen machen. Das Unkraut, das sie in der langen Reihe von Jahren sorglos gesät hatte, hatte tiefe Wurzeln geschlagen und war nicht so leicht auszurotten. Nach einem Weilchen sagte sie jedoch: „Helene, beantworte mir nur eine Frage: Was denkst du über Doktor Douglaß?" Eine Wolke zog über Helenes gewöhnlich so fröhliches Gesicht. „Laß mich mit Doktor Douglaß in Ruhe!" sagte sie beinahe heftig und verließ das Zimmer.

Helene war nämlich empört über ihren früheren Freund und Berater. Sie konnte sich dessen Benehmen nicht anders erklären, als indem sie sich sagte, er sei nun selbst zum Heuchler geworden. Wie konnte man sich darüber wundern, wenn man bedachte, daß Helene keine persönliche Erfahrung noch Kenntnis von der Macht des Geistes Gottes über eine Menschenseele hatte? Natürlich wußte sie demnach auch nicht, wie eine solche Verwandlung so rasch vor sich gehen konnte. Für sie bestand die einzige Lösung des Rätsels darin, daß sie glaubte, Doktor Douglaß habe einen falschen Schein angenommen, um irgendeinen Zweck zu erreichen, den nur er kannte.

Als Helene im Laufe des Tages, zum Ausgehen bereit, auf der Veranda stand, trat Doktor Douglaß unerwartet auf sie zu und sagte: „Fräulein Helene, darf ich ein paar Worte mit Ihnen sprechen?“

„Ich bin ganz Ohr, fangen Sie nur an!“ erwiderte das junge Mädchen mit gefalteten Händen und angenommenem Ernst.

„Ich möchte Herrn Doktor van Anden in Ihren Augen Gerechtigkeit widerfahren lassen, leider nur allzu spät. Ich habe ihn falsch beurteilt, ihm Unrecht getan, Sie vielleicht gegen ihn eingenommen und möchte nun meine Worte zurücknehmen.“

„Es gibt Dinge, die sich nicht so leicht wieder gutmachen lassen“, erwiderte Helene mit großer Würde. „Allerdings haben Sie Ihr möglichstes getan, um mich nicht nur gegen Doktor van Anden einzunehmen, sondern gegen alle, die seine Ansichten teilen, und Sie können sich gratulieren; denn es ist Ihnen vortrefflich gelungen.“

Ein Zug tiefen Schmerzes flog über das Gesicht des jungen Mannes, als er sagte: „Ich weiß, daß Sie recht haben; ich bin blind und töricht, ja, recht gottlos gewesen und will mein Benehmen durchaus nicht beschönigen. Aber wenn Sie wüßten, wie bitter ich es bereut, wie gern ich es wieder gutmachen möchte!"

Helenes einzige Antwort war: „Wie gut Sie doch schauspielern können, Doktor Douglaß! Denken Sie nicht auch, daß Sie Ihren Beruf verfehlt haben?"

„Ich weiß wohl, was Sie von mir denken." Doktor Douglaß sagte dies mit zitternden Lippen und einer so demütigen Stimme, wie sie ihn dessen nie für fähig gehalten hätte. „Sie glauben, ich spiele eine gewisse Rolle, um irgendeinen Zweck zu erreichen. Was könnte mich wohl dazu bestimmen? Ich kann mir wirklich nicht denken, welchen Beweggrund Sie mir unterschieben, Fräulein Helene. Wie dem übrigens sein mag, ich gebe Ihnen die heilige Versicherung, wenn ich je aufrichtig gewesen bin, so bin ich es jetzt."

„Leider steht ein recht unangenehmes ‚Wenn' dazwischen, Herr Doktor. Das ist es ja eben, daß ich sehr zweifle, ob Sie es je mit irgendeiner Sache aufrichtig meinten. Vergessen Sie nicht, daß ich eine sehr geringe Meinung von der Welt habe."

Der Doktor bemerkte nicht, daß ihm Helene seine Lieblingsrede nachsagte, sondern antwortete mit einem Anflug seiner gewohnten Würde: „Ich gebe zu, Fräulein Helene, daß ich diese Behandlung von Ihnen verdient habe, obwohl ich mich nicht erinnern kann, Ihnen je etwas gesagt zu haben, was ich nicht wirklich meinte. Aber ich bin ein Tor gewesen und bekenne dies von Herzen gern – doch unter Ihren Bekannten gibt es gewiß welche, denen Sie trauen können; ich –"

Helene unterbrach ihn: „Zum Beispiel jener Schwärmer erster Klasse, der Mann, von dem Doktor Douglaß erst vor drei Tagen gesagt hatte, er sollte gerichtlich gezwungen werden, die Leute mit seiner Lehre zu verschonen. Sie wünschen vermutlich, daß ich jedes seiner Worte für bare Münze nehme."

Das Gesicht des jungen Mannes klärte sich plötzlich auf, und er sagte rasch: „Ich erinnere mich gar wohl jener Worte und weiß auch ganz genau, wie ernst mir dieselben damals waren. Ich empfand eine wahre Bitterkeit gegen den Mann, auf den sie sich bezogen, und gerade die Umwandlung, die meine Gefühle in bezug auf diesen teuren Mann Gottes erfahren haben, ist mir die sicherste Bürgschaft, daß die Sache von Gott ist. Ich bitte den Herrn, er möge mit derselben Macht zu Ihnen sprechen, mit der er zu meiner Seele gesprochen hat. O, Helene, ich habe dazu beigetragen, Sie irrezuführen; darf ich Ihnen nicht auf den rechten Weg zurückhelfen?"

„Ich bin keine Wetterfahne, Doktor Douglaß, und lasse mich nicht von jedem Wind hin und her wehen, wie es gerade paßt. Außerdem kenne ich eine Bibelstelle, von deren Dasein Sie nichts zu wissen scheinen. Sie heißt: „Was der Mensch sät, das wird er ernten." Sie haben treulich gesät, freuen Sie sich nun auch Ihrer Ernte!"

Ich weiß nicht, was die ernsten, bleichen Lippen diesem Spottgeist geantwortet hätten; denn in demselben Augenblick hielt Doktor van Anden mit den schwarzen Ponies vor dem Haus und rief hinauf: „Helene, haben Sie Lust zu einer Spazierfahrt? Ich muß nämlich fünf Meilen weit fahren!"

„Doktor van Anden", erwiderte Helene schlagfertig, „als wir beide das letzte Mal miteinander fuhren, haben wir uns gezankt!"

„Ich erinnere mich dessen gar wohl", sagte Doktor van Anden mit einer tiefen Verbeugung. „Gerade deswegen sollten Sie meine Aufforderung nicht zurückweisen, sondern uns Gelegenheit zur Versöhnung geben."

„Einverstanden!" rief das junge Mädchen fröhlich und lief die Treppe hinunter. In wenigen Minuten war der Wagen um die Ecke verschwunden.

Zuerst wandte der Doktor seine Aufmerksamkeit den feurigen Pferdchen zu und schien wenig zum Sprechen geneigt. Nach einer Weile jedoch sagte er freundlich: „So, Fräulein Helene, jetzt wäre der geeignete Augenblick zur Versöhnung gekommen."

„Wie sollen wir das anfangen?" fragte Helene ernst.

„Wer hat sich gezankt?" lautete die Gegenfrage.

„Ich verstehe recht gut, wo Sie hinaus wollen", sagte Helene. „Sie finden, daß ich auf jener denkwürdigen Spazierfahrt recht unartig und unschicklich geantwortet habe, und ich kann nicht leugnen, daß ich einige unnötige scharfe Ausdrücke gebraucht habe. Wenn Ihnen mit diesem Bekenntnis gedient ist, so nehme ich durchaus keinen Anstand, dasselbe abzulegen."

„Das ist wenigstens ein ausgezeichneter Anfang", bemerkte der Doktor. „Wir werden es nun nicht schwer finden, die Sache in Ordnung zu bringen. Was mich betrifft, so kann ich ehrlich sagen, daß ich damals in gutem Glauben sprach und auch die beste Absicht damit verband. Aber ich bin froh, sagen zu können, daß ich glaube, mit meiner damaligen Warnung allzu vorsichtig gewesen zu sein. Doktor Douglaß ist nie so wenig der Hochachtung seiner Mitmenschen würdig gewesen als ich dachte, und nichts hat mich mehr gefreut, als daß er sich neulich so entschieden auf des Herrn Seite gestellt hat. Seine Bekanntschaft gereicht mir zur besonderen Freude, nachdem er durch sein Benehmen in der Kapelle gezeigt hat, was er eigentlich ist."

Mutwilliges Lachen unterbrach diese Worte.

„Ein Schutz- und Trutzbündnis, wie mir scheint", sagte Helene im spöttischsten Ton, der ihr zu Gebote stand. „Haben Sie und Doktor Douglaß erst Probe gehalten, ehe Sie diese Vorstellung in Szene setzten? Sie haben ihn nämlich unterbrochen, als er gerade eine ähnliche Bemerkung zum besten gab und eine Lobrede auf Sie hielt."

Anstatt böse zu werden, strahlte Doktor van Anden vor Vergnügen.

„Hat er Ihnen unser Mißverständnis aufgeklärt?" fragte er eifrig. „Das wäre sehr edelmütig von ihm."

„Natürlich! Was ließe sich anderes von ihm erwarten? Er ist ja der personifizierte Edelmut – gestern ein Bösewicht – heute ein Heiliger. Ich muß gestehen, so schnelle Umwandlungen begreife ich nicht, Doktor van Anden."

„Ich weiß wohl, daß Sie das nicht verstehen", erwiderte der Doktor freundlich. „Obwohl Sie beide auf Doktor Douglaß angewandte Benennungen übertrieben haben, gibt es doch eine wunderbare Umwandlung, die nur von denen verstanden werden kann, die sie an sich selbst erfahren haben. Wollen Sie dieselbe nicht für Ihre eigene Seele suchen, Fräulein Helene?"

„Fürs erste nicht, denn ich bezweifle, daß es überhaupt ein derartiges Phänomen gibt."

Der Doktor schien weder überrascht noch entrüstet, sondern antwortete mit großer Ruhe: „O nein, in Wirklichkeit zweifeln Sie nicht daran. Stellen Sie sich nicht so unvernünftig und töricht wie gewisse Leute, die vorgeben, nicht einmal zu glauben, was klar am Tag liegt. Für uns beide ist es ganz unnötig, daß wir uns in einen Streit über diesen Gegenstand einlassen. Sie haben von sogenannten Christen verschiedene unkluge, inkonsequente Handlungen gesehen und bilden sich infolgedessen ein, daß Ihr Glaube an die Echtheit der Sache selbst Schaden gelitten habe. Dem ist aber nicht so. Sie haben einen frommen Vater gehabt, der in diesem Glauben gelebt hat und in demselben gestorben ist; und die Tatsache, daß er durch die Gnade des Heilands, dem er vertraut hat, nun im Himmel ist, bezweifeln Sie ebensowenig, wie Sie in diesem Augenblick Ihre eigene Existenz in Frage stellen."

Diese Behauptung brachte Helene zum Schweigen und stimmte sie plötzlich ernst – zwei Tatsachen, die bei ihr nur selten vorkamen. Doktor van Anden war der einzige, der dies zustande bringen konnte, und diesmal wußte sie auch im Grunde ihres Herzens, daß er recht hatte – daß ihr geliebter Vater reichlich mit seinem ganzen Leben von der Echtheit seines Glaubens Zeugnis abgelegt hatte. Ja, es war, wie der Doktor sagte; sie zweifelte ebensowenig daran, daß er in diesem Augenblick mit den Erlösten im Himmel schauen durfte, was auf Erden der Gegenstand seines ganzen Hoffens und Sehnens gewesen war, als sie zweifelte, daß die Sonne ihre Strahlen auf sie senkte – er sprach noch zu ihr, obwohl er längst gestorben war. Ihr eigenes Urteil hatte ihr in der letzten Zeit gesagt, daß auch Doktor van Andens Leben wohl vertragen konnte, genau beobachtet zu werden – daß er ein ernstes Leben der Selbstverleugnung führte und selbst alles genau prüfte. Während sie also bequem im Wagen zurückgelehnt saß und tat, als ob sie an nichts Anteil nehme, nahm sie die feste Überzeugung in sich auf: was auch das Leben der meisten sogenannten Christen sein mochte – so viel war gewiß – ihr eigener teurer Vater war im Himmel, und auch auf Erden kannte sie selbst wenigstens einige, die sich auf den Weg gemacht hatten und der ewigen Heimat entgegeneilten. Helene stand an einem Abgrund, aber ihre eigene Vernunft und das Andenken an ihren längst verstorbenen Vater hielten sie davon ab, in die furchtbare Kluft des Unglaubens hinunterzustürzen.

„Selig sind die Toten, die in dem Herrn sterben von nun an; ja, der Geist spricht, daß sie ruhen von ihrer Arbeit, und ihre Werke folgen ihnen nach."

Übrigens wollte Helene durchaus nicht zugeben, daß sie Doktor van Anden etwa für überwunden halten könnte, oder am Ende gar sich einbildete, er hätte sie zum Schweigen gebracht; lieber wollte sie aufs äußerste mit dem Mann streiten, als so etwas eingestehen. Er hatte so energisch die Sache seines Kollegen vertreten, so sollte er nur weiter für ihn kämpfen. Nichts konnte die Wirkung unangenehmer, persönlicher Fragen so leicht vernichten oder wenigstens abstumpfen wie ein scharfes Wortgefecht – also brach sie in plötzliche Entrüstung aus und rief: „Ich halte Doktor Douglaß für einen Heuchler!"

„Was wollen Sie eigentlich damit sagen?" erwiderte Doktor van Anden mit größter Seelenruhe.

Die Frage war schwer zu beantworten, und da Helene schwieg, fuhr ihr Begleiter fort: „Herr Schmidt ist ein Trunkenbold, deshalb will ich ein Dieb werden. Ist das logisch gedacht, Fräulein Ried?"

„Ich sehe durchaus nicht, wo Sie hinaus wollen."

„Wirklich nicht? Mir macht es den Eindruck, als wollten Sie ein wenig Versteck spielen, das heißt, hinter der vermeintlichen Sünde eines anderen Schutz suchen mit dieser Anspielung auf Doktor Douglaß. Wollen Sie den Grund Ihres Unglaubens in dem unchristlichen Verhalten der sogenannten Christen suchen? Ist das eine gesunde Logik, Helene? Wenn Ihre Nachbarin in der Schule in ein Buch schaut, damit zur Heuchlerin wird und sich selbst bloßstellt, erklären Sie daraufhin sofort, daß Sie nicht weiter studieren wollen? Sehen Sie, es ist Mode heutzutage, daß die Leute, wenn sie von Religion sprechen, die Fehler und Schwächen anderer ans Licht ziehen und daraus einen Mantel zur Bedekkung ihrer eigenen Sünden machen. Jedenfalls ist dies aber eine sehr törichte Handlungsweise, und Sie können die Beobachtung machen, daß dieselbe bei der Behandlung keiner anderen Frage zur Anwendung kommt."

Helene sah ein, daß sie vernünftig reden müßte, wenn sie überhaupt mit diesem Mann sprechen wollte. Also faßte sie schnell den Entschluß, wenigstens diesmal zu sagen, was sie dachte. Sie blickte ihm daher ernst und forschend ins Auge und sagte dann: „Zuweilen denke ich über diese Dinge nach, Doktor, und obwohl mir vieles Schwindel zu sein scheint, muß ich doch zugeben, daß es gewisse Leute aufrichtig und ehrlich meinen, und daß es einen richtigen Weg gibt. In den letzten Wochen fühlte ich mich mehr als einmal versucht, selbst zu erforschen, worin das Geheimnis der Kraft liegt – aber gewisse Bedenken, die Sie gewiß für töricht erklären würden, haben mich davon abgehalten."

„Möchten Sie mir eines oder das andere dieser Bedenken nennen?" fragte Doktor van Anden.

Sobald Helene anfing, ehrlich zu sprechen, verlor des Doktors Stimme den halb kalten, halb gleichgültigen Ton, den sie sonst anzunehmen pflegte, und drückte lebhafte, warme Teilnahme aus.

„Warum nicht?" antwortete Helene zögernd. „Ich weiß zwar nicht, ob es nötig ist, denn Sie werden mich wahrscheinlich doch nicht verstehen. Wenn ich z. B. eine Christin würde, müßte ich eines meiner Lieblingsvergnügen aufgeben – etwas, was mir beinahe zur Leidenschaft geworden ist – ich meine das Tanzen – und dazu bin ich durchaus nicht bereit."

„Warum müßten Sie es aufgeben, wenn Sie eine Christin würden?"

Helene blickte ihn prüfend an. „Glauben Sie nicht, daß ich dies tun müßte?" fragte sie nach einer kurzen Pause.

„Ich habe nicht gesagt, was ich über diesen Gegenstand denke; aber ich bin überzeugt, dies ist nicht die Frage, die Sie zunächst zu entscheiden haben; kommen Sie zuerst über die wichtigste Frage – Ihre persönliche Annahme des Heilandes – ins reine, dann ist es immer noch Zeit, sich über die andere zu entscheiden – entweder für oder gegen dieselbe, wie Ihnen Ihr Gewissen dann sagen mag."

„Aber das ist es eben", erwiderte Helene sehr bestimmt, „das weiß ich heute schon, was mein Gewissen dazu sagen wird, und ich bin durchaus nicht gesonnen, darauf einzugehen."

„Ist denn Tanzen nicht ein völlig unschuldiges Vergnügen?" fragte der Doktor.

„Für mich wohl, aber nicht für eine Christin."

„Hat die Bibel für Sie andere Gebote gegeben als für die sogenannten Frommen?"

„Ich glaube ja; für jene gilt das Wort: ‚Stellet euch nicht dieser Welt gleich'."

„Das ist richtig; sagt aber die Bibel andererseits zu denen, die noch der Welt angehören: ‚Ihr habt das Recht, zu tun, was euch beliebt – dieses Gebot geht euch nichts an und gilt nur den Christen'."

„Doktor van Anden", antwortete Helene mit einer gewissen Würde, „finden Sie nicht auch, daß ein Unterschied sein sollte zwischen Christen und Leuten, die noch der Welt angehören?"

„Ohne Zweifel. Lassen Sie mich aber eine andere Frage stellen. Sollte nicht jeder Mensch ein Christ sein?"

Helene schwieg ziemlich entrüstet. Nach einer Weile sagte sie mit einem Anflug von Stolz: „Ich glaube, Sie verstehen recht gut, was ich meine, wenn Sie dies auch um keinen Preis zugeben möchten. Wahrscheinlich liegt mir der Gegenstand nicht sehr am Herzen, sonst würde ich nicht eine so kleinliche Entschuldigung vorschieben – aber ehrlich gesprochen, dies ist meine Gemütsverfassung. Wenn ich überhaupt über die Sache nachdenke, kommt sofort diese Frage in Betracht. Es wäre sehr töricht von mir, über diese Frage zu streiten, denn ich kenne keinerlei Argumente, die dagegen sprächen – und offen gestanden liegt mir auch nichts daran, sie kennenzulernen. Ich weiß nur soviel, daß es einen sonderbaren Anstrich hat, wenn Leute, die Christen sein wollen, derartigen Vergnügungen huldigen, und daß selbst Weltleute lächeln, wenn sie einen der sogenannten Frommen tanzen sehen. Ob es wirklich unziemlich ist, wenn ein Christ tanzt, oder nur ein Vorurteil unsererseits, habe ich mir bis jetzt nicht die Mühe gegeben herauszufinden, im Grunde würde es auch keinen wesentlichen Unterschied machen, es genügt mir, zu wissen, daß dies der Fall ist – jedenfalls bin ich fest überzeugt, daß ich nicht mehr mit gutem Gewissen tanzen könnte, wenn ich eine offene Bekennerin jener Religion wäre, deren größter Apostel sagt, er wolle kein Fleisch essen, wenn sich sein Bruder daran ärgerte. Da ich aber dieser Klasse Menschen nicht angehöre und keinen derartigen Einfluß ausübe, kann ich kein Unrecht an meinem Lieblingsvergnügen finden und will es darum auch nicht aufgeben. Das ist es, was ich meine, wenn ich sage, Tanzen sei ein unschuldiges Vergnügen für mich, aber nicht für Leute, die sich Christen nennen."

Doktor van Anden machte keinerlei Einwendung auf diese lange Auseinandersetzung von Helenes Ansichten; er schien der Sache überdrüssig zu sein und lehnte sich behaglich in den Wagen zurück. Plötzlich jedoch ergriff er Helenes Hand, die müßig in ihrem Schoß lag, und sagte in seiner ruhigen Weise: „Helene, darf ich wohl meinen Arm um Sie legen?"

Augenblicklich stieg Helene das Blut ins Gesicht; zornig zog sie die Hand zurück und richtete sich stolz in die Höhe, während sie mit eisigem Ton sagte: „Doktor van Anden, was fällt Ihnen ein?"

„Ganz, was ich von Ihnen erwartet habe", erwiderte der Arzt gelassen und sah seine Gefährtin mit einem Blick vollkommenster Befriedigung an. „Und doch, Helene, verzeihen Sie, daß ich so schwer von Begriff bin – aber ich kann wirklich nicht einsehen, warum ich, der ich nun schon sechzehn Jahre lang Ihr Freund bin, nicht dieselben Rechte genießen sollte wie Friedrich Fenmore, der Ihnen erst vorige Woche vorgestellt worden ist, und mit dem Sie fünfmal getanzt haben, wie ich Sie selbst sagen hörte."

Helene sah verwirrt und betroffen drein, mußte jedoch schließlich lachen. Sie mochte wohl einsehen, daß ihr unter den obwaltenden Verhältnissen nichts anderes übrig blieb.

„Das ist der Punkt, den ich nicht recht begreifen kann", fuhr der Doktor in freundlich-ernstem Ton fort. „Ich verstehe nicht, wie sich junge Damen unter gewissen Umständen und oft von verhältnismäßig fremden Leuten Aufmerksamkeiten gefallen lassen können, die sie andererseits mit gehöriger Entrüstung zurückweisen. Wollen Sie nicht ein wenig über diese scheinbare Inkonsequenz nachdenken, Helene? Das ist der einzige Vorschlag, den ich mir im gegenwärtigen Fall zu machen erlaube. Wenn Sie die andere wichtigste Frage entschieden haben, wird Ihnen diese Sache gewiß auch in einem anderen Licht erscheinen. – Doch hier ist das Haus, in dem ich einen Patienten zu besuchen habe. Wollen

Sie mir den Gefallen tun und die Zügel halten, bis ich wieder herauskomme, Fräulein Helene?“

26. Kämpfe und deren Folgen

Die Herbsttage verliefen nicht gleichmäßig schön und sonnig. Eines Morgens regnete es – kein sanfter warmer Regen, sondern ein recht heftiger, stürmischer, der selbst in die kleinsten Fensterspalten drang und jedem zornig ins Gesicht schlug, der es wagte, die Tür aufzumachen. Es war einer jener Tage, an dem kein Feuer brennen wollte, sondern allen Bemühungen zum Trotz immer wieder ausging. – Die Wolken hingen schwer und drohend am Himmelsgewölbe – kurz, ein allgemein unfreundlicher Zustand machte sich geltend.

Auch Esther schien darunter zu leiden; heftiges Zahnweh hatte sie die ganze Nacht wach gehalten und wollte sich noch immer nicht beruhigen, besonders wenn das kleinste Zuglüftchen an den bösen Zahn kam. Die seligen Lebensanschauungen, die in den letzten Wochen Esthers Tun und Lassen beeinflußt hatten, schienen plötzlich von ihr gewichen. Mit einem Wort – der Körper hatte die Oberhand über die Seele gewonnen, wie dies so häufig der Fall ist – und es war, als sei es mit einemmal aus mit allem Hoffen und Streben. In der Küche war es recht unbehaglich. Margarete klagte über Halsschmerzen, und die teilnehmende Herrin hatte ihr geraten, wieder ins Bett zu gehen und sich warm zu halten. Die Mutter hatte auch Esther zu überreden gesucht, ein Gleiches zu tun; diese aber wollte sich durchaus nicht dazu verstehen, da trotz Zahnwehs und Überreizung der Nerven die vierundzwanzig Hausbewohner wie gewöhnlich ihr Mittagessen zur rechten Zeit beanspruchten. Schließlich ging ihr aber doch die Geduld aus, und sie arbeitete mit einem recht griesgrämigen, verdrießlichen Gesicht.

Julie war zur Hilfe angestellt worden und kernte die Rosinen aus oder aß dieselben – welches von beiden, ließ sich nicht leicht bestimmen. Soviel war indes gewiß: ihr endloses Fragen und sonstiges ruheloses Wesen griff Esthers reizbare Nerven mehr an als alle Arbeit zusammengenommen – und doch ertrug sie dieselben mit möglichster Geduld, ohne eine einzige ihrer vielen Pflichten dabei zu vernachlässigen. Alfred kam pfeifend herein und hielt die Küchentür offen, während er sprach. Natürlich entstand ein furchtbarer Zug, der Esthers Zahnweh bedeutend verschlimmerte.

„Mutter, ich sehe keinen ... Wo ist denn die Mutter?" fragte der Knabe ungestüm und erhielt statt einer Antwort den Befehl: „Mach die Türe zu!"

„Aber ich muß mit der Mutter sprechen. Ich brauche sie notwendig", sagte Alfred. „Esther, willst du mir so ein Küchlein geben?"

„Nein!" rief Esther sehr energisch. „Hast du nicht gehört, daß ich dir gesagt habe, du sollst die Türe zumachen?"

„Beiß mich nur nicht!" Mit diesen Worten schielte Alfred neugierig nach der Schwester hinüber, während die Türe mit einem lauten Schlag ins Schloß fiel. „Mutter, hör' doch, Mutter", fuhr er fort, als diese in demselben Augenblick aus der Speisekammer kam, „ich kann den Hammer nirgends finden. Darf ich eins von den Küchlein haben, die Esther gebakken hat? Ich bin schrecklich hungrig."

„Meinetwegen, wenn der Hunger wirklich so schlimm ist", antwortete die nachgiebige Mutter. „Aber versuche noch einmal, ob du den Hammer wirklich nicht finden kannst! Gib dir nur ein wenig Mühe!"

Mit einem triumphierenden Blick auf Esther und einem recht liebevollen auf die Mutter bemächtigte sich Alfred besagten Küchleins und verschwand, schlug aber beim Hinausgehen nochmals die Tür zu.

Dieser kleine Auftritt diente nicht dazu, Esther zu beruhigen; verdrießlich rollte sie ihren Teig aus; es war ihr zumute, als ob ihr ein persönliches Unrecht geschehen wäre, und schließlich gab sie ihren Gefühlen Ausdruck, indem sie mürrisch sagte: „Julie, nun darfst du nicht eine einzige Rosine mehr essen; die Hälfte hast du ohnehin schon genascht!"

Julie machte ein beleidigtes Gesicht und erwiderte in gekränktem Ton: „Wenn ich für Mutter Rosinen auskerne, darf ich immer welche essen", von welcher Behauptung Esther keine weitere Notiz nahm, als daß sie dem Kind zurief: „Tu die Ellbogen vom Tisch!"

Ein paar Minuten lang herrschte dann Schweigen und erneuter Fleiß. Julie hatte indes bald ihre gute Laune wiedererlangt und fragte: „Esther, warum stichst du kleine Löcher in die Biskuits?"

„Damit sie besser aufgehen."

„Geht alles besser auf, wenn man kleine Löcher hineinsticht? Wie kommt das?"

Es waren dies natürlich unschuldige Fragen, die Esther leicht hätte beantworten können, aber – wie gesagt – das Zahnweh machte sie reizbar, und sie sagte ungeduldig: „Julie, du könntest einen wirklich verrückt machen mit dem ewigen Gefrage. Wenn du nicht sogleich still bist, schicke ich dich allen Ernstes hinaus!"

Nachdem die Kleine ihr wissenschaftliches Forschen so im Keim erstickt sah, kehrte sie zum Schweigen und zu den Rosinen zurück, bis Esther anfing, das Eiweiß zu Schnee zu schlagen und dadurch ihre Wißbegierigkeit aufs neue erregte. Sie beugte sich vor und fragte: „Bitte, Esther, sage mir doch, warum das Eiweiß schäumt und beinahe so steif wird wie die Seifenblasen, die wir zuweilen machen?"

Unvorsichtigerweise legte sie dabei den Ellbogen gerade

ins Eigelb. Man bedenke nun Esthers Zahnweh und ihre sonstige Gemütsverfassung – kurz, das Mißgeschick endete mit einer ziemlich derben Ohrfeige für Julie, worauf letztere weinend hinaufgeschickt wurde.

Helene blickte mit mutwilligem Lächeln zu Esther auf und sagte mit bedächtigem Kopfschütteln: „Du hast dein Versprechen nicht gehalten, Esther, und hast mir keine Ruhe gelassen mit den Versammlungen – also brauche ich das meinige auch nicht zu halten und erkläre hiermit feierlichst, daß ich den lang anhaltenden Anfall endlich für beseitigt erachte."

„Helene, schämst du dich nicht?" ließ sich hierauf Frau Rieds tadelnde Stimme vernehmen; dann fügte sie freundlich hinzu: „Esther, mein armes Kind, binde doch etwas Warmes um und lege dich ein Weilchen ins Bett! Du hast dich zu sehr angestrengt, und ich bin überzeugt, dein Zahnweh ist dadurch nur schlimmer geworden."

Die arme Esther! Es war allerdings ein schwerer Tag für sie gewesen. Als sich später ihre Nerven beruhigt hatten, blickte sie mit Scham und Schmerz darauf zurück. Wie wenig waren doch ihre guten Vorsätze, war all ihr Mühen und Ringen wert! Wieviel schien sie an dem einen Tage zurückgegangen zu sein – sie hatte nicht einmal Kraft genug, die kleinen Widerwärtigkeiten des Lebens zu ertragen. Und wie hatte sie durch ihr mürrisches Benehmen, durch ein paar ungeduldige Worte den kaum gewonnenen Einfluß auf Alfred und Julie so bald verloren! Wie hatte sie Helene dadurch Anlaß gegeben, allen Ernstes zu glauben, ihre bisherigen Versuche, dem Heiland zu dienen, seien schließlich doch nur Einbildung gewesen oder schnell wieder verflogen. Esther war aber seitdem in ihrer Kammer gewesen und hatte den Herrn um Hilfe und um Verzeihung gebeten – zu seinen Füßen hatte sie auch erkannt, was sie noch zu tun hatte – und daß es nicht genügte, wenn sie über ihre Fehler weinte. Es wollte ihr dies aber recht schwer werden. Esther war von Natur hochmütig und fand es demnach recht hart, ihr Unrecht einzugestehen. Anfangs schrak sie davor zurück – dann aber schämte sie sich ihrer Feigheit, und ohne sich Zeit zu lassen, wieder in ihrem Entschluß wankend zu werden, rief sie die Zwillinge herbei, die gemütlich im Eßzimmer saßen und plauderten, und sagte freundlich zu ihnen: „Kinder, wollt ihr einen Augenblick zu mir kommen?"

Seit dem unangenehmen Auftritt in der Frühe waren die kleinen Geschwister Esther aus dem Weg gegangen und hatten auch gerade jetzt in wenig schmeichelhafter Weise von der brummigen Schwester gesprochen. Dennoch folgten sie ihrem Ruf.

Als sie in die Speisekammer traten, blickte Esther auf und sagte mit leiser, sanfter Stimme, während sie fortfuhr, Brot zu schneiden: „Kinder, ich wollte euch nur sagen, wie leid es mir tut, daß ich heute früh so ungeduldig mit euch gewesen bin. Es war sehr unrecht von mir. Ich hatte so sehr gehofft, den Herrn Jesus nicht mehr zu betrüben, und nun habe ich es doch getan; nicht wahr, ihr verzeiht mir?"

Alfred schien aufs höchste verblüfft. So hatte er Esther noch nie gesehen, und er wußte nicht, was er sagen sollte. Verlegen rutschte er mit den Füßen auf dem Boden, stellte ein Bein aufs andere und stammelte endlich: „Wenn ich gewußt hätte, daß dir die Zähne weh taten, hätte ich die Türe nicht so wild zugeschlagen. Die Mutter hat es mir erst später gesagt." Es war etwas Neues für Alfred, ein Unrecht einzugestehen.

„Und es war recht unartig und unachtsam von mir, daß ich immer wieder den Ellbogen auf den Tisch gelegt habe, nachdem du es mir doch so oft verboten hattest", fiel Julie rasch ein; „es tut mir auch sehr leid, daß ich dir soviel Mühe gemacht habe."

„Wißt ihr was, Kinder", sagte Esther, „wir wollen uns gegenseitig vergeben und wieder von vorn anfangen. Wir wollen dem lieben Heiland Freude machen. Wie würde es mich freuen, wenn ihr meinen Heiland auch lieb gewönnt, solange ihr jung seid!"

In diesem Augenblick rief Frau Ried die Zwillinge, und Esther ließ sie fortgehen, nachdem sie jedem noch einen Kuß gegeben hatte. In der kleinen Kammer nebenan ließ sich gleich darauf ein leises Geräusch vernehmen – und Helene, die niemand in der Nähe vermutet hatte, kam mit bedenklich roten Augen und mit lachendem Gesicht zum Vorschein. „Esther", sagte sie und näherte sich der Schwester, „wahrhaftig, ich fürchte, du wirst noch gerade eine Heilige, während ich eine arme Sünderin bin und bleibe. Hab' mich am Ende doch geirrt mit der Behauptung, daß nur ein Anfall über dich gekommen war – es hatte wenigstens allen Anschein, als arte das Übel in eine chronische Krankheit aus."

Während die Glocke zum Abendgebet läutete, stand Esther unter der Haustür und blickte verzweifelt die schmutzigen Straßen entlang und dann zum wolkenbedeckten Himmel. Gerade heute fühlte sie ein dringendes Bedürfnis nach der Hilfe, die ihrer im Hause Gottes wartete, und doch ... Julie legte zutraulich die Hand in die ihrige und sagte schüchtern: „Wir haben miteinander über das gesprochen, was du uns heute gesagt hast – Alfred und ich. Überhaupt haben wir in der letzten Zeit oft miteinander überlegt, wie wir es machen sollen, um recht gut zu werden, denn wir möchten es auch versuchen wie du."

Ehe Esther anders als mit einem warmen Druck der kleinen Hand antworten konnte, kam Doktor Douglaß auf sie zu. Sein Wagen hielt vor der Türe. „Fräulein Esther", sagte er zögernd, „ich fahre heute in die Kirche, weil ich nach dem Gottesdienst noch einen Besuch zu machen habe. Darf ich Sie auffordern, einzusteigen? Es ist so naß zum Gehen."

Esthers ernste Züge heiterten sich auf. „Herzlich gern", sagte sie rasch. „Soeben habe ich überlegt, ob es vernünftig wäre, bei solch feuchtem Wetter auszugehen, nachdem ich den ganzen Tag Zahnweh gehabt habe."

Alfred und Julie saßen in der Kirche unmittelbar vor der Schwester, und Esther beobachtete sie mit betendem, aber zugleich traurigem Herzen. Was hatte sie für ein Recht, zu erwarten, daß ihr Flehen für diese Kinder Erhörung fände, wenn ihr Leben immer wieder einen nachteiligen Einfluß ausübte? Und doch, war das Blut Christi nicht mächtiger als alle bösen Einflüsse, und durfte sie sich nicht in Seine Gerechtigkeit hüllen? Vertrauensvoll und demütig neigte sie also den Kopf zu erneuter, inbrünstiger Fürbitte für die beiden Kinderseelen, die ihr so sehr am Herzen lagen.

27. Ruhezeit

Die Zeit verging schnell in rastloser Tätigkeit. Mit der ersten Januarwoche nahmen die täglichen Versammlungen, die so vielen zum bleibenden Segen geworden waren, ein Ende.

Das neue Jahr begann recht freudig für Esther; es war vieles anders geworden. Auch zwischen ihr und ihrer Mutter war das Verhältnis ein anderes, seit eine jede von ihnen gemerkt hatte, daß sie demselben Ziel entgegengingen und daß es herrliche Ruheplätze auf dem Wege gab.

Esther selbst nahm zu an Gnade bei Gott und den Menschen. Kleine Widerwärtigkeiten, die sie entschlossen auf sich nahm, wurden mit jedem Tag leichter, ja, hörten allmählich auf, ihr ein Kreuz zu sein – manche wurden ihr sogar zur Lust und Freude. Es gab viele Dinge, die Sonnenstrahlen auf ihren Pfad warfen – nur ein Kummer lag ihr schwer auf der Seele. Helene ging noch immer fröhlich auf der breiten Straße dem Verderben zu. Hatte sie je einmal abends einen ernsteren Gedanken, so schwand er gewiß mit den ersten Strahlen der aufgehenden Sonne, und Esther sah mit jedem Tag mehr, wieviel Unkraut der Feind gesät hatte, während sie schlief. Manchmal war es ihr, als könne sie die schwere Last nicht länger tragen – dann aber nahm sie ihre Zuflucht zu immer ernsterer Fürbitte.

Um diese Zeit machte sich eine ganz neue Empfindung bei ihr geltend. Sie war nicht gerade krank, aber auch nicht wohl. Zu ihrem großen Erstaunen nahm sie allmählich die Gewohnheit an, auf einer Stufe auszuruhen, nachdem sie den ersten Treppenabsatz erreicht hatte, und zuweilen ertappte sie sich dabei, daß sie plötzlich beim Abstauben oder bei irgendeiner anderen Arbeit innehalten und die Hand auf ihr laut klopfendes Herz legen mußte. Dennoch lachte sie über das besorgte Gesicht ihrer Mutter und erklärte, sie fühle sich ganz wohl – höchstens ein wenig müde.

Mittlerweile gingen ihr allerlei Pläne zur Förderung des Reiches Gottes im Kopf herum. Sie erkannte ja wohl, daß ihre Mission zunächst im Haus – in ihrer eigenen Familie – lag. Ihre Mutter bedurfte notwendig ihrer Hilfe, das war ihr mit der Zeit klargeworden. Mit rastlosem Eifer und großer Pflichttreue machte sie sich an das Werk, das ihr am nächsten lag, aber doch sehnte sich ihr liebeerfülltes Herz nach mehr. Sie mußte auch etwas außerhalb des engeren Kreises zu Hause für ihren Herrn und Meister tun. Eines Abends erreichte ihre Begeisterung den Höhepunkt, genährt durch einen Plan, der in der Stadt angeregt worden war. Später erinnerte sie sich sehr wohl jeder kleinen Einzelheit, die mit jenem Abend in Verbindung stand – wie gemütlich das kleine Wohnzimmer aussah, in dem sie zur Zeit Alleinherrscherin war – wie hell die Kohlen im offenen Kamin brannten – wie sich das Feuer in den glänzenden Metallknöpfen des Ofenschirmes spiegelte. Auch wußte sie noch genau, wie sie aufstand und Doktor van Anden entgegenging, als sie dessen Schritte auf der Treppe hörte. Soeben hatte sie an Agnes geschrieben und ihr hoffnungsvoll von den herrlichen Plänen erzählt, die gewiß auch der Cousine lebhafte Teilnahme erregen würden. „Ich kann jetzt gar nicht begreifen, wie ich jemals denken konnte, es gäbe auf der Welt nichts, was des Lebens wert sei", hatte sie geschrieben. „Im Gegenteil, letzteres dürfte noch einmal so lang sein, so viel habe ich zu tun. Dieser neue Plan erfüllt mein Herz mit immer neuem Entzücken, und ich kann es kaum erwarten, bis ich mich ans Werk machen darf –." Soweit war sie gekommen, als sie den Schritt auf der Treppe hörte und begierig aufsprang, um ein paar Worte mit Doktor van Anden zu sprechen, ehe dieser fortging. „Sind Sie in großer Eile, Herr Doktor?" fragte sie. „Haben Sie nicht noch fünf Minuten Zeit für mich?"

„Zehn, wenn Sie wollen", antwortete er freundlich und trat ins Zimmer.

In ihrem Eifer bot ihm Esther nicht einmal einen Sitz an, sondern kam gleich mit ihrem Anliegen heraus. „Sind Sie nicht Vorsitzender von dem Komitee zur Anwerbung von Lehrkräften für die Abendschule, die gegründet werden soll?"

„Ja, das bin ich."

„Brauchen Sie keine weitere Hilfe?"

„Allerdings, für eine Arbeit, die so großer Selbstverleugnung bedarf, finden sich nicht leicht die passenden Kräfte."

„Möchten Sie mich nicht zur Mithilfe vorschlagen, Herr Doktor? Es wäre mir eine große Freude, mich an dieser Arbeit beteiligen zu dürfen."

Anstatt der lebhaften Dankesworte, die Esther wohl erwartet haben mochte, schüttelte Doktor van Anden ernst und traurig den Kopf und sagte leise: „Ich glaube kaum, daß dies möglich wäre."

Über Esthers Züge flog ein Ausdruck tiefen Schmerzes. „Es schadet nichts", sagte sie endlich mit großer Anstrengung. „Natürlich verstehe ich nicht viel vom Unterrichten und könnte deshalb wenig nützen – aber ich dachte: Wenn es an den nötigen Kräften fehlt, möchte ... doch es tut nichts. Wir wollen den Gegenstand fallen lassen."

„Das ist es nicht", fiel hier der Doktor ein, und sein Gesicht wurde noch trauriger als vorher. „Seien Sie überzeugt, Ihre Hilfe wäre uns von großem Wert, aber ..." er brach ab und ging eine Weile schweigend im Zimmer auf und ab. Plötzlich blieb er vor Esther stehen und sagte verlegen: „Ich weiß nicht, wie ich es Ihnen klarmachen soll."

„Sie brauchen mir gar nichts klarzumachen, Herr Doktor", erwiderte Esther. „Ich bin kein Kind mehr, dem man die Wahrheit in Zucker einwickeln muß. Wenn man meiner Hilfe nicht bedarf, so genügt es vollkommen, dies zu sagen."

„Im Gegenteil, wir bedürften derselben sehr notwendig, Fräulein Esther – nur ist leider Ihre Gesundheit zu zart für diese Arbeit."

Esther lachte. „Welch sonderbarer Einfall!" rief sie aus. „In einer Woche bin ich gesund wie immer. Wenn das alles ist, können Sie mich getrost unter die Zahl der Helfenden aufnehmen."

Der Doktor lächelte ein wenig und fragte dann: „Haben Sie noch nie daran gedacht, weshalb zuweilen eine so große Müdigkeit über Sie kommt, und warum dann Ihr Herz so heftig klopft, Fräulein Esther?"

Esther wurde bleich, fragte aber ziemlich ruhig: „Woher wissen Sie, daß ich dies empfinde?"

„Ich bin Arzt, Fräulein Esther. Halten Sie für richtig, wenn man einen Freund oder eine Freundin in Unkenntnis läßt über das, was ihm bevorsteht, nur um ihm augenblicklichen Schmerz zu ersparen?"

„Doktor van Anden, Sie denken doch nicht – Sie halten mich doch nicht – sagen Sie mir deutlich, was Sie meinen."

Aber des Doktors Antwort war ein ernstes, absolutes Schweigen. Vielleicht gab ihr gerade dieses Schweigen die gewünschte Antwort – vielleicht sagte ihr ihr eigenes Herz die Wahrheit; denn ihr Gesicht wurde totenbleich. Einen Augenblick drehte sich das ganze Zimmer mit ihr im Kreis; sie strauchelte, als ob sie im nächsten Augenblick zu Boden fallen müßte – dann streckte sie die Hand aus und hielt sich an der Stuhllehne fest. Zitternd sank sie in den Armstuhl, stützte beide Ellbogen auf den Tisch und barg das Gesicht in den Händen. Später erinnerte sich Esther des sonderbaren Kreislaufes der Gedanken, die ihr damals durch den Sinn fuhren. Ihr ganzes zukünftiges Leben, wie sie es sich in seinen verschiedenen Phasen ausgedacht – die vielen Pläne, die sie gemacht hatte, was sie alles tun und sein wollte, trat ihr plötzlich vor das Angesicht. Nicht ein einziges Mal aber trat ihr dabei der Tod entgegen; an ihn hatte sie merkwürdigerweise gar nicht gedacht. War es möglich, daß er so bald kommen könnte, daß sie die muntere, lebenslustige Helene zurücklassen müßte, ohne weiter etwas für sie tun zu können? Wie in einem Bild stand plötzlich jene Fahrt nach New York vor ihrem Geistesauge. Sie befand sich im Wagen und ihr gegenüber der fremde, fromme Mann, der ihr längst kein Fremder mehr war, sondern ein treuer Freund im Himmel – ferner das alte Mütterchen mit dem nachdenklichen Gesicht, und wieder hörte sie die seltsamen Worte: „Vielleicht predigt ihm mein Sarg besser, als ich es zu tun vermag." Konnte nicht etwa auch ihr Sarg mehr für Helene tun als ihr im Leben je möglich gewesen wäre? Welch seliger Gedanke! Und Pläne? Gott hatte vielleicht andere Pläne. Was waren die ihrigen im Vergleich zu den Seinigen? Wenn er haben wollte, daß sie ihr Werk tat, indem sie sich zur Ruhe niederlegte, die dem Volke Gottes vorhanden ist – mußte ihr das nicht auch recht sein?

Ohne den Kopf aufzuheben, sagte sie nach einer kleinen Weile: „Sind Sie Ihrer Sache gewiß, Herr Doktor, und wird es bald geschehen?"

„Das läßt sich nicht so genau bestimmen, teure Freundin. Möglicherweise dürfen wir Sie noch jahrelang in unserer Mitte behalten – möglicherweise können Sie auch plötzlich abgerufen werden. Meiner Ansicht nach ist es ein ganz irrtümlicher Begriff von Freundschaft, wenn man eine erwachsene Christin wie ein Kind behandelt. Deshalb wollte ich es Ihnen auch sagen, ehe eine solche Mitteilung gefährlich werden könnte."

„Ich verstehe Sie vollkommen." Als Esther dann wieder sprach, geschah es in zögerndem Ton: „Stimmt Doktor Douglaß mit Ihnen in dieser Ansicht überein?" An Doktor van Andens Art und Weise zu antworten merkte sie, daß er sie verstanden hatte.

„Doktor Douglaß will es nicht glauben."

Hierauf entstand eine lange Pause. Der Arzt blieb in seiner vorigen Stellung, an den Kaminsims gelehnt, wandte aber den Blick nicht von der regungslosen Gestalt vor ihm. Was in dem jungen Herzen vorging, vermochte indes niemand zu erforschen als der liebevolle, treue Heiland.

Endlich stand Esther auf und trat auf den Doktor zu. Ein unbeschreiblich lieblicher Ausdruck lag in den edlen Zügen, und die Stimme klang vollkommen ruhig, als sie sagte: „Doktor van Anden, ich bin Ihnen von Herzen dankbar, daß Sie mir diesen Freundschaftsdienst geleistet haben."

Der Doktor mochte wohl fühlen, daß sie allein sein wollte. Er verneigte sich schweigend und verließ das Zimmer. Das erste, worauf Esthers Blick fiel, als sie sich wieder dem Tisch zuwandte, war der Brief, in den sie diese letzten Worte geschrieben hatte: „Das Leben dürfte noch einmal so lang sein, als es in Wirklichkeit ist – so viel gibt es zu tun." Sie nahm das Papier und warf es ins brennende Kaminfeuer. Ihre Stimmung war eine andere geworden.

Ganz allmählich, wie es bei solchen Dingen zu gehen pflegt, wurde es zur anerkannten Tatsache in der Familie, daß Esther krank war. Nach und nach wurde der Kreis ihrer Pflichten ein immer engerer; einer der verschiedenen Pläne nach dem anderen wurde stillschweigend aufgegeben; ein

Familienglied nach dem anderen gewöhnte sich daran, ihr jeden möglichen Schritt zu ersparen, ihr jede erdenkliche Mühe abzunehmen. Anfangs kam dann und wann – mit den Wochen aber immer häufiger – ein Tag, an dem sie nicht weiter zu gehen vermochte als bis zum kleinen Wohnzimmer im ersten Stock, wo sie dann – von Kissen gestützt – auf dem Sofa lag, „schlechte Gesundheit genießend", wie Helene scherzweise sagte. So kam das Unvermeidliche leise und langsam, aber sicher, immer näher heran, bis der Monat Juni endlich Agnes brachte.

Esther empfing die geliebte Cousine leider in ihrem eigenen Zimmer auf dem Krankenbett. Doch daran hatten sich die Angehörigen mit der Zeit gewöhnt, wie es Gott in seinem unendlichen Erbarmen ja einrichtet, damit die Menschenherzen Zeit haben, sich an das Unvermeidliche zu gewöhnen. Sie trösteten sich sogar gegenseitig mit der Hoffnung, daß die Hitze die Kranke so sehr angreife und es daher besser mit ihr werden müsse, sobald die kühle Witterung eintrete. Dazwischen kamen auch wirklich heitere Tage, an denen Esther neue Kräfte zu gewinnen schien, und durch die sich alle täuschen ließen, mit Ausnahme von Doktor van Anden.

An einem dieser besseren Tage kam Helene, ganz erfüllt von einem neuen Gedanken, aus der Schule heim und ließ sich behaglich neben Esthers Lagerstätte nieder, um ihr zu erklären, was sie so bewegte. „Höre nur Herrn Hammonds letzten Plan!" sagte sie. „Es ist eine so sonderbare Idee, die ihm jedoch ganz ähnlich sieht, und die kein anderer ersonnen hätte. Du weißt doch, daß unsere Klasse in zwei Jahren absolviert wird – wir sind unserer vierzehn – eine gleiche Zahl, was für Herrn Hammond ein rechtes Glück ist. Jeder von uns soll einen Brief schreiben – ob historisch oder sentimental oder poetisch, das ist einerlei, wenn wir nur ehrlich unsere Ansichten in demselben kundgeben. Diese Briefe sollen dann in der Klasse ausgetauscht werden, und das junge Mädchen, das z. B. meinen Brief bekommt, muß denselben versiegelt aufbewahren bis zum Tage der Austrittsprüfung, an dem er im Beisein der versammelten Schulkommission, aller Lehrer und Lehrerinnen, laut vorgelesen werden soll. Natürlich wird auch der Name der Schreiberin bekanntgegeben. Und so wird es mit sämtlichen Briefen gehalten werden."

„Was soll das für einen Zweck haben?" fragte Agnes.

„Auch wir konnten es nicht begreifen, bis uns Herr Hammond die Aufklärung gab. Wir sollen daraus sehen, wie viele von uns mit Aufgebot allen Fleißes und aller Fähigkeiten einen Brief schreiben können, der so ausfällt, daß wir ihn nach zwei Jahren mit Freuden als unser Machwerk anerkennen möchten."

„Das ist eine sehr nette Idee", sagte Esther und richtete sich in den Kissen auf. „Ich bin froh, daß du mir davon erzählt hast, Helene. Wie wäre es, wenn ich dir einen solchen Brief schriebe? Ja – ich will es gleich morgen tun; du hebst ihn dann versiegelt in deinem Schreibpult auf und liest ihn erst, wenn du am Abend nach deiner Schlußprüfung allein in deinem Zimmer bist. Willst du es mir versprechen, Helene?"

Helene lachte fröhlich und erwiderte: „Du wirst ganz sentimental, Esther. Wie kann ich dir ein solches Versprechen geben? Das hätte ja gar keinen Sinn; denn wahrscheinlich sitze ich an dem betreffenden Abend neben dir und schwätze dir wie eine Elster die Ohren voll."

Soviel wie möglich ignorierte nämlich Helene Esthers Krankheit und wollte es durchaus nicht zulassen, daß in ihrer Gegenwart von einem möglicherweise schlimmen Ausgang derselben geredet werde. Selbst Esther hatte es aufgegeben, die Schwester von ihrem nahen Ende überzeugen zu wollen, lächelte darum auch jetzt wehmütig und wiederholte ihre Bitte, bis Helene schließlich sagte: „Meinetwegen will ich dir versprechen, zu Fuß und allein eine Reise nach dem Mond anzutreten, wenn es dir Freude macht. Du bist ja wirklich des Mitleids wert, bis du dir endlich abgewöhnst, dich den ganzen Tag in Kissen zu vergraben."

Mit scheinbarem Entzücken nahm sie daher einige Tage später den an sie adressierten, versiegelten Brief in Empfang und verschloß denselben in ihrem Schreibpult; ehe sie jedoch den Schlüssel umdrehte, fiel heimlich eine Träne auf das Schloß.

Mit der zunehmenden Hitze wurde die Kranke immer schwächer, und die Gesichter ihrer Angehörigen wurden immer trauriger, obgleich von Zeit zu Zeit auch noch bessere Tage kamen, an denen Helene behauptete, der Schwester Kräfte nähmen sichtlich zu. Schließlich kam das Ende – so sanft, daß die Worte eines schönen, alten Liedes darauf Anwendung fanden:

„Als sie schlief, hielt man sie für sterbend –
Und für schlafend, als sie starb."

An einem schönen Septembertag kam der Ruf unerwartet und doch lange vorhergesehen. Freunde und Bekannte versammelten sich, um zum letzten Mal einen Blick auf die friedlichen, stillen Züge von Esther Ried zu werfen. Mit neunzehn Jahren war ihre irdische Laufbahn beschlossen. – Nur eine Anordnung hatte Esther für diese Schlußszene ihres Lebens getroffen. „Ich werde meine eigene Leichenrede halten", hatte sie eines Tages ganz heiter zu Agnes gesagt. „Ich möchte so gern, daß jedermann wüßte, was mir besonders an meinem Lebensende das Allerwichtigste schien – für Gläubige nämlich –, denn meine Predigt ist für letztere bestimmt. Als ich einmal, kurz ehe ich so krank wurde, in einen Buchladen ging, fand ich gerade, was ich brauchte, und kaufte es. Das Päckchen liegt in meiner oberen Schublade, Agnes, und ich überlasse es dir, darüber zu wachen, daß der Inhalt desselben so angebracht werde, daß er allen, die kommen, um einen letzten Blick auf mich zu werfen, in die Augen fallen muß."

Mitten unter den Kränzen und Girlanden, die das stille Sterbezimmer schmückten, hingen demnach nach dem Wunsch der Entschlafenen schöne gemalte Sprüche. Die Worte aber, die zu den teilnehmenden Freunden und Bekannten sprechen sollten, waren folgende: „Und weil wir solches wissen, nämlich die Zeit, daß die Stunde da ist, aufzustehen vom Schlaf, sintemal unser Heil jetzt näher ist, denn da wir gläubig wurden" (Römer 13,11), „lasset uns nicht schlafen wie die anderen, sondern lasset uns wachen und nüchtern sein."

Den Gedanken derer, die wußten, auf wessen Wunsch die gemalten Wandsprüche da hingen, entsprachen dann die Worte des Geistlichen, der die Stelle las: „Und ich hörte eine Stimme vom Himmel, die zu mir sprach: Schreibe also: Selig sind die Toten, die in dem Herrn sterben von nun an; ja, der Geist spricht: Sie ruhen von ihrer Arbeit, und ihre Werke folgen ihnen nach!"

So konnte Esther in ihrem Sarg in Wahrheit zu der Zahl derer gerechnet werden, „die noch reden, obwohl sie gestorben sind".

28. Endlich gerettet

Der vielbewegte, aufregende, siegreiche Tag war vorüber. Helene Ried hatte ihre Austrittsprüfung gemacht und gehörte fortan nicht mehr zu der Zahl der Schulmädchen. Nie hätte sie sich träumen lassen, daß sie den ersten Preis davontragen würde – und doch war es so gekommen! In vieler Hinsicht war es ein recht fröhlicher Tag gewesen – die lange versiegelt gebliebenen Briefe waren schon am frühen Morgen von den verschiedenen Inhaberinnen derselben vorgelesen worden, und unter vielem Gelächter und Erröten hatten die jungen Mädchen die Entdeckung gemacht, daß manche der vor zwei Jahren gebrauchten Ausdrücke „fast lächerlich, ungeeignet" oder „im höchsten Grade überspannt" waren.

„Ein bedeutender Fortschritt macht sich bei Ihnen geltend", sagte Herr Hammond, zu Helene gewandt, deren Mienenspiel er mit gespannter Aufmerksamkeit beobachtet hatte, während ihr Brief vorgelesen wurde. „Sie hätten wohl kaum gedacht, daß Sie in zwei Jahren so viel gelernt hätten, nicht wahr, Fräulein Helene?"

„Jedenfalls hätte ich kaum gedacht, daß ich je so dumm gewesen bin!" lautete Helenes halb ärgerliche, halb belustigte Antwort.

Warum trieb sie sich nur heute abend so zwecklos bald da, bald dort herum und knüpfte mit jedem, der ihr in den Weg kam, ein Gespräch an? Es war darüber schon ganz spät geworden. Frau Ried und die Kinder waren längst zur Ruhe gegangen. Doktor van Anden war noch nicht von seinen Abendbesuchen bei den Patienten zurückgekommen. Überall im Haus und um dasselbe herrschte die vollkommenste

Ruhe, ehe Helene endlich langsam und zögernd die Treppe hinaufging und ihr Zimmer aufsuchte. Dort angekommen, war sie durchaus nicht in Eile, das Gas anzuzünden; der Mond schien helleuchtend ins Zimmer, und sie setzte sich auf ein niedriges Stühlchen am Fenster, um ihn noch ein Weilchen zu genießen. Bei seinem Licht konnte sie aber auch den ganz nahen Kirchhof sehen, und seine Strahlen fielen gerade auf die Marmortafel, die die Inschrift trug: „Esther, Tochter von Alfred und Laura Ried, gestorben am vierten September 18.. im Alter von neunzehn Jahren. In Jesu entschlafen – erwacht zum ewigen Leben.“ Das erinnerte sie an den ungeöffneten Brief in ihrem Schreibpult – den Brief, den sie versprochen hatte, heute zu lesen, und zwar hatte sie es der Schreiberin selbst versprochen, die jetzt unter der vom Mond beleuchteten Marmorplatte ruhte. Helene fühlte sich durchaus nicht geneigt, den Brief zu lesen; sie wußte ja zum Teil, was darin geschrieben stand – und gerade deshalb konnte sie sich nicht dazu entschließen. War sie doch noch immer nicht auf des Herrn Seite, hinkte noch immer auf beiden Seiten, anstatt endlich entschieden Stellung zu nehmen für Jesus, der schon so lange um sie geworben hatte. Selbst nachdem sie dem Fenster den Rücken gekehrt und das Gas angezündet hatte, räumte sie erst noch bedächtig den Schreibtisch auf, las ein halbes Dutzend alter Briefe und verschiedene Strophen durch, die sie vor langer Zeit einmal abgeschrieben hatte und die ihr jetzt in die Hände fielen, ehe sie endlich nach dem wohlbekannten Kuvert griff, auf das die Entschlafene zum letzten Mal mit eigener Hand ihren Namen geschrieben hatte. Endlich erbrach Helene das Siegel und las: „Mein teures Schwesterchen! Ich sitze in unserem gemeinschaftlichen Stübchen, in dem mir alles teuer ist, von dem Bild unseres seligen Vaters an bis zu dem kleinen, rotgepolsterten Schaukelstuhl, auf dem ich gegenwärtig sitze und in den Du Dich vielleicht niederläßt, um diesen Brief zu lesen, wenn ich schon lange bei unserem Vater bin. Von dieser Zeit möchte ich jetzt mit Dir sprechen, Helene. Wenn Du diese Zeilen liest, bin ich längst von Euch gegangen, und die erste Bitterkeit des Abschiedsschmerzes ist schon lange überwunden – dann kannst Du mit aller Ruhe lesen, was ich soeben schreibe. Laß Dir ein wenig von dem Kampf sagen, den ich durchzuringen hatte, als ich erfuhr, daß ich bald sterben müsse. Es war mir, als könne ich den Gedanken nicht ertragen; es wurde mir ganz schwindelig zumute. Wieviel hatte ich mir zu tun vorgenommen! Vor allen Dingen, wie verlangte mich danach, Dich dem Heiland zuzuführen! Wenn ich nur das noch erreichen könnte, wenn ich nur noch gutmachen dürfte, was ich an Deiner Seele gesündigt hatte, dachte ich immer wieder. Da kam mir plötzlich die Frage, ob mein Sarg nicht vielleicht besser zu Dir reden könne als mein Leben – ob mein Tod nicht etwa Gottes Weg sei, Dich zu sich zu ziehen. Vielleicht wollte er mein Gebet auf diese Weise erhören – vielleicht sollte mein Grab dereinst zu Dir sprechen, wie es mein elendes, sündhaftes, verfehltes Leben niemals hätte tun können. Als ich dies überlegt hatte, geliebtes Schwesterchen, da wurde ich ruhig; es wurde mir immer mehr zur Gewißheit, daß mich Gott auf diese Weise gebrauchen wollte; ich habe Dich so unbeschreiblich lieb und sehne mich so sehr danach, Dich zu Jesus kommen zu sehen, daß ich mit Freuden alles darangebe, was dieses Leben zu bieten vermag, und gern von hinnen scheide, wenn Du dadurch für den Heiland gewonnen wirst. Ehe Du diese Zeilen liest, wirst Du erfahren haben, was ich aufzugeben hatte, geliebte Helene!

Ach, teures Schwesterchen, was für ein Leben habe ich vor

Deinen Augen geführt! Es wunderte mich durchaus nicht, daß Du dadurch auf den Gedanken gebracht wurdest, als sei nichts Besonderes an einer Religion, die solche Früchte trug. Du hast mich angeschaut, anstatt auf Jesus zu blicken, und in mir war kein Abglanz von seiner Schöne zu sehen – darum darf ich mich nicht über das Ergebnis wundern, das dabei herauskommen mußte. Um so dankbarer bin ich aber, nachdem ich dies weiß, daß mir Gott vergeben hat, und daß er sich doch noch meiner bedienen will, um Dich endlich zu sich zu ziehen. Ich spreche mit vollster Zuversicht; denn ich bin überzeugt, daß es geschehen wird. Die Last – die schreckliche Last, die ich so lange getragen habe, ist endlich von mir gewichen. Dein und mein Erlöser hat dieselbe in Gnade von mir genommen. Ich werde Dich im Himmel wiedersehen, wo unser Vater weilt, und wohin ich vielleicht in wenigen Tagen schon gehe. Unsere gute Mutter wird mir bald nachfolgen, und Alfred und Julie sind ebenfalls auf dem Wege nach der oberen Heimat. – Du aber, mein Liebling, wirst Dich auch bald auf den Weg machen. Ich weiß es bestimmt – wir werden dort alle wieder vereint werden! Ich habe es meinem Heiland gesagt, ich sei zu allem bereit, wenn nur mein nichtswürdiger Christenwandel nicht die Ursache werde, daß Du ewig verloren gehst. Und er hat mein Flehen erhört. Wann es geschehen wird, weiß ich nicht. Vielleicht hast Du Dich noch nicht dem Heiland ausgeliefert, wenn Du diese Zeilen liest. Von ganzem Herzen hoffe ich zwar, Du vergeudest nicht noch zwei volle Jahre – sollte dies aber doch der Fall sein, solltest Du die Frage noch nicht entschieden haben, wenn Du diese Worte liest – die letzten, die ich überhaupt schreibe – o, dann flehe ich Dich an: warte nicht einen Augenblick länger! Nimm diese Bitte auf als den letzten Wunsch Deiner dann in Gott ruhenden Schwester, und komm heute noch zum Heiland, jetzt – in diesem Augenblick!

Und wenn diese Frage dann entschieden ist, so laß mich noch ein warnendes Wort hinzufügen. Lebe nicht, wie ich gelebt habe, liebes Schwesterchen; mein Leben hat dem Heiland nur Schande gemacht – denn fünf Jahre lang habe ich geschlafen, während der Feind wachte und arbeitete. Möge Gott es mir in Gnaden verzeihen! Helene, sieh zu, daß Du nicht dereinst dasselbe sagen müßtest, sondern nimm Dir das Wort zum Wahlspruch: „Jage nach dem vorgestreckten Ziel!“ Das Ziel ist ein hohes; laß es nicht aus den Augen – vergiß es nicht, wie ich getan habe! Begnüge Dich nicht damit, träge einherzuschlendern, nur hier und da einen flüchtigen Blick darauf zu werfen, sondern laß Dich durchdringen von dem heiligen Ernst der Worte: „Jage nach dem vorgesteckten Ziel!“

Und nun, lebe wohl! Nachdem Du diesen Brief zu Ende gelesen hast, tu mir dies letzte zuliebe: Wenn Du Dich schon für den Heiland entschieden hast, so falle auf deine Knie nieder und erneure Deinen Bund mit ihm, fasse aufs neue den Entschluß, für Jesus zu leben, zu leiden und zu sterben! Gehörst Du ihm aber noch nicht an, o, dann knie nieder und übergib Dich ihm, ohne einen Augenblick länger zu zögern! Lebe wohl, mein teures Schwesterchen, bis wir uns im Himmel wiedersehen!“

Der Brief entfiel Helenes Händen. Sie stand leise auf und schraubte die Gasflamme herunter. Unten ließ sich Doktor van Andens schneller, fester Schritt vernehmen. – „Ich gebe alles auf.“ Diese Worte klangen in ihrer Seele wider, und es kam ihr zum Bewußtsein, was und wieviel die Entschlafene aufzugeben hatte; aber auch wie unbeschreiblich sie danach verlangte, daß der jüngeren Schwester Seele gerettet werde.

Wie von einer unsichtbaren Macht getrieben, sank Helene auf die Knie nieder und machte endlich dem langen, langen Kampf ein Ende. Vater und Schwester waren längst im Himmel – heute abend aber wurde auf Erden ihr Flehen erhört.

In der Reihe H (»Heimatlicht«) in der Edition C sind bisher erschienen:

Helene Hübener, REICH IN GOTT
Edition C, Nr. H 1, 248 Seiten
Helene Hübener, MARIA UND LISA
Edition C, Nr. H 2, 256 Seiten
Helene Hübener, VERSCHLUNGENE WEGE
Edition C, Nr. H 3, 224 Seiten
Helene Hübener, ES MUSS DOCH FRÜHLING WERDEN
Edition C, Nr. H 4, 336 Seiten
Helene Hübener, DREI FREUNDINNEN
Edition C, Nr. H 5, 160 Seiten
Helene Hübener, UNTER EINEM DACH
Edition C, Nr. H 6, 224 Seiten
Helene Hübener, AUS DEM LEBEN EINER WAISE
Edition C, Nr. H 7, 248 Seiten
Helene Hübener, IM ROSENHAUS
Edition C, Nr. H 8, 208 Seiten
Charlotte Woerner, VRENELIS GOLDENES HÄMMERLEIN
Edition C, Nr. H 9, 136 Seiten
Charlotte Woerner, GEISSEN-KASPARS GROSSES ERLEBNIS
Edition C, Nr. H 10, 80 Seiten
Charlotte Woerner, GEISSEN-KASPARS NEUE HEIMAT
Edition C, Nr. H 11, 200 Seiten
Bertha Schmidt-Eller, HAUS GUDELIUS
Edition C, Nr. H 13, 184 Seiten
Käthe Dorn, DAS WEISSE KLEID
Edition C, Nr. H 14, 64 Seiten
Margarete Lenk, DES WALDBAUERN FRIEDEL
Edition C, Nr. H 15, 120 Seiten
Kristina Roy, OHNE GOTT IN DER WELT
Edition C, Nr. H 16, 64 Seiten
Helene Hübener, GROSSMÜTTERCHEN
Edition C, Nr. H 17, 280 Seiten
Wilhelm Jörn, ANNEGRET STELLT DAS HAUS AUF DEN KOPF
Edition C, Nr. H 18, 112 Seiten
Helene Hübener, TANTE HEDWIG
Edition C, Nr. H 19, 272 Seiten
Käthe Dorn, DIE SCHÖNSTEN HÄNDE
Edition C, Nr. H 20, 64 Seiten
Kristina Roy, IM SONNENLAND
Edition C, Nr. H 21, 128 Seiten
Helene Hübener, DIE SILBERNE KETTE
Edition C, Nr. H 22, 292 Seiten
Kristina Roy, DREI KAMERADEN
Edition C, Nr. H 23, 120 Seiten
Margarete von Oertzen, IN FRIEDEN
Edition C, Nr. H 24, 172 Seiten
Helene Hübener, OLGA UND IHRE SCHWESTERN
Edition C, Nr. H 26, 296 Seiten
Kristina Roy, DER KNECHT
Edition C, Nr. H 27, 128 Seiten

Kristina Roy, GLÜCKLICHE MENSCHEN
Edition C, Nr. H 28, 64 Seiten
Helene Hübener, DIE NACHBARN
Edition C, Nr. H 29, 308 Seiten
Helene Hübener, NUR TREU
Edition C, Nr. H 30, 172 Seiten
F. A. Hoffmann, WENN WIEDER WEIHNACHTSROSEN BLÜHEN
Edition C, Nr. H 31, 112 Seiten
Charlotte Woerner, SPUREN IM AUSTRALISCHEN BUSCH
Edition C, Nr. H 32, 128 Seiten
Anna von Blomberg, BIS INS DRITTE UND VIERTE GLIED
Edition C, Nr. H 33, 168 Seiten
Kristina Roy, IN DER VERBANNUNG
Edition C, Nr. H 34, 96 Seiten
Margarete Lenk, IM FERNEN WESTEN
Edition C, Nr. H 35, 152 Seiten
Helene Hübener, IN DEN BERGEN
Edition C, Nr. H 36, 160 Seiten
Grace Livingston Hill, EIN AUSGEFALLENER PLAN
Edition C, Nr. H 37, 136 Seiten
Käthe Dorn, ADELES WANDLUNG
Edition C, Nr. H 38, 112 Seiten
Anna von Blomberg, EIN UNRUHIGES HERZ
Edition C, Nr. H 39, 256 Seiten
Otto Kägi, LONDONER SPATZEN
Edition C, Nr. H 40, 64 Seiten
Gerda von Kries, DAS GROSSE HEIMWEH
Edition C, Nr. H 41, 64 Seiten
Elisabeth von Maltzahn, WENN ICH IHN NICHT HABE . . .
Edition C, Nr. H 42, 96 Seiten
Amy LeFeuvre, CAROLAS REICHTUM
Edition C, Nr. H 43, 124 Seiten
Margarete Kühne, GOTT SEGNET ANDERS
Edition C, Nr. H 44, 64 Seiten
Elisabeth von Maltzahn, GETRAUTE TREUE
Edition C, Nr. H 45, 172 Seiten
N. P. Madsen, WENN DIE SONNE AUFGEHT
Edition C, Nr. H 46, 186 Seiten
Ernst Schreiner, DIE HÖCHSTE EHRUNG
Edition C, Nr. H 47, 64 Seiten
Helene Hübener, ONKEL TOBIAS
Edition C, Nr. H 48, 88 Seiten
U. Pansy, ESTHER RIED
Edition C, Nr. H 49, 250 Seiten
Margarete von Oertzen, IM FISCHERDORF
Edition C, Nr. H 50, 49 Seiten
Hedwig von Redern, DER GESTRENGE
Edition C, Nr. H 51, 96 Seiten
Kristina Roy, HEIMGEFUNDEN
Edition C, Nr. H 52, 276 Seiten
Helene Hübener, EIN LETZTER GRUSS
Edition C, Nr. H 53, 76 Seiten
U. Pansy, JULIA RIED
Edition C, Nr. H 54, 260 Seiten

Weitere Titel in Vorbereitung